张映勤　著

浮生似水

张映勤记人散文选

中国文史出版社
CHINA CULTURAL AND HISTORICAL PRESS

目录

记忆中的姥姥 / 1
母亲的病 / 12
难忘大舅 / 37
我的二舅 / 51
小谷的风流韵事 / 57
作家老秦 / 68
编辑老吴 / 74
书商小汪 / 82
伯　母 / 92
师　兄 / 103
胖　子 / 111
周大夫 / 118
神秘马丽雅 / 126
校花唐婉莹 / 134

恶邻老崔 / 141
玩伴小凤 / 154
于家小杰 / 161
发小柱子 / 168
强　哥 / 176
二　宝 / 182
瘸　三 / 187
郭大头 / 191
江小勇 / 195
房客田老蔫 / 198
算盘王 / 205
眼镜张 / 209
大毛笔 / 214
陈老师 / 217
铁匠刘 / 220
剃头匠老肖 / 227
锔盆匠老林 / 231
姜　婶 / 235
柳　姑 / 239
傻　子 / 242
保姆小侯 / 246

记忆中的姥姥

早就想动笔写一写姥姥，我生命中感情最深的亲人，思忖再三，却不知从何下笔。姥姥很平凡，她只是中国北方一个极普通的家庭妇女，为儿孙操劳了一生，没有起伏跌宕感人肺腑的故事，似乎乏善可陈。然而在我心里，姥姥却是异常伟大。年逾不惑，我越来越感到，一生之中对我无论是感情之深，还是影响之大，没有人能超过姥姥。她虽然已经过世多年，却还时常出现在我的梦中，似乎还在冥冥之中关注着我们。

我清楚地记得，那是十几年前一个严冬的下午，我正在上班，突然接到母亲的电话，说是姥姥有点不舒服。我知道，老人当时虽已九十三岁高龄，但身体一向很好，一般的感冒发烧，母亲是不会特意打电话通知我的。放下电话，我急忙赶往姥姥住的二舅家，见老人躺在床上，脸色涨红，微闭着眼，任凭人们怎么呼唤也不见反应。听二舅讲，医生来看过，老人刚吃过药睡下。到了晚上，老人仍未苏醒，我们将她送往医院，经诊断，老人得了脑出血。

那次发病的经过很简单，当天上午，老人梳着头，忽然感到有些头昏，对身边的舅母说："扶我一下，我要躺一会儿。"这是老人清醒时说的最后一句话，从此便永远躺下了，再也没有爬起来。据医生讲，像这样高龄的老人得了这种病，多则能活十天半个月，少则也就是三天五日的活头，尽快准备后事吧。老人在医院整日昏迷，水米未进，完全靠输液和氧气维持着生命，她苦苦挣扎了五十二天，最终没有违过天命，到了天堂或净土。

五十二天里，我们全家轮流日夜守护在老人身边，精心侍奉，想尽了一切办法进行抢救。看着老人的身体逐渐衰弱，在慢慢地与生命告别，我感到了生命的无情，真正体会到了“风烛残年，气奄一息”的确切含义。对死神的一步步降临，我们无能为力，只能残忍地看着老人撒手人寰。

五十二天里，我夜夜守在姥姥的病床前。有一天在病房，我问老人：“姥姥，还认识我吗？”昏迷中的姥姥有气无力地说：“连你也认不出来，还能活成个人！”这是病中她对我说的最完整的一句话。昏迷中的她仍然坚信能闯过这一关，她以顽强的求生意志与死神搏斗着。弥留之际，她用微弱得几乎听不见的声音反复叨念着：“不想死，不想死！”让我们听了心碎，让我们听了掉泪，老人实在是不愿离我们而去，这世间让她留恋的太多，让她牵挂的太多。我们不孝，无法挽留老人的生命；我们无能，无法满足老人这最后的要求。

无可奈何，对于一个九十三岁的老人，一个为我们付出毕生心血的老人，我们束手无策，只能听天由命，正所谓“帝力之大，正如吾人之微”。

人生苦短，中国的老人活到一定的年纪，都有一段惊人的经历，这种经历如同中国的历史，遍体鳞伤，满目疮痍！

姥姥生于二十世纪初的山西农村，在家里行大，下面有两个弟弟。她的父亲是村里的穷秀才，靠教私塾维持生活，勉强糊口。姥姥十五岁那年，父亲病故，家里无以为生。转年，她许配给了我的姥爷，姥爷那时已经三十多岁，刚刚死了夫人，带着一个年幼的儿子和五十多岁的老娘生活。

姥姥婚后，她的母亲带着两个幼小的孩子生活无着，出于无奈，打算改嫁。在二十世纪二十年代的农村，妇女改嫁是一件非常丢人的事。姥姥虽然年纪不大，思想却极其封建，极其传统，她极力反对母亲走这一步。姥姥说："只要有我一口吃的，就绝饿不着你们娘儿仨。"可是任凭如何劝阻，姥姥的母亲不愿意寄人篱下，执意要改嫁。姥姥最终没有拦住自己的母亲。这件事伤透了她的心，为了留下她们娘家的香火，她执意把五六岁的大弟弟带在自己身边，小弟弟则改名换姓随母亲嫁了人。临分手时，年仅十几岁的姥姥对她的母亲说："你既然非走这一步，就别怪我无情，从此咱们母女俩互不相认。"母女分离，心如刀割，可是在姥姥心里，脸面、节操、尊严胜过一切，胜过亲情。以后的几十年里，她果然断绝了与母亲的来往，母女俩从未再见过面。后来，姥姥的母亲病重，十分想念她唯一的女儿，想在临终前最后见她一面。可是姥姥却咬住牙始终没有答应，母女俩真的一刀两断，成了路人。从感情上讲，姥姥的心里一定很苦，她不可能不惦记自己的亲生母亲，可是她表面上却心硬如铁，宁折不弯，眼泪都咽在了自己肚子里。姥姥性格的刚强、决绝由此可见一斑。

姥姥带着年幼的大弟弟和前房的儿子在农村的婆家生活，姥爷是独子，那时在北平、天津做生意，一个人长年在外，寄钱养家，日子过得还算富裕。婚后，姥姥生了两男三女五个孩子。她忙里忙外，终日操劳，含辛茹苦，忍辱负重。上有严厉而不宽厚的寡妇婆婆，下有相差十岁前房的大儿子，还要带着五个儿女和自己的娘家弟弟，一个年轻的农村妇女，独撑局面，养老抚小，那种处境的艰难是可想而知的。尤其是在那种年代，妇女没有经济收入，地位低下，养着个娘家弟弟，即使婆婆、丈夫不嫌弃，感觉上也不会心安理得。据母亲回忆，姥姥那时经常是干完家里的活，把一家老小安顿好，等夜深人静人们都睡下了，这才敢背着婆婆给自己的弟弟做点针线活。

姥姥三十九岁时，姥爷因病去世。据说是得了肺痨，咯血不止。病因一半是营养不良，一半是心情抑郁。姥爷临终的前两年，生意艰难，没了事由，靠给别人“跑合”——当经纪人挣点钱，劳顿奔波，朝不保夕，心情焦虑郁闷。后来，为了养家，他将手里的一点积蓄托朋友带回老家，没想到雪上加霜，遇人不淑，仅有的一点钱却被人坑骗拐走，于是连气带病，回到老家休养，不到三个月便命归黄泉。

从三十九岁起，姥姥便开始独自支撑这个家。当时，大舅业已成家，子承父业，也在天津做买卖，开钱庄，办企业，生意干得日见火爆，不时寄回钱来贴补家用；舅爷和二舅也相继到天津学做生意。家里的日子逐渐恢复了元气，可以说是衣食不愁，然而，姥姥没有满足现状，为了身边的几个孩子，她的心胸更开阔，眼光更长远，始终在寻找着离开家乡的机会。这从两件事上可以看出她的深谋远虑。其一是：家里有了点钱，她没有买房置地，自己家的房子不够住，就租别人的；土地也不多买，雇人耕种，够吃而已。这说明，为了孩子的前途，她没有满足现状，没有在农村待一辈子的打算，而是一心向往着城市。其二是：有了点钱从不张扬，不显摆，富日子穷过，处处小心，时时谨慎，为人处事相当低调，免得遭邻里嫉恨，孩子们的吃穿用度和村里的孩子相差无几，绝无特殊、招摇之处；家里有条件想吃点好的，她夜里关起门来偷偷地做，怕村里人发现招惹麻烦。这些做法在今天看来十分可笑，可是在贫穷落后的农村，要想保护好自己和家人，必须谨小慎微，和邻里乡亲搞好关系。姥姥的做法果然显现了效果，使全家人后来避免了一场灾难。土改时，村里划定成分，因姥姥家的房产土地数量都十分有限，加上邻里关系相处融洽，只划了个上中农，孩子们后来虽然都已移居天津，但在成分问题上也没有遇上大的麻烦。

抗日战争时期，山西农村闹得兵荒马乱，民不聊生。日本军、沟子军、八路军在汾阳一带展开了拉锯战，今天抓丁，明天逼粮，整日闹得人心惶惶。姥姥几次被军人抓走，要钱要粮，全家人惶惶不可终日。她借这个机会给在天津的大舅捎去信，举意将全家迁到天津。在人生的关键时刻，姥姥总是表现得相当睿智冷静，富有远见，全家八九口人，老的老，小的小，村里有房子有地有家产，可是为了孩子的前程，她不受财物的羁缚，毅然决然舍家撇业奔向城市。这种决心，这种气魄，非一般农村妇女可为。

大舅只比继母小十岁，但他了解姥姥的性格，尊重姥姥的选择。接到信后，他毫不迟疑，马上寄回一笔钱，并且托好了朋友，安排家人来津。姥姥处理好家产，该卖的卖，该送的送，收拾好行李，带着婆婆、儿女、媳妇一行八人辗转到了太原，然后乘飞机来到天津。

作为女人，姥姥的性格异常刚强，生活中出现了多大的困难，从没有屈服过。她兼有父亲的威严和母亲的慈爱，两者刚柔并济，支撑着这个家。她遇事很少与别人商量，有了难处就自己硬顶着，从不抱怨，也不轻易与人倾诉。在孩子面前表现得总是那么乐观豁达，很少有愁眉苦脸或是怨天尤人的时候。子女们每天下班回到家，看到老人乐观的情绪，多忙多累，在外面有多少烦恼忧愁也都烟消云散了。姥姥乐观的性格，使家里始终保持着一种和谐温馨的气氛，让人依恋，让人怀念。可是，在我小的时候，夜里却常常被姥姥的哭声惊醒。我推推她，姥姥会突然醒来："嗯，又做梦了。没事，孩儿，睡吧。"然后，她侧过身，呻吟着睡去，我却常常被吓得睡不着觉，望着高高的屋顶，回忆着姥姥梦中的哭声，夜深人静，那声音凄惨悲凉，如泣如诉，似断还续，听了让人心里发颤。长大以后，我渐渐明白，姥姥把心底的苦水和悲伤都留给了黑夜和梦境，只有在睡梦中，她才能尽情地发泄和放松一下自己。我感觉，姥姥的内心其实很沉重、很压抑。

姥爷去世时，我最小的三舅才三岁，他身穿重孝，十分新鲜好奇，服丧期满，三舅仍旧穿着孝服满院子乱跑，不肯脱下来。姥姥喊住他，让他换下孝服，三舅不情愿地说："我脱，我脱，可是这身新衣服你给我放好了，等过些日子我还要穿。"气得姥姥抬手打他。看着三岁不懂事的孩子，姥姥又可怜又生气，不禁落下了眼泪。果然，一语成谶，几个月以后，孩子的话应验了，家里又发生了一件大事。姥姥的大女儿——我的大姨，新婚不久便病死了。

据说，大姨年轻的时候非常漂亮，人长得端庄秀丽，稳重大方，姥爷又时常从平津给女儿带些城市时兴的衣物。在村里，大姨的长相、举止、穿着都是十分引人注目的。到了出嫁年龄，说媒的络绎不绝，踢破了门槛。想必那时大姨的心气也是很高的，家里条件好，见过些世面，自己长得又漂亮，肯定希望找个称心如意的郎君。可是，在二十世纪三十年代的农村，儿女婚姻，靠的是"父母之命，媒妁之言"，年轻姑娘不可能有恋爱的自由。最后，由姥姥做主，将女儿嫁给了当地一家富户。对方家道殷实，门风正派，村里有宅院，城里有买卖。姑爷也为人本分，忠厚老实，只是性格木讷，长相有些寒碜。心高气盛的大姨心不甘、情不愿，不认可这门婚事。迫于母命，负气出嫁。婚后，对丈夫的相貌性格都不满意，心里委屈别扭，渐渐地积郁成疾，卧床不起，不到一年便抱病身亡。女儿的死，对丧夫不久的姥姥又是一次致命的打击，她一手包办的婚姻，本想给女儿找一个吃穿不愁的好人家，可是没想到却断送了她的性命。姥姥是否后悔过，我们不得而知，只知道在以后的几十年里，姥姥在人面前从未提起过一句有关大姨的事，她不愿意掀开自己内心这最痛苦的一页。

半年当中，姥姥连续失去了两位亲人——丈夫和女儿。这种打击，对一个不到四十岁的女人来说是无法想象的。但是姥姥咬紧牙关，没让自己垮下来，看着眼前几个未成人的孩子，她把悲痛深埋在自己心里，默默地挺过了难关。

老人当了一辈子家庭妇女，从未参加过任何社会工作。但是她的胆识和见解都非一般的妇女可比。新中国成立以后，大舅的生意倒闭，财产被没收，他失业在家，情绪低落，全家八九口人靠变卖家产吃老底维持生活。

姥姥为了让大舅重新振作起来，鼓动他参加工作。老人每天一大早就把大舅叫醒，逼着他到外面去找工作，大舅碰了几次钉子，有些心灰意冷，姥姥就对他说：“没有过不去的火焰山，人这一辈子不可能总是顺顺当当。跌倒了爬起来，这才是男人。你不出去找事干，一家老小喝西北风去。一次不行，两次；两次不行，你就天天去找，我就不信政府会叫人饿死。”在姥姥反复督促下，大舅放下脸面硬着头皮四处联系，终于找到了一份固定工作，使生活有了一定的保障。

二十世纪六十年代，家里有一位在天津工作的远亲，因政府号召疏散城市人口，他的家属在农村，便打算辞职回乡务农。临行前，这位远亲来向姥姥辞行。老人听说情况后，坚决反对，对他说：“困难总是暂时的，咬咬牙就会过去。城里再难，也比农村要强百倍。眼光看远一点，别光看中那点遣散费，三倒腾两倒腾用不了多久就没了，可是你要留着现在这份固定工作，那可是铁打的庄稼，月月都有钱挣。”那位远亲有顾虑，怕反悔了单位领导会不同意。姥姥就鼓动他：“这世界上没有不能变的事，我就不信你不走，领导上会赶你。凡事都是事在人为，好好说说就能行。”一番话，说得这位远亲改变了主意，最终留在了城里。

姥姥平日的废话不多，可是只要说出来，大多在理在辙，十分带劲。她的心胸之宽、眼光之远、见解之深往往超出常人。三四十年前，城市的住房异常紧张，表哥结婚时，在单位只分了一间十分狭窄的老楼房，老人看过新房之后，说了句：“房宽不如心宽，慢慢地来，早晚会好的。”一句话，说得人们心里豁然开朗。

我常想，姥姥没有文化，她的那些智慧、修养来自何处？答案只能是一个——生活。她注意观察，头脑聪明，悟性很高。老人虽然没有上过一天学，却靠自学认了不少的字，不仅能读得通报纸，还能看成本的戏文，有些戏里的唱词她甚至能背得朗朗上口，丝毫不差。传统戏曲中的许多历史知识、做人的道理和哲理性语言，她都能活学活用，现身说法，用来教育孩子。在古人当中，她对两位女性最感兴趣——武则天和西太后。“文革”期间，对这两个背时人物，姥姥不加褒贬，不多议论，只是说：“做个女人，能治理这么大个国家，不容易。没有点手段、心计，国家还不乱了套！”当然，姥姥没有“治大国，如烹小鲜”的才能，但是她治理家庭，管教子女却有自己一套独特的办法。作为一家之主，姥姥主持家政六十余年，直到年过八十才放手不管。在她的管理之下，一家人长幼有序，和睦相处。对子孙，她从不溺爱骄纵，有时甚至要求得过于苛刻。家里的女孩，如果咧开大嘴笑声不断，立刻会受到呵斥：“行不露足，笑不露齿，女孩子家这么说笑，不怕人家笑话。”姥姥生前，家里的女孩，天再热不能穿抹袖的短衫，不能光着脚不穿袜子。我们小的时候，平时没事不能躺在床上，白天不行，连周日睡懒觉都不行，早晨八点以前，姥姥会逐个把孩子叫起来，如果钻在被窝里装聋作哑，姥姥过去一把就将被子掀起来。尤其是寒冬三九天，棉被一揭，冻也能把人冻醒。

在我的印象里，姥姥既封建又传统，她坚持“棍棒下面出孝子”的陈旧观念，孩子们犯了错，从不放过，棍棒虽未用过，打骂训斥总是免不了的。但是她管教孩子有个明显的特点，打骂完之后，会给你讲道理，从三纲五常到报效社会，从甘罗挂帅到岳母刺字，新旧结合，雅俗并用，言辞激烈，不厌其烦，直到让你心服口服。我们几个孙辈的孩子，小时候没少受老人的训斥责骂，长大以后都能正直为人，敬老爱幼，我想这与老人的言传身教有着直接的关系。

姥姥规矩大、家教严、讲礼数在街坊四邻中是出了名的。当然，她也有慈爱的一面。平时，我们每个孩子都没有零花钱，姥姥掌管着家里的财政大权，吃的用的都是她一手安排，姥姥对几个孩子绝对是一视同仁，绝不偏袒。东西一人一份，丝毫不差。我清楚地记得，每年中秋的前几天，她都是在秘密状态下完成节日准备，将月饼、水果早早地存放在两个瓷坛子里藏起来。我们等呀盼呀，直到中秋节前一天晚上，瓷坛子才被变戏法一样郑重地抱出来开封分发，家里几个孩子一人一份：几个月饼，几个水果。过后的几天，我们早早去上学，一路上几个同学掰着手里的月饼，你一块我一块，交换着不同的口味，心里充满了骄傲与自得。到了三伏天，天热得实在不行了，一向节俭的姥姥也会大发慈悲，给我们几个孩子发放防暑降温费，一人一天三分钱，人人有份，不多不少，够买一根小豆冰棍的。不是让我们解馋，实在是酷暑难挨，怕我们中暑生病。捏着这来之不易的两三个硬币，我们欢天喜地跑到街上去买冰棍，回来的路上一边走一边举着冰棍小心翼翼地慢慢嘬啰。

随着时间的流逝，儿时姥姥对我们的教育渐渐流淌成记忆中的脉脉温情，化为挥之不去的思恋情怀。

姥姥明智，通情理，识大体，直到临终发病之前，脑子从来没有糊涂过。我们小时候替姥姥上街买东西，她交给你几毛钱，买盐买醋打酱油，一斤鸡蛋半斤肉，给你的钱分毫不差。有时我们怕带的钱不够，想多带点。姥姥说："没错，你买去吧，绝对差不了。"我们试过多少次，她给你的钱，保证不多不少。老太太过日子精细，脑子好使，柴米油盐各种价格了如指掌。

姥姥一手带大的弟弟——我们的舅爷，新中国成立后生意失败，回了老家。姥姥惦念弟弟，让二舅逢年过节寄些钱物接济。那时候，农村生活艰难，城里的日子也不富裕，都是节衣缩食勉强维持。记得有一年冬天，天天晚上家里喝面汤，手擀的面条、面片，加上白菜、土豆、胡萝卜煮一锅，天天如此，从不换样。吃得我们几个孩子叫苦连天："姥姥，怎么天天喝面汤，咱能不能吃点别的？"姥姥不说话，大人们也不说话，这种少滋寡味的面汤至少喝了一个月。后来才知道，那年冬天老家闹灾，舅爷一家老小缺粮，姥姥把一家人的口粮省下来一部分寄给了舅爷。

舅爷从小由姥姥带到婆家生活，两人名为姐弟，情同母子。他早年在天津做生意，回到农村，经历坎坷，生活受挫，脾气变得暴烈固执，所有亲戚朋友中唯独对姥姥唯命是从，不仅敬重，甚至有些惧怕。七十年代初，舅爷因病去世，家里始终瞒着姥姥。老家偶有来信，模仿舅爷的口气问候她，姥姥开始还问两句，后来干脆装聋作哑，再不提舅爷一句，其实她心里什么都明白，只是和大伙演戏，装糊涂。弟弟没了，自己哭闹一场不解决任何问题。老人有主见，明事理，从不给儿女添乱。

老人知礼守礼，对自己的家人也不例外。比如，对于大舅，因为是前房的儿子，她始终待之以礼，尊敬有加，尤其是对大舅发迹时不忘兄妹手足之情资助家庭的功绩，姥姥没齿不忘，铭刻在心。并常以大舅的为人品德教育下一代子孙，她曾多次对我们讲："你大舅有德，他那时要是坏了心，只顾自己，咱全家人到现在都还是农民。"所以，新中国成立以后，大舅的生意破产，生活陷入困顿，姥姥及二舅鼎力相助，为他连续交了十几年的水钱电钱房租钱，并时常在钱物上接济大舅一家，使他渡过难关。兄弟俩前楼后院住着，大舅每天都要到前楼来看望姥姥。老人嗜睡，白天也总要躺一会儿养养精神，但是只要见是大舅进屋，她一定会坐起来，而且坐得腰板笔直，就是强打精神也要陪着大舅说话。姥姥临终住院的五十二天里，年逾八十岁高龄的大舅每天坚持跑到医院，爬上五层高的楼，到病房去探望他的继母。大舅对老人的这份感情，让我们做晚辈的看了感动。

老人过了八十岁以后，开始不主家政，彻底休养了。这以后的老人变得十分慈祥可爱，她成了凝聚家庭的一种精神力量，不仅仅是因为她德高望重，为我们操劳了一生；更多的是由于她的一言一行、为人处事、言谈举止为我们树立了典范，让我们从心里折服，对她肃然起敬。我感觉，到了晚年，老人十分清楚她在儿孙心目中的位置，时时处处规范着自己的行为不让儿孙们失望，也十分注意维护自己的形象。比如，老人在生活上很少麻烦别人，只要是自己能料理的事情，绝不让儿孙们插手。她体格硬朗，思维清晰，发病以前，生活基本自理。家里平日客人较多，老人很注意自己的仪容，梳头洗脸换衣服，总是收拾得非常干净体面。只要是坐着，从来都是腰板挺直，双目有神，精神利落。与客人交谈，老人应答自如，谈吐得当，家长里短，时事政治，都不失水准。朋友、邻居带着小孩子来看她，姥姥一定会拿一些糖呀豆呀之类的吃食给孩子，从不让人家空手而归。全家老小都以有这样一位老人感到骄傲。老人活到九十多岁，始终那么威严、坚强、明智、乐观，丝毫没有一般老年人常有的那些毛病。俗话说“寿多则辱”，但姥姥却不一样，她前半生历经坎坷，受尽磨难，晚景却十分幸福，儿孙孝顺，心情舒畅。

八十年代中期，我参加了工作，无以回报姥姥的养育之恩，我决定每个月把工资的五分之一拿出来孝敬老人。时令水果，吃食用物，概不短缺。有时还给老人一些零花钱，舅舅告诉我：“你买点东西就算了，钱不用给，你姥姥用不着钱花。”我嘴上答应着，暗地里照给不误。我清楚，姥姥会把钱偷偷送给别的孩子。只要她高兴，钱花在谁身上并不重要。

一个老人，能得到全家几十口人的由衷赞佩，不是一件容易事。除了作为长辈和血缘关系以外，老人的生活态度和人格力量征服了儿孙。她虽弃我们而去，却为我们留下了无尽的精神宝藏，作为她老人家的儿孙，我们感到自豪和骄傲。日出日落，生活如旧，老人虽然离开了我们，但是她的音容笑貌却永远活在我们心里！

母亲的病

母亲从查出肺癌到去世，共十个半月，我大部分时间和精力用于照护老人。现在终于闲下来，把为她看病的经过记录下来。

——题　记

一

母亲享年八十八岁，她干瘦弱小，终生吃素，从我记事起，她的身体就一直不错。在我的印象中，她至少五十多年没看过病，没去过医院，平时连头痛脑热的小毛病都极少。自然，一方面，她很少麻烦人，自立自强，即使自己身体有点不舒服，都极少对儿女讲，吃点药就对付过去了。另一方面，她的身体总体上是健康的，八十多岁的老人，生活完全自理，平时下楼上街、买菜做饭都没问题。自从父亲七年前去世，我们子女轮班每天陪着她，多是精神上的陪护。有时我住在那，晚睡晚起，积习成常，早晨起来，母亲已经遛早回来，把早点准备好了。我一直以为，以母亲的身体状态，必是高寿无疑。我甚至计划着给她庆祝九十岁生日，民间有过九不过十之说，再有一年，就要迎来老人的大寿，我连去什么饭店，喝什么酒，请哪些人都在心里盘算过多次。家里的亲戚多，老人的整寿一定要热闹热闹，让她高兴。

谁能想到，一切都成为泡影，如今，天人永隔，母亲去了另一个世界。

母亲的病毫无征兆。前年（二〇一八）夏天，天津的气温比较热，母亲的家里始终开着空调，温度并不太低，二十七八度的样子。进入八月，母亲有点咳嗽，不太严重的轻咳，痰极少。我见了，对母亲说："要不咱们到医院看看？"母亲拒绝，说去医院太麻烦，没什么问题，吃点药就会好。说心里话，我也只是嘴上说说，心里并没有太当回事，天气热，吹空调的时间长了，呼吸道有点小毛病也正常。我给她拿了药、买了药吃上，咳嗽不见好，也没加重。我以为，中药的药效慢，过几天自然会好的。

八月四日星期六早上九点钟左右，我接到电话，是二姐打来的。她在电话里说，母亲早晨说："要不到医院去看看？这咳嗽怎么总不见好？"在我的印象中，这是母亲第一次主动提出要到医院去看病，她自己肯定感到难受了。母亲家的附近就是中医一附属医院，一家三甲医院，走路用不了十分钟。二姐说："你来吧，我们看的急诊，拍了片子，大夫说要留下来住院。"

我和爱人马上赶到了医院。在急诊的楼下过道看见母亲，并没有什么异常，精神头不错。既然医生要求住院，我们马上办理了相关手续。安排就绪后，一位年轻文静的主治女大夫把我叫到办公室，很严肃地说："我们看了片子，大娘的病不乐观，右肺有阴影，怀疑是肿瘤，也就是说，癌症的可能性很大。"

我听了当时就傻了："癌症？不会吧？她就是有点咳嗽，不痛不难受。怎么会是癌呢？"

大夫说："从片子上看肯定有问题，如果要进一步确诊的话，需要做加强 CT。这样才会看得更清楚，但是这项检查有危险。你们家属商量一下，如果做加强 CT 需要签字，不做的话只能先保守治疗。"

我和大夫交谈了很长时间。问清情况，明确表态：即使是癌症，一不动手术，二不做化疗，尽量保守治疗，毕竟老人岁数太大，经不起折腾。

大夫告诉我，日前保守治疗最好的办法是吃靶向药：“你做好思想准备，费用会很高，光是药，一个月大概要五万二左右。”

五万二？我愣了一下，心里琢磨着这个数字，很快便答应下来：“虽然我们是工薪阶层，但是给老娘看病，该花的一定会花。”我心里盘算，一年六十万，应该能承受。费用我们先扛着，扛不动了再说。因为据医生说，一般肺癌晚期的存活期，短则两三个月，长了半年左右。

大夫的话有如晴天霹雳，让人头皮发麻，太突然了。看似普通的咳嗽怎么能和癌症扯到一起。电脑中的图像我看不懂，大夫言之凿凿，必有依据。但我还是半信半疑。

走出办公室，心情极为沮丧。好好的怎么会得了肺癌？不会是误诊吧？这家医院虽然是三甲，但是以中医为主，如果要进一步确诊一定要到全市最好的医院去查，当然，专科的肿瘤医院不能考虑，母亲的脑子清楚得很，绝对不能让她知道真实病情。

与两个姐姐商量后，看法是一致的，考虑到母亲年岁已大，不手术、不化疗，进一步检查后服药治疗。

是否做加强CT，我上网查了一下，危险的确存在，八十八岁瘦弱的母亲很难经得住折腾。我给在医院工作的朋友打电话咨询，她告诉我，不建议做，危险性太大。她的母亲当年得病，当大夫的她都没做这项检查。反复斟酌，我决定不冒风险，下一步到医疗条件最好的总医院找专家进一步确诊。

母亲住院，疑似肺癌晚期，这个消息除了我们子女三家，没有通知任何亲友。住院的三周时间，我们轮流陪护。母亲像往常一样，饭量不大，但精神始终不错，平时除了不太严重的咳嗽，伴有少量的痰，行动坐卧基本如常，其他检查的指标也都正常，根本看不出她是病人。我们告诉她得了病毒性肺炎，吃药输液打针，慢慢就会好了。

在医院住了一段时间，消炎止咳有一定疗效，按照医保的规定，患者住满十四天应该出院或转院。我以为，针对母亲的病情，进一步确诊、治疗，只能到最好的总医院。这期间，我找了熟人，找了专家，意见基本一致，如果确诊为肺癌，考虑到年岁太大，建议靠靶向药控制病情，但即使是肺癌，也分多少种，要确定哪种药适合，在查出癌症之后还需要做基因检测。

出院以后在家调养，母亲的症状主要有两个：轻度咳嗽和食欲不振。平时母亲的饭量就不大，现在更是逐渐在减少。除了吃药，我想到民间的偏方，川贝蒸梨可以止咳，我到中药房买了几次川贝，九十块钱一克，研成粉末与梨蒸熟了一起吃，前后共服用了二三十克，咳嗽未见好转。关于厌食，能想到的开胃健食的中药都给她吃了，甚至想到了二三十年前火遍全国的太阳神猴头菇口服液，从网上订了二三十盒，喝下去也没有效果。现在想起来，这些办法针对普通的常见病也许有效，但对癌症患者不起作用。

二

时间不长，费尽周折，我联系到总医院的肺科专家C主任，挂号一百五十元，和二姐一同带着母亲去看病。

总医院离家不远，我从小一直在这里看病，这是全市最好的以西医为主的综合性医院，只是这几年很少去了。

到了医院，就见人山人海，摩肩接踵，楼里院里到处是人。到处是哭丧着脸、心情焦躁的病人和家属。这些年，人多的地方去得少了，对大医院的人满为患多有体会，但是像总医院挤满这么多人还是超出了我的想象，密度之大我以为是全国之最，也许只有春运的火车站可与之一比。

挂号排队，带着老母亲耐心地等候就诊。两个多小时后终于看上了病。

C主任是位六十岁上下的女医生，精明干练，据称是全市肺科的首席专家。她看了看片子，问了问病情，马上说："老太太的病需要住院，需要在我们院重新检查。不过现在床位紧张，要等的话不知到什么时候。如果经济上能够承担，可以住 ICU 重症监护室。那里的条件好，就是贵一点。"

我回答："没问题，一切听您的。"

C 主任马上拨通了 ICU 病房的电话，很快联系好了住院。

我们办理好所有手续，将母亲送到病房。这里管理严格，每天只有下午四点钟家属可以换上消毒服进去看望半小时。七年前父亲去世以后，母亲一天也没离开过儿女，现在却只能一个人孤独地躺在病床上，不知她做何感想。她是心里极明白的人，头脑清晰超过同龄人，虽然没有告诉她真实的病情，但我想她会有一些预感的。

住进 ICU 病房，医院安排有专门的陪护人员，据说一个陪护负责照看四个病人，当然费用以现金结算，大致一天一百五十元，病人有需要，按下床头的电铃即可。可是轮到必要的一些检查，需要家属陪着到别的病区。距离上次住院不超过一个月时间，患者许多检查要重新做一遍，虽然都是市级三甲大医院，但是甲医院不认同乙医院的检查结果，需要重新检查，除了使用各种名目繁多的仪器，还要抽几次血。我不知道这是出于对患者负责，还是希望多收一次费用。这种做法现在似乎成了医院的惯例，作为弱势群体的病人及家属只能听从安排。其实，花钱是一方面，病人还要经受反复的折腾，尤其是年近九旬的老人，楼上楼下，前院后院，两个病区，几处地方，推来搬去，实在是不堪其苦。

几天之后，C 主任在手术室为母亲做了肺部活检的小手术，即从肺部取出一小块病体做病理分析，以确认是否得了癌症。手术不大，简单而顺利。而化验的结果需要等一周后才能出来。病房的 D 主任英俊潇洒，身高长相神态酷似演员濮存昕，他告诉我："再住院也是等着，化验结果要一周以后才能出来，不如先回家吧。"留下了联系方式，让我们回去等电话通知。

大约一周以后，我接到电话，是病房一个女护士打来的，说是周三下午一点钟主任要我们复查，随后我又给D主任打电话加以确认。

D主任明确告诉我："对，周三下午一点我在，你们过来吧。"

带八十八岁的老人看病是一件很麻烦的事，上楼下楼需要搬抬，路上要用轮椅，要穿好衣服，裹戴严实，要带好各种东西，而医院的车位永远紧张不够用，存一次车要排队半个小时以上。

长话短说，周三下午不到一点我和二姐、姐夫带着老人等在病房门外。不到探视时间，ICU病房的大门紧锁着，我按铃叫开，和应门的服务人员说明情况，说是D主任定好了让我们一点钟来的。

应门的人说："D主任临时有事，去开会了。你们在外面等着吧，主任回来了我就叫你们。"

我们在楼梯口等着，风大、天冷，让母亲待在避风处。心里着急，不停地追问，给D主任打电话不接、发短信不回。约好了时间却放我们鸽子，即使是临时有事，电话总该接吧？越等越急，心里的火气一个劲地往上涌，可是还不敢发作，只能强忍着。看着老娘在门外无助地等待，向工作人员求情，让母亲的轮椅推进病房楼道里可以暖和一点。工作人员很为难，说医院有规定，放外人进去她会下岗的。无奈，只能等着。

过了三个小时，等到四点的探视时间一到，大门终于开了。我见D主任正从楼道的另一侧走过来，赶忙迎过去。

D主任见到我，毫无歉意，也不做一句解释，似乎早已忘了和我们的约定，心安理得地将我带到办公室。

我按捺住火气，说我们按约定一点钟就来了，母亲就在门外等候，是不是要带进来？

D主任奇怪地看着我："没让你们带病人呀，检查结果告诉你就可以了。"

我一听火就上来了，可是不敢发作："护士给我打的电话，说是要复查，我也联系过您，都说让我们一点钟来。你们多说一句话，就省得让老人折腾了。”

D主任见惯不怪，轻描淡写地说道：“那是你理解错了，护士怎么说的我也不清楚。我反正没说让你带病人来。”也许是心里有愧，他停了片刻，又说，“掰扯这些没有意义，时间紧，咱们抓紧说正事吧。”

明明是他们通知有误，让老人折腾了三个多小时，但又不好争辩，人为刀俎，我为鱼肉，现在医院的工作人员都是金口玉言，一句话都不多说。病人家属问多了嫌烦，问少了活该跑腿误事。“人在屋檐下，怎能不低头”，事已至此，我只好点头称是：“好，好，您说正事吧。”

D主任面无表情地看了看我：“检查报告带来了吗？”他伸出手，朝我要。

“什么报告？不知道呀，没人给过我报告。”

主任一脸诧异：“不可能呀，一张粉红色的单子，病理的化验报告。有专人通知家属来取的，是不是别的家属取走了？你去问问，找找？”

听了D主任的话，我更加坚信自己无误。活了五十多岁，别的本事没有，就是记忆力超强。粉色的单子更不会记错，从来没有看见过，况且母亲看病住院办手续，都是我一手操办，从未留过别人的联系方式。

在我再三否认之下，D主任找来了护士，都说不清楚，又给病理中心打电话询问，几经查询，最后确认的确是没有通知家属，这才叫人送来了病理报告。

虽然一腔怒火，但是我不会和院方纠缠是谁的失误，没有意义。我们是弱者，有求于人，得罪了医生，吃亏的只能是患者和家属。

D主任当然了解家属的心理，不做任何解释。等了一会儿，拿到化验单后，他用一系列术语告诉我：“你看，这就是肿瘤，确诊为小叶肺癌，而且到了晚期，我们也认同你们家属的意见，年岁太大了，手术的风险大，治愈的可能性不存在。还是考虑服药吧。”

我连忙道谢：“谢谢，谢谢，受累，受累。听您的，您给开点药吧。”

D主任说：“药我们开不了，我们只负责检查。小叶肺癌又分多少种，一种靶向药针对一种病，病人的身体条件也不一样，要确定哪种药对症，还需要做一种基因检测，你们考虑一下，要做的话，可能费用要高一点，而且完全是自费。”

母亲五十多年没看过病，没花过国家一分钱，可事已至此，只能按规定来办，看病花钱，天经地义，没有什么好商量的。况且，给母亲看病，哪有不做检查的道理。

“该做的就做吧，您是专家，不用考虑，听您的，您说怎么办就怎么办。大致……大致需要多少钱？”我小心地问。

“这个我们做不了，天津也没有医院能做，我给你推荐个地方，对面咱们医院住院部一楼的检测中心，你找王大夫，他负责为你联系。你要决定做，我给他打个电话。不过事先说好，这项检查医保不负担，全部自费，一万多块钱吧，需要十天以上出结果。”

总医院是全市最好的医院，D主任是病房主任，应该也算是专家，我不信他们还能信谁？“做，您受累帮忙问一下，我这就过去联系。”

D主任从容地打过去电话，说是介绍一位家属去联系基因检测。

从ICU病房出来，安顿好母亲回家。我跑到对面住院部的检测中心去找王大夫。住院部豪华胜似星级宾馆，条件设施堪称全市一流水平。这么大的医院，应该没有私人承包的部门。

推开玻璃门，说是找王大夫。一个年轻小伙子穿好衣服正要往外走：“我就是，我就是，D主任打过电话了。我临时有点急事要出去。你先等着吧，我忙完了就回来。”

无奈，只好等着。

检测中心里都是些年轻人，好像很悠闲，手里也没什么事要干。

等了近一个小时，心急火燎，左顾右盼不见王大夫的身影，忍不住和一位姑娘随便聊了两句。

“麻烦您咨询个事，基因检测如果加急，最快能几天出结果？”我不想让老娘干等着吃不上药，如果能花点钱加急看到结果最好。

姑娘看了看我：“基因检测？咱们这做不了基因检测，都是通过关系介绍到外面去做，要寄到广州，最快也得十天吧。”

我心里有了点疑惑，堂堂的大医院竟然做不了这项检测，非要通过私人拿到外地去做，这里面不会有什么猫腻吧？于是便问：“我找王大夫，等了半天了，他什么时候回来，麻烦您问一下。”

“噢，王大夫，他今天不回来了，有事你明天再来吧。我也正找他，刚才联系了，他赶不回来。”

幸亏多问了一句，否则等到天黑也见不到人影。

晚上回到家，和爱人说起今天的看病经历。她说现在看病不找熟人根本不行，要不找肿瘤医院的大夫问问吧，毕竟那里是专科医院。此前我也考虑过，医治癌症，全市只有这两家医院可选，为什么不去肿瘤医院？因为母亲太明白、太敏感，一到医院，知道得的是肿瘤，她的精神会承受不住。精神一旦垮了，只会加剧病情的恶化。但是我可以背着她找肿瘤的专家，想想办法开点药总是好的。

爱人马上打过电话，托关系间接找到一位专家，约好转天下午两点到病房会面。

三

虽然是托了关系，但毕竟隔着一层，H主任的态度不冷不淡，当医生的接触的人太多了，而且都是有求于他的人，摆出一副公事公办的职业脸也属正常，不敢奢望人家会笑脸相迎。我从网上查了一下他的资料，医学院毕业后读了博士，后来又到国外进修过一年，目前是副主任医生，主攻肺科肿瘤，算是学有专长吧。

H主任看了我带来的所有资料，说："要我来诊断，光看报告不行，你去总医院，把他们做的病理切片借出来，越快越好，时间长了就失效了。然后把所有的病历复印一份拿来，后边的我看过病历再说。"最后又似乎无意地问了一句，"总医院做基因检测要收多少钱？"

既然是朋友介绍的，我毫不隐瞒道："一万块钱出头吧，可是时间有点长，要等十天以上。"

H主任说："噢，别管了，拿切片吧，回来我给你找人做，费用差不多，应该不超过一万，时间也许还快一点。"

千恩万谢，好话说尽，靶向药也许能有指望，母亲不会干耗着，没药可吃了。

从肿瘤医院出来马不停蹄地直奔总医院理化中心，复印病历、登记交费、说明原因，化验室重新做切片，反反复复跑了五六趟，折腾一个下午，费尽周折，难以言述，最终总算拿着十张切片交给了H主任。

我们商定，两天以后再找他。心里想，毕竟有熟人相托，这效率明显快了不少，我甚至琢磨，以哪种方式来酬谢人家。

四

母亲查出癌症已经过去一个多月了，除了住院期间输液之外，出了院基本上无药可吃。这期间我又挂上C主任的号，打算找她开点药先吃着。

等了一上午好不容易看上了病，C主任却说："肺部活检我给做完了，已经确诊是肺癌，接下来你得找肿瘤科的大夫就诊，让他们开药想办法。

我的任务完成了，没有权限给开药。”好说歹说，C 主任就是坚持不开药。人家是铁路警察各管一段，我不清楚是不是医院有这种规定，还是大夫不愿意承担责任，总之，候诊等了半天，看病没用两分钟就给打发出来，药是一颗也没给开。

无奈之下，只得重新挂号，正好肿瘤科还有一个副主任的专家号，赶快挂上，在外面等候。

说时快，那时迟。到大医院看病，排队挂号，候诊看病都需要相当长的时间。好不容易排到号，走进诊室，里面是一位老大夫，有近六十岁年龄。也许是看了一上午病，疲劳加烦躁，大夫虎着一张冷脸问我：“病人呢？”

我说：“病人没来，快九十岁的人，前一段刚在咱们医院住过，检查结果、病历片子都在这了。”我递上一袋子相关资料。

大夫连看也不看，把病历扔在一边说：“你不带病人来我给谁看病，再说了，这些东西我不用看，找我看病，一切得重新检查。”

我连忙说：“一个多月查了两次了，一项没落，全都查过，还有必要重新查吗？况且最近就在咱们医院查的。”

大夫不听我说完，把笔重重地拍在桌子上：“是你看病还是我看病？不带病人来，不重新检查，我没法开药!”

我耐着性子反复解释：“开点常用药就行，病已经确诊，这上面写得清清楚楚，多少让老太太吃上药有点安慰。”

大夫口气决绝地说：“不可能，我没看病怎么开药，出了事谁负责。走吧，说也没用。我这还忙，别和我对付，下一位……”

我的火气已经顶到了脑门，恨不得抓起什么东西砸过去。我的态度始终谦恭，和颜悦色，没有一句冒犯冲动的话，可是这个大夫一脑门子官司，说话像是吃了枪药，难怪年近六十还是个副主任医师，成天带着一肚子邪火给病人看病。我这时才感觉医患关系紧张，患者和家属与医生闹矛盾，很大原因在于现在有些医生根本不讲起码的医德。

好话说尽，大夫就是毫不通融，不带病人，不做检查，一粒药也不给开！

从清晨七点多就出来到医院就诊，母亲在等着我取药治病，其间几次打电话询问情况，我只能编瞎话搪塞。跑了一上午，楼上楼下往返无数趟，找了三个大夫，却处处碰壁，一粒药也没取回，望眼欲穿的母亲会怎么想？空手而归，怎么解释？我灵机一动，想到附近的药店买一点常用药安慰一下母亲。找了几家，总医院附近的几家药店买不上药，都需要医生的处方单，可是大夫连一瓶咳嗽药也没给开。怎么办？我只好打车到远处的一家药店，总算买了几种普通的止咳平喘的常用药。

五

再见到 H 主任的时候是隔了一天的上午，他告诉我，基因检测的事他已经联系好了，等一会儿你跟他们去办手续，结果出来，确定好吃哪种靶向药，病情很快会得到控制。

我心里像是看到了希望，连连称谢。

H 主任打了一个电话，让我在外面等候。

医院里人山人海，本市的、外地的，个个愁眉苦脸，行色匆匆，不是患者就是家属，有的预约了几次才挂上号，凡是到肿瘤医院就诊的，必是绝症、重症，人们焦虑的心情可想而知。

我焦急地在楼道等候，只要有穿白大褂的走进诊室，我都觉得可能是我要找的人。半个小时左右，H 主任出来招呼我进屋。里面站着的是一位三十岁左右的姑娘，夹克衫牛仔裤，一个黑色的双肩包，肯定不是医护人员，倒像是街上的那些推销员。

“你跟她去办手续吧，越快越好，结果一出来，我马上就能给你开药。”

H 主任忙中偷闲，为我分心劳神。我一直心生感动。但见了这个女孩，不免产生了一丝疑惑。

我跟着来人下楼，脑子里在想，这是个什么人物？穿着打扮像是逛街的女孩，肯定不是医院的大夫或药剂师。医药代表？药商药贩？无法确定，但事已至此，好像也不好反悔。一来与 H 主任不熟，是间接托朋友介绍的，问得太多了好像不信任人家。二来切片、病理报告都拿给了 H 主任，钱花了，手续办了，再退回到总医院也难了。再者说，你让人家看病开药，他从中得到实惠也说得过去。让我不爽的是，H 主任应该事先告诉我，明人不做暗事，如今这么做，有点欺负我的智商的感觉。

路上，姑娘不停地打电话，似乎还在联系别的业务，至少这家医院还有别的病人在等着她。电话里她们在约定会面的具体位置，显然也是在这家医院。

我跟在她身后，警觉地问了一句："做基因检测，费用大致是多少？我好有个准备。"

姑娘头也不回，随口说："一种是五十七项，一万五，一种是六十四项，一万八。"

"等等。"我马上站住脚，"不对呀，H 主任告诉我，最多的一项不超过一万，比总医院的要便宜，会不会搞错了，他可从来没说过这么贵。"

姑娘面露不悦："我们从来没有过这个价，不行，你上楼去再问问 H 主任，到底是怎么搞的。"

我心里在犹豫，还要不要上这个当，受这个骗，H 主任上次向我打听总医院的费用，把检测的事揽过来，说好了不超过一万元，这姑娘现在却坐地涨价，这里面的水分也太大了。

"我不用去找，不会错。这样吧，你打个电话问问，要是按原来说好的不变，我可以考虑；要是现在这个价，不行就在总医院做，那边也是托的朋友，等我信儿呢。”我心里有底，大不了再回去做，故意找了个借口。

姑娘可能担心到手的买卖要黄，不情愿地躲到一边给H主任打电话，片刻回来说：“既然H主任说了，那就不超过一万，九千八吧。别对任何人讲，给你的是朋友价，看在主任的面子上。”

我心里明白，这纯粹是江湖口，她们见多识广，也清楚我和H主任不是什么过硬的关系。好在最后的费用没有突破我的心理价位。为老娘看病，钱多钱少不是主要问题，我受不了的是被骗上当的感觉。

姑娘把我带到门诊大厅：“您在这等着别动，我还有个客户，就在门口，去去就来。”

坐在那，我心里想，不管怎么说，能让老娘尽早吃上药最重要，其他的都顾不上了。

一会儿工夫，姑娘转回来，拿出一叠纸：“行了，那边的事办完了，你看一眼合同，没什么问题就签字，交完钱，写好联系方式，检测结果一周左右会快速给您。”

“在这签？你们不是医院的？怎么连一间办公室也没有？这也太不正规了。”我故作犹豫状。

姑娘对患者家属的心理了如指掌：“实话告诉您，我们是医药公司的，代理做这项业务。天津没有医院能做这项检测，都是寄到广州。我们和几家大医院都是合作关系。您要用靶向药，都离不开基因检测。你别犹豫，我还忙着到别的医院，做不做在你，早做早有药吃。”

我知道说再多也没用，事已至此，只好乖乖地签字交钱。

六

大概不到十天时间，检测报告寄到家里，厚厚的一叠纸，上面全是医学术语，密密麻麻，有如天书，我看也没看，第二天一早我便去找H主任开药。

H主任大致看了一眼报告，对我说：“告诉你一个好消息，你的运气不错，这种病有针对的靶向药，而且刚刚进了医保。你需要到原来首诊的总医院、到患者所属的医保中心、街道、指定药店办理医保手续和特药登记，都办好了，医保承担大部分费用。虽然手续烦琐，可是能省不少的钱。”

“太谢谢了，我马上去办，这些手续大致需要多少时间？老娘一直没有药吃，就等着这药救命了。”

“起码也要一周到十天吧，主要是医保要走程序，审查得很严。现在只有一个办法，你要急等着开药，只能先自费外购。边吃上药边等着办手续。”

“自费就自费，好不容易知道能吃什么药了，不能因为钱让老人干等着。”

H主任开好了药，写好处方，特意嘱咐我到他指定的药店去买药：“拿着我的方子去，别在别处瞎买，有的药店看着便宜，是不是真药不好保证。”

我连连称是：“一定照您说的办，就到您指定的这家药店去买。”

拿着药方盖章去开外购单，在等电梯的时候，一位姑娘在旁边搭讪：“您拿的是基因检测报告吧？”我点点头，看样子她也是患者家属。

“您做的这个检查花了多少钱？”

我说一万。

姑娘微笑不语，让我心生好奇：“你们也做过这个检测吧？”到这个楼层看病的基本上得的都是同一种病，她手里也捏着几张单据。

姑娘点了点头。

“你们做的……费用是多少？”

姑娘欲言又止：“不到三千……可能检查的项目不一样吧？”

我不再多问，后悔也没有用，只是为了印证我当时的疑虑。

药的名字叫什么替尼，一盒七天，一千六百多块钱。

接下来，跑医院、社保、街道、药店，办各种手续，费尽了周折，难以尽述，总算每二十天可以开一次靶向药了。

时间过去了两个月，母亲终于吃上了靶向药，可是效果并不像预期的那么好。咳嗽始终不见好转，也不太严重，让人头痛的是她的饭量一直在逐渐减少。从一小碗减到半碗再减到四分之一碗，基本上以半流质的面汤、稀饭为主。

为了让母亲进食，我们想尽了办法，找了当中医的朋友大夫到家里看病，开了若干汤药，不起作用；各种开胃健食的药吃了也不见效。老人一辈子吃素，为了增加她的体质、营养，每天早晨一杯牛奶、两个鸽子蛋，鸡汤熬成浓汁煮面，稀饭最多时放进十几种食材。我在微信里记下了当时熬粥时的食谱，计有：小米、大枣、西洋参、百合、山药、枸杞、海参、虾仁、桂圆、莲子、沙虫、核桃等十几种。尽管想尽了办法，用尽了心机，但都无力回天，效果不大，老人的食欲如抽丝般下降，最后只能靠营养液维持生命。

眼见老人逐渐消瘦，病情不见好转，我决定还是把她送到医院调养，靠输液增强体质。找了若干朋友，联系了几家医院，对方一问老人的年纪及病情，都以没有床位为由婉言拒绝。能托的关系都想到了，电话打了无数遍，结果并不乐观，偌大城市竟没有一家医院肯收治老年患者。

医院住不进去，大夫护士不上门输液，母亲又吃不进东西，难道就这么耗着坐以待毙？！我突然想起来一年前官方的一项报道：全国百分之九十五以上的城市开展了家庭医生签约服务，超过五亿的中国人有了自己的家庭医生。我不知道母亲在不在这五亿人之内，反正据我所知，没有一家医院，无论是三甲的大医院还是社区的小医院，没有一家提供为患者上门输液服务的，更别说是住院救治。老年人得了重病，基本上投医无门！为了救老娘的命，我把能想到的社会关系全部调动起来，不停地打电话联系，无奈之下，只好找到一位在权力部门工作的同学，通过院领导，这才辗转住进了总医院的肿瘤科。

接诊的大夫是一位年轻和善的女医生，医学博士。

住院伊始，我就向主治大夫明确表示：一、不会给院方找任何麻烦，这种年龄，又是癌症晚期，医院能收，已是看在了同学的情面上了，一旦出现不测，不能让大夫有任何心理负担。二、晚期肺癌不可治愈，住院的目的是尽量减少母亲的痛苦，增加体质营养，尽可能地延长老人的寿命。

大夫强调，母亲的状况不好，造成难以进食的原因可能是肺里的积水过多，医院会尽可能地采取各种措施，除抗生素外，加一些乳化脂肪、人血白蛋白等补充营养的液体，但家属要有思想准备，这种病挺过半年已经很不错了。

母亲由于长期进食困难，身体瘦弱，除右肺基本不工作外，血压、心律等其他各项指标还算基本正常，至少没有进一步恶化的迹象，脑子始终十分清楚，精神状态良好，喘和痰现象虽然没有明显改善，但也没有痛苦的症状。

住院期间，在医生的建议下，我们同意为老人抽积液，前后共抽了三千二百毫升，接近六瓶半白酒的量。我想象不到，瘦小的母亲体内竟然有这么多积液。原以为抽了积液母亲的食欲会好一些，结果却并不理想，除了每天喝一瓶营养液之外，饭量不见增加。

住院半个多月，已经超出医保的规定期限，我们觉得如果有必要，就是自费也要住下去。超过二十天的时候，大夫找到我："大娘的病就这样了，我们实在没有好的办法。现在医保规定的时间过了，在医院容易交叉感染，不如回家养着吧。过一段时间如果感觉不行，随时可以回来再住。”

我表示还是待在医院为好，即使医保不报销，自费我们也情愿。

女大夫很和气，不紧不慢道：“我理解，可是医保规定，超过十四天我们医生不能再给患者开药，医保系统过不去！大娘住着没有意义，什么时候想来可以再联系。”

医保的规定我不懂，母亲五十多年没看过病，没花过国家一分钱，晚年高龄得了绝症，看病却受到种种限制。当然，这就是现实，我们只能忍受、顺从，只能听从大夫的安排。母亲也愿意回家，况且人家大夫许诺，随时可以再住。正是这句话，让我下决心接母亲回家。

七

回到家，一切如常，母亲的病情发展得慢，也许是靶向药起到了一定作用，有些喘，不太严重，经常咳痰，每次量不大，抽纸巾一天用掉两三包。只是饭量还在递减，多吃一口就会吐出来。平时能下地活动，饮食起居有保姆照顾，我们三个子女二十四小时轮班守在身边。母亲的进食是最让我们头痛的问题，营养液拌上蛋白粉、石斛粉、西洋参粉等吸入。四五种药，一天三次，饭前饭后不间断。我给她买了制氧机，平时靠吸氧维持。

回家调养一段时间，医院带的药和营养液都已吃完，照方抓药，有的药店能买到，有的买不到。寄予厚望的靶向药没有明显效果。每二十天我到医院开一次药，时间早了医保通不过，晚了老人就会断药，而最困难的是根本挂不上号。提前从网上预约或当天到门诊挂号从来都是满号，好在有 H 主任的关照，每次都是与他联系，挂普通号开药。

挂号、候诊、交费、取药，每一次都要半天时间。二代靶向药法克替尼，大夫不建议用，说一代药的抗药期至少要一年以上，两种药的疗效基本上是一样的。我知道靶向药只能维持病情不进一步发展，要想治愈是不可能的。我不敢奢望能治好母亲的病，只希望能尽可能地减少她的痛苦，延长她的生命。

时间进入到二〇一九年年初，距查出癌症已经过去了四个多月。母亲越来越瘦，体质下降得很快，稍一活动就开始喘，夜里睡眠也不好。她长年服用一粒安眠药，后来基本不起作用了。夜里时不时地要坐起来，吸氧、吃止喘药、喷止喘剂，平缓一会儿才能躺下。我守在身边，彻夜难眠，心如刀绞。她醒着，我不能睡，她睡着了，又怕老人没了呼吸。就这么反复煎熬，疲惫不堪。我和两个姐姐商量，与其这么束手无策、坐以待毙地耗下去，不如把母亲送到医院，医院有各种治疗抢救措施，有大夫护士，能通过输液增加营养，至少住在那我们心里会踏实一些。

第二天，我打电话联系，找到总医院的主任和预约床位的护士，均告诉我没有床位。我又跑到一附属和总医院找大夫面谈，得到的答复是："病房现在实在没有床，就是找到院长也没有办法。"我这才明白的，当初总医院大夫让母亲出院时许下的"随时可以再住"的承诺不过是为了敷衍，并不能当真。

回到家，我在脑子里搜索所有与医院能联系上的关系，甚至与远在美国的同学，一位医学教授取得联系，让他寻找本市的同行，得到的答复几乎一致，年初床位紧张，许多患者要花掉医保的门槛费，况且老人年纪太大，医院不愿意收治。无奈之下，我找到一位医院当大夫的朋友，说明情况，紧急求助。

朋友很仗义地说："别管了，住我们科吧，可是有两个前提，一是费用贵，高干病房；二是春节前出院，过节期间病房的人手太少，照顾不过来。"

半夜下饭馆——有什么算什么了，事到临头，火烧眉毛，还有什么可挑剔的。我毫不犹豫地答应下来。我的要求很简单，止喘止咳，减少痛苦，增加营养，延长生命。我的心里只有一个愿望，让老娘过好最后一个春节！

在朋友的精心医护下，母亲调养得不错，除了输液吃药，免去各种不必要的检查，每天保姆搀扶着老人在楼道里还能散步。没事的时候，老人还吹吹五颜六色的气球，以增加肺活量。病房宽敞明亮，设施良好，亲友不时来看望，母亲的情绪始终不错，精神饱满，心情愉悦，基本上看不出是一个病入膏肓的癌症患者。

儿子远在美国读博，已经五年没有回来过春节，二〇一八年圣诞节假期回来住了半个月，每天看望奶奶。年初返回美国之前，我和他说："春节有没有假？能不能请假？如果可以，飞回来陪奶奶过一个春节。"儿子表示，加上周六周日应该能请一周的假，到时候一定回来。

按照与朋友事先的约定，春节前的腊月二十九，我们接母亲回家调养。儿子夜里回来。大年三十，我们高高兴兴地过了一个团圆节。母亲穿着海蓝色的羊绒衫，紫色的羊绒坎肩，里里外外一身新。身上戴着南红玛瑙的"金猴献寿"的佩件，喜悦之情溢于言表。

母亲的身体已经越来越弱，虽然看不出有什么明显的痛苦，但人已经瘦得不成样子。"苟延残喘""风烛残年"这两个词时常浮现在我的脑海里。我意识到，母亲的日子不多了，随时有可能离开我们。她只要不痛苦，我们做儿女的自然希望尽可能地延长她的生命。

母亲爱美，喜欢首饰，但是她头脑清晰，明事理，从不向儿女提出额外要求，即使给她也会反复推辞。当然，她的物质条件我们尽可能地满足，从没叫她操过心，为她省过钱。她的首饰，都是闺女、儿媳为她添置的，老人一次也没有主动要过，连暗示都没有过。这次春节，朋友送了爱人两个玛瑙、青玉的佩件，我拿给母亲看，问她："喜欢吗？漂亮吗？"母亲不假思索地点头，目光中流露出渴望的神情，这是以前没有过的。"喜欢就戴上！"我把饰物给母亲戴上，她像个听话的孩子一样配合着，用手在颈上轻轻摸着，高兴得像个孩子！病中的母亲话不多，这时候心里想什么就说什么，不再像过去那样心存顾忌，在意别人的感受。

春节期间，亲朋好友，宾客盈门，母亲每年最盼望的就是春节。

儿子初五飞回美国。

人心都是贪婪的，我原来的愿望是希望母亲能挺过春节，挺过十五，继而在心里默默祈祷：希望老人能活过正月，熬到端午，一天天与病魔争夺时间。

老人肺癌的症状并不明显，喘，但不厉害，看不出太多的痛苦；咳，少许的痰，也不严重。

我问她："哪里难受，说出来。"

她摇摇头，不说什么，应该是还能忍受吧，至少我们看不出她有什么太大的痛苦，只是饭量越来越少了。

上一年圣诞前后，孩子给她买来好利来的小蛋糕，她一次能吃小半个，那以后，儿子每天来给奶奶买一个，到了一个多月后的春节却只能吃几小口了。过去半流质的稀饭、面汤已经无法下咽，改用吸管喝从医院开的营养液，里面掺上蛋白粉、西洋参粉、石斛粉等等。至少有半年的时间，老人基本上不再进食，身上瘦得皮包骨。耗到四月份，我发现，她的耳朵有点背，记忆力也不如从前，说过的话一会儿就忘，一句话要重复几次。

眼看母亲的身体逐日衰弱，我们决定送她住院调养。联系的还是朋友的医院，那里虽然不是专科，但也是三甲大医院，条件好，又有熟人照顾，一般性的治疗、维持是最好的选择。我明白，即使住进医疗条件最好的总医院，这种肺癌晚期神仙也没有办法。

这是母亲自发病以来第五次住院，她的神志一直很清醒，脑子从来不乱，只是记忆力不如过去，时常爱忘事。本以为住院会比家里好一点，至少可以增加营养，但没想到这次住院总体情况感觉每况愈下，血氧饱和度低，心率也比较差。

主任告诉我，老人的身体对药物、营养吸收得差，做好思想准备，很可能这次出不了院了。他建议，一旦出现危险，不要再做其他抢救措施，切气管、上呼吸机什么的意义不大，那样，老人不仅痛苦，也没有任何生活质量。我在病危通知书上签了字。

这一次住院出现了一些微小的变化。母亲的记忆力明显衰退了，昨天的事，甚至上午的事记不住了。这之前她的脑子是极好的，从没有糊涂过，年近九旬的老人不仅生活完全自理，而且思维清晰不亚于儿孙。另一个变化是听力减弱，需要凑近了大声说话才能听清。爱人问她："给您配个助听器吗？"母亲不说话，盯着她，点点头。助听器拿来，她戴了不到一天时间。她过去从不麻烦人，即使是儿女也不愿她们花钱费事，更不要说儿媳了。但这时的她想得简单了，助听器听说过没戴过，她也许想试一试，像孩子渴望得到一件新鲜的玩具。

这次住院的二十多天，除了保姆二十四小时陪护，她不让任何人夜里陪伴，只让我天天夜里守在身边。姐姐心疼，告诉她我白天还要工作，要求夜里能替替我。母亲看着她们，不说话，摇摇头。白天她们轮着照顾，临走时逗她："晚上我们谁留下来陪您。"母亲慢慢地举起手，轻轻指指我。她可能预感到来日无多了，在她心里，我只要在身边，她就有主心骨，她对我从来是信赖的。

八

母亲和我都不善于表达情感，在我的印象里，成年以后我们母子基本上没有肌肤之亲，最多是病了的时候母亲会摸摸我的头。这种性格或说是习惯是从小养成的，很难改变。我甚至不记得拥抱过母亲。我以为，只要心里有，只要把事做周全，让她衣食无虞，安享晚年，才是最重要的。我发现，病中的母亲这时也许对儿子更多了一些依恋。她心有不甘，不想离开人世。在家族的老一辈人中，她的生活条件应该是不错的，平时身体也还好，本应快快乐乐地安享晚年，却没想到竟得了绝症。她虽然嘴上不说，但是心里不甘，心里委屈。

住院期间，母亲几次对我说："你帮我挠挠后背吧，有点痒。"她的身上已经骨瘦如柴，没有多少肉了。我感觉，母亲不是身上发痒，是想让我摸摸她，感受一下和儿子的肌肤之亲。我将手伸到她的后背，来回抚摸着，母亲露出很满足很享受的神情。

这时候的母亲心里最惦记的是远在国外的孙子。有时候一天要问上几十遍上百遍："孩子干吗呢？"我告诉她实习呢，马上就要工作。儿子的情况其实她早就知道，一年前就拿到了工作签证。母亲一直以孙子为骄傲，这时却问了又问，心里始终放不下。我逗她："以后每个月找他要一万块钱给我零花，让他孝敬我。"母亲听了，有些生气："你穷疯了，花孩子的钱。他还没成家呢。""他挣那么多钱，给我花点不应该呀？"为哄老娘开心，我时常逗她。母亲说不过我，有气无力地打我两下。过一会儿，她又重复同样的话，"孩子干吗呢？"反反复复，没完没了。

这次住院，早已超期，母亲后来也反复提出要回家，朋友尽了全力，请了几个科室的主任会诊，均没有好的办法。我明白，再住下去没有太大意义。不治之症，熬了十个月，超出了原来的预期。

九

回到家，天气渐热。母亲的病情逐渐加重，白天，在家人及保姆的搀扶下老人可以下地稍事活动，夜里睡眠不好，安眠药加到两片仍然效果不大，要不时地坐起来，氧气二十四小时不间断，但呼吸应该出现了一些困难。母亲没说过她难受，从她的表情神态也看不出有多么痛苦，可实际上肯定会感到胸闷憋气，坐着也许会舒服一些。我们无能为力，只能给她服药喷药，尽量缓解病情。此前，我到总医院疼痛科开好了止痛药，以防她最后痛得无法忍受。

进入六月，天气转热，有一天母亲提出能不能给她买点冰棍，我买回一包冰糕冰激凌放在冰箱，老人这时候想吃什么就吃什么，顾不上太多了。母亲贪恋地吸吮着，吃两口放下，过一会儿又要，也许冰棍的阵阵凉意对呼吸道能起到一些麻醉的作用。后来我们把果汁、营养液冻好，每天她能吃三四棵冰棍冰糕。

有一天夜里，我听见母亲的屋里有动静，起身去看。她在央求保姆："求求你，到冰箱再找找，给我吃一棵吧。"母亲睡不着，可怜巴巴地乞求着。

保姆怕她吃坏肚子，说是冰棍没了，天亮才能去买。

母亲见到了我，有气无力地说："你给我送医院找大夫吧。"

我知道她一定是憋得难受，赶紧给她吃止喘药喷嗓子："天亮咱就去医院，现在是半夜，找不到大夫。"我安慰着老娘，心里想，别说医院不收，就是住了院大夫也没有办法。

坐以待毙，坐以待毙！现实就这么残酷，无能为力，心在滴血，却束手无策。

我一周三个昼夜守在母亲身边，白天天天去，不离左右，心悬一线，忐忑不安。最后一段时间，母亲每天仍然能下地活动，像喝醉了一样搀扶着摇晃着往前挪步。最后几天有两三天夜里几乎不睡，时常坐起躺下，出来进去。问她哪里难受？母亲摇头不语，表面上也看不出有什么痛苦的表情。临终前的四五天，她白天夜里睡不着，两三片安眠药已经不起作用了。

可是精神头也还不错。病了十个多月，还有如此精力，我找不出原因，只觉得老人暂时不会出现生命危险。

六月二十一日，我白天去看她。老娘躺在床上半昏半睡，我问候几句，她意识清醒，反应正常，我们母子还握了握手。那两天外地朋友来访，整天应酬，疲惫不堪，晚上回到家早早睡下。

六月二十二日清晨五点，睡梦中的我被电话惊醒，是大姐打来的，她说："咱妈有点昏迷，你别着急，过来一趟吧。"我和爱人立即赶往母亲家，两家的距离很近，路上也就几分钟的路程。

进到屋里，姐姐和保姆都在哭，母亲已然没有了呼吸。我摸摸她的手，还是热的，但人却安详地永远睡着了！

我看了一眼手机，时间定格在凌晨五点十二分。

母亲的病，我始终做好了思想准备，她随时有可能离开我们。这是没办法的事，我最大的愿望是希望她走的时候不要太痛苦。我以为她还能坚持一段时间，没想到竟然走得这么快。

让我感到欣慰的是，母亲走得很安详，没有痛苦，也没有喘得难受。我最怕看到的是老人挣扎，而我们做儿女的束手无策，看着母亲煎熬，我们情何以堪！

母亲去世已近半年，冷静下来，思念母亲，我却始终没掉过一滴眼泪。不是我心硬无情，更不是和母亲感情寡淡，而是思前想后，自己有没有什么遗憾的地方。我可以大言不惭地说，这么多年，照顾母亲，我没有做过任何亏心后悔的事，尽最大的能力让她过得幸福，过得快乐。肺癌晚期，我们共同努力，熬过了十个半月，最后老人平静安详地离开，这对她也是最好的解脱！

愿母亲好梦！一路走好！

难忘大舅

一

大舅个子不高，应该不到一米六五，他身材清瘦，眉毛浓重，两眼放光，总是显得精神头十足。在我的印象里，他始终是一个干干瘦瘦、精精神神的小老头。当然，他也年轻过，只是我没有见到过，从我记事起，大舅已经年过半百了，一个孩子眼中五十多岁的人，自然已经是老头了，况且四十多年前，人们的生活条件差，面相普遍比现在看着显老。我找不出合适的词来形容他，清癯，也许是比较恰当的。

其实，大舅除了个子不高，还是蛮帅的一个男人。我见过他几张年轻时的照片，西服革履，派头十足，尤其是他的眼睛，双目如炬，炯炯有神，明亮坚毅中透着一种喜气和灵动。那时的大舅绝对是一个英俊潇洒、风度翩翩的帅哥，年轻有为，事业有成，和后来我接触到的简直判若两人，不可同日而语。

从我记事起，大舅家的生活就很困难，吃的穿的都相当简单、简朴，“文革”期间，供应紧张，物质匮乏，许多东西都凭票证购买，人们在吃穿上看不出太大的差别，但是他家里的陈设显得过于简陋寒酸，一间十几平方米的小平房，除了一张大床、两个柜子、一张桌子，就没有其他的家具。床是通铺，占了屋子的一大半，后来知道，大舅家人口最多的时候有九口人，晚上睡觉都挤在一张大床上。其实，到了七十年代，大舅最困难的时期已经过去了，舅母已经病逝，孩子有的分配工作，有的下乡插队，留在他身边的只有一个上中学的表姐。大舅一个人工作，两个人消费，除了贴补下乡的孩子，家里的生活条件还说得过去。

他那时在一家工厂当会计，上班的地点离家较远，每天骑一辆破旧的自行车。那是家里唯一一件值点钱的物件，说它值钱，是因为那是一辆日本车，富士山牌。虽然旧得已经看不出任何装饰，车身整体都成了乌黑色，但是轻便好骑，质量很好，陪伴了大舅几十年。他每天回到家，饭前饭后，必定到前楼的姥姥家坐一会儿，说说话聊聊天，算是给老人请安。

大舅二舅都住在过去的日租界，二舅一家住在临街的一幢二层小楼里，大舅住在楼后小院的一间平房。我那时长年随姥姥生活，住在二舅家。在我的记忆中，小时候，家里的大人孩子十几口，人来人往，热热闹闹，我和表哥表姐几个孩子每天都要到后院大舅的屋里去玩。

家里所有人对大舅都十分尊敬，即使是作为一家之主的姥姥，对他也是另眼看待，相当地客气、礼貌。姥姥在八十岁之前始终主理家政，管钱管物管家务，一天到晚操劳，干不完的活。人老了嗜睡，闲下来，姥姥有时或躺或卧或打瞌睡，但是只要是大舅到屋里来看望，她一定会坐起来，而且坐得腰板笔直，就是强打精神也要陪着说话。大舅每天过来问候几句：吃得怎么样？睡得可好？天冷了多加件衣服等等等等，语气恭顺，态度谦和。姥姥一一作答，两人随便聊着天，说得最多的是过去的人和事，时间可长可短，但下了班或吃过晚饭到前楼坐一会儿是大舅每天必不可少的保留节目。我知道，姥姥规矩大，家教严，讲礼数，凡事都讲理讲面，不能让人说个“不”字，但是在家里对自己的儿子完全可以放松随意，没必要总是一本正经，正襟危坐。那时我想，也许是大舅年长的缘故吧，他和姥姥之间的这种礼貌客气隐约间透着一丝恭谨，一丝生分。稍稍懂点事，我也产生过疑问，姥姥是个特别封建特别传统的老太太，为什么不跟着大儿子一起生活呢？我没有问过，只是自己在心里解释，也许是大舅住的房子小，生活比较困难吧。除此之外，会有其他的原因吗？在我的心目中，大舅就是大舅，是姥姥的大儿子，母亲的大哥，他和全家人都处得相当好，备受尊重，年幼的我根本就不会往别处想。

记得有一天，大舅家来了一位客人，是从山西老家来的，晚上吃完饭就住在了家里。大舅家就住着一间平房，客人留宿，表姐在旁边肯定住着不方便，于是姥姥便把她叫到自己的屋里睡觉，让我住到了后院。这是我唯一一次在大舅的屋里过夜。

夜深人静，我昏昏沉沉地即将入睡，就听大舅和客人还在聊天，其中有一句话让我心里一惊，至今难忘。客人无意中说道："刚才到前楼看望老太太，真是精神，身体硬朗，脑子清楚，不像这么大岁数的人，看着比您好像也大不了太多。"大舅平淡地说："是，老太太心宽，保养得好，年岁比我大上十岁出头，老人家是我的继母，四岁上我就没了母亲……"后面的话我记不得了，但这句话却让我倍感震惊。原来大舅和母亲不是一奶同胞，他竟然不是姥姥的亲儿子，这太出乎我的意料了。怎么会呢？这么长时间，我怎么一点也没有察觉，一句也没有听别人提起过。在我的心里，大舅二舅是一样的，都是母亲的亲哥哥，可没想到他居然是姥姥的继子。平时他对二舅、对母亲、对家里的所有人都亲如一家，看不出一点的隔膜和异样。

为了弄清真相，我小心翼翼地找机会和母亲说起这件事，母亲告诉我：大舅四岁时母亲因病去世，姥爷是家里的独子，长年在北平、天津做生意。姥姥作为续弦，十五岁嫁给姥爷，带着前房留下的独子和一位寡妇婆婆在山西老家生活。

姥姥后来生养了五个孩子，大舅和岁数相差十多岁的弟弟妹妹始终相处得相当好，用姥姥后来的话说："你大舅有德，他是全家的恩人，你大舅要是坏了心，我们到现在还是农民。"

大舅十几岁的时候就被姥爷带到天津学做生意，干的是染料行。当年，山西人出外闯荡，有两个行业干得最红火，一是当铺，再就是染料庄。大舅聪明好学，为人活泛机灵，又有姥爷的照护，很快便在天津站稳了脚跟。姥爷去世时，二十多岁的大舅在事业上已经小有成就，生意做得风起云涌。最辉煌的时候，他和朋友开着钱庄银号，还有店铺工厂，一个农村青年，头顶一脑袋高粱花子，能在大城市干出一番事业，大舅的能力和为人必有过人之处。

回想起来，我的父辈，大舅他们这一代人，其实就是最早的进城打工者，他们逃离贫穷落后的农村，背井离乡，到城市闯荡，从学徒做小生意开始，到有了自己的店铺，开了自己的企业，慢慢地发展壮大，这其中，遍尝酸甜苦辣，经过打拼，终于在城市扎下根来。大舅和我说过，他好的时候，光现大洋手里就存着七千块，价值几何，不好推算，但我以为，大舅在商贾云集的天津卫虽然算不上真正有钱的大买卖家，但家境中产、生活小康应该是没有问题的，以一个两手空空的农村青年，几年间干出一番事业，在他的同龄人中间应该算是成功者。

姥姥生前曾经不止一次对我说过："别看你大舅现在这样，过去可是吃过见过，穿着讲究，派头十足，出门有车，馆子常下，那做派气势可大了。"类似的话，我小的时候听过多次，大舅爱看戏，当年北京的名角梅兰芳、马连良只要到天津，他必去捧场，家里的金嘎子（戒指）就有十几个。可以想象，当年的大舅必是春风得意，潇洒自如。可是，我接触到的大舅好像一直生活比较困难，屋里家徒四壁，破箱子烂柜子，没有什么值钱的东西。我只见过一样也许还算是古董的小物件，那是"文革"期间，表姐有一回拿出一个象牙的珠子，比玻璃球略小，两边各有一个小孔，透过小孔，冲着强光往里看，里面有山有水有人家，一个老和尚坐在凉亭下打坐念佛，画面清晰，生动逼真，精细至极。大舅下班回来，看见我们好奇地在看着象牙珠子，只说了一句："这都是'四旧'的玩意，看完了就收起来，别和外人说。"大舅那时已经一贫如洗，破落衰败，手里却还有这样稀奇的玩意。象牙珠子小，孔里乾坤大，画面上连和尚头上的戒疤都看得清清楚楚，实在是神奇。但是除了这一件小东西，大舅家里连件像样的家具都没有，我们根本不了解他的过去，他也从来没和任何人说起过他年轻时的风光，从来没有炫耀过一句，好像过去的辉煌根本就不曾发生过。在我们眼里，大舅就是一个安于现状、乐观外向的小老头，普普通通，朴朴实实，过去的事情他从来不提。

早年的大舅子承父业，在天津做生意，在老家娶妻生女，姥爷去世后，他寄钱养家，贴补家用。这个家不是自己的小家庭，而是包括继母、弟弟妹妹在内的一大家子人。"七七事变"爆发以后，山西农村闹得兵荒马乱，民不聊生。日本军、沟子军、八路军在汾阳一带展开了拉锯战，今天抓丁，明天逼粮，整日闹得人心惶惶，有点钱的人家更是不得安宁。老家实在待不下去了，姥姥给在天津的大舅捎去信，决定全家迁居天津。

大舅了解姥姥的性格，尊重姥姥的选择。

大舅接到信后，毫不迟疑，马上寄回一笔钱，并且托好了朋友，安排家人迁到天津生活。姥姥处理好家产，该卖的卖，该送的送，收拾好行李，带着婆婆、两女一儿、两个媳妇、一个孙女，一行八人辗转到了太原，然后乘飞机来到天津。七八十年前的飞机，票价之贵可想而知，大舅是花了血本，不惜财物，救全家老小于危难之中。这也是姥姥一生中唯一一次坐飞机。

如果大舅那时只考虑自己，只考虑自己的老婆孩子，完全可以把继母、弟弟妹妹当作累赘，找个理由置之不理，弃之不顾，那样的话，真像姥姥说的，一家人到现在可能都还是农民。

据母亲回忆：大舅接到全家人以后，一家老小的住房、吃穿、用物早就提前安排妥当了。那时的二舅只有十几岁，正在天津学徒，自顾不暇，无力养家，只能解决自己的温饱。全家老小，当年都是从农村逃难出来的土包子，呆头呆脑，两眼发直，没有见过世面，也没有任何经济来源，家里的吃穿用住基本上都指靠着大舅一个人。母亲后来回忆：刚到天津那会儿，什么都不懂，觉得城市神奇无比，墙上用手一拨就能出水，灯挂在屋顶，不用添油总能亮着。有一次晚上停电，他们以为灯捻断了，支上凳子，卸下灯泡，用锥子在灯口上挑。大舅回来，见此情景吓出一身冷汗，告诉他们这是电灯，既不用灯油，更没有灯捻，幸亏是停电，否则十分危险。母亲有一次看见街上有卖元宵的，以为是老家的胰皂团子，买回来几个洗手，没想到越洗越黏，她根本就没见过元宵。类似的笑话闹过不少，七十多年前农村孩子的孤陋寡闻可想而知，是大舅把他们带到了城市，享受现代文明，开阔眼界，改变命运。

大舅虽然和几个弟弟妹妹并非一母所生，但始终视他们为一奶同胞，不嫌弃、不放弃，尽职尽责地照顾家人。母亲和我说过多次：“当年你大舅，逢年过节添置衣物，给你舅母买什么，给我们就买什么，毛衣、旗袍，一人一身，从来不偏心、不走样。平时，吃的喝的、穿的戴的、铺的盖的，从来都是双份的，自己屋里有的，这屋里就一定有。你大舅做人，那是没的说。”

我体会到，大舅做到这一点其实很不容易，一方面他得有这个实力，有条件供养大家庭；另一方面，经济上得能做主，在家里顶天立地，能说了算。最重要的还是他的为人品性，有情有义，无私无怨，有责任感。否则，再有钱，再有权，如果自私自利，光顾着自己合适，光考虑自己的小家，继母和弟弟妹妹也沾不上光，他也不可能赢得全家老小一致的尊敬。我过了天命之年，家里的亲戚，长辈的平辈的几十口人，无论大舅早年富有，还是后来困顿，没听一个人说过他一个“不”字。

二

以我的观察，大舅属于命硬之人，他一生历经坎坷，命运多舛。人生的三大不幸——早年丧母、中年丧妻、晚年丧子，都让他赶上了。四岁时死了亲生母亲，五十多岁老伴去世，六十多岁小儿子溺水身亡，这些沉重的打击要是放在一般人的肩上早就扛不住了。但是他挺了过来，默默承受，不屈不挠，从不悲观丧气，怨天尤人，总是坦然地面对一切，他开朗大度，从不消沉，始终对生活充满了乐观，充满了信心，有时甚至是盲目地乐观，盲目地自信。

他的人生起伏跌宕，大起大落，重要的转折点发生在新中国的成立。新中国成立前，他的生意一帆风顺，如鱼得水，主要是生产和销售化工颜料，他的企业曾经为著名的官僚资本企业中纺公司提供产品。中纺公司在中国纺织工业中处于举足轻重的地位，棉布的生产占当时全国总产量的百分之七十。其中一部分用来给国民党军队做军服。新中国成立以后，城门失火，殃及池鱼，大舅经营的买卖自然也在查封之列，财产作为不法资本被全部没收，他一度成了失业的闲散人员。那时他才不到四十岁，正是风华正茂干一番事业的大好年纪，却突然间被没收了财产，失去了工作。家里老婆孩子八九张嘴等着吃饭，只能靠变卖家产勉强度日。我不知道那段日子大舅一家是怎么过来的，巨大的落差、沉重的负担他是怎样面对和承受的。大舅后来重新找了一份职业，从头干起，开始每个月只挣三十几块钱，家庭人均还不到五块钱，这点极其微薄的收入连买粮食吃饭都成问题，根本无法维持生活，家里当的当卖的卖，其艰难程度可想而知。

大舅遭受磨难，同父异母的弟弟妹妹对大哥尽量施以援手。二舅十几年负担后院大哥家的水钱电钱房租钱，母亲每年春节都为侄子侄女缝制新衣，他们没有忘记大哥过去对整个家庭做出的贡献。

在我的记忆中，大舅对姥姥始终是尊敬有加，嘘寒问暖，不是亲生，胜似亲生，几十年如一日。十几年前，姥姥九十三岁时住进了医院，当时的大舅已经年过八旬，垂垂老矣，他自己都需要家人照顾，可是每天他都坚持在子女的陪同下到医院看望姥姥。有时赶上电梯停开，老人要爬上五层楼梯，累得气喘吁吁，即使这样，在姥姥住院直到去世的五十二天里，大舅每天必到医院，风雨无阻，从未间断，八十岁的老人能做到这一点，让我们做晚辈的感动至深。

大舅对姥姥的敬重不仅仅是出于礼节，出于孝道，而是他从心里佩服大他十岁的继母。在许多人生的重要关口，姥姥的睿智开明、远见卓识都对他产生过重要影响。在他情绪最低落、命运最坎坷的时候，姥姥时常安慰他、开导他，让他打起精神，重新振作。从某种意义上说，姥姥后来就是他的精神支柱。大舅说:“当年我失业在家，要是没有老太太天天那么逼着我，我当时真不知道该怎么办。”

大舅年轻时英俊潇洒，风流倜傥，用现在的话说，绝对是一个风度翩翩的帅哥。舅母当年是来自农村的家庭妇女，相貌平平，两人是“父母之命，媒妁之言”撮合成的旧式婚姻，可能谈不上有多深的感情。当年和大舅一起做生意的朋友发达以后，大多喜新厌旧，另寻新欢，有的甚至娶了二房、三房老婆。但大舅始终守着自己的老婆孩子，不弃不离，他置身生意场，年轻潇洒，事业有成，各种诱惑肯定是少不了的。他后来告诉我：“当时好多人劝我再娶一房，我始终都不敢。咱家的家教严，不敢乱来，你姥姥这一关就过不去。要不是听了她的话，娶个小的，后来就遭了大罪了。新中国成立以后实行一夫一妻，政府只让选一个老婆生活，某某某后来倒霉了，就跟了小老婆，结果是大婆的孩子不认他，小婆也不待见，弄得他灰头土脸，两头不是人，日子过得那个恓惶。”

“文革”前，舅母因病去世，大舅那时五十多岁，后来孩子们工作的工作、下乡的下乡，基本上都已自立，生活负担减轻了许多。这时候，有朋友提出让他找一个老伴，大舅含蓄地透露过这层意思，记得姥姥当时说：“孩子们都大了，你要是再找一个后老伴，也许有一个人照顾你，你要是不找呢，将来几个孩子都得管你，就是这么个理，大主意你自己拿吧！”大舅很明智，断了续弦的念头，晚年几个儿女精心照料，生活无虞，也不寂寞。

大舅活了九十六岁，直到临终，他的脑子都是清醒的，思路从来不乱。在他的晚年，我时常去看望。每一次和我聊天都条理清晰，记忆力惊人。有一次说起他的婚姻，年过九旬的老人居然像说眼前发生的事情一样。他告诉我，年轻的时候，从天津回老家探亲，一个亲戚给他说了一次媒。那时候，男女授受不亲，婚前是不能见面的，也许是亲戚特意地安排，有一次到邻村看戏，他偷偷地和对方见了一面。

大舅动情地说：“那姑娘长得可俊了，稳稳当当，周周正正，眉眼可亲。可是，可是……”大舅显得有点激动，“这门亲事就是没成，没别的原因，就是对方家里太穷，他爸爸提出要三十块大洋的彩礼钱。老太太就是不给，就三十块钱，愣是不给出！”

我说：“您当时不是也挣钱了，自己出这钱不就得了。”

“你不知道，不是钱不钱的事，我奶奶就是放不下脸面。我母亲死得早，老太太最疼我，可是也霸道惯了，在家里说一不二，独断专行。她可以主动给，但是对方要是张口要，绝不答应。你姥姥是继母，不好插手，我爹又长年不在家，老太太放了话说：‘我们是娶亲，不是买姑娘。’她的话就是圣旨，说不行的事，谁还敢管。老太太样样对我都好，就是这件事让我不痛快……三十块大洋，就三十块钱，可心的人就是没娶成。”几十年过后，大舅想起这件事，还是追悔莫及，惋惜不已。

三

大舅身上具备传统生意人的特点，注重礼节，周到细心，做事规规矩矩，有板有眼。在我的印象里，对他有两点记忆最深，一是写一笔漂亮的毛笔字，二是打一手利落的算盘。这两样都是过去买卖人缺一不可的看家本领，是一些人求职谋生的基本条件。就像现在的外语和计算机知识，没有这两样基本技能，年轻人要想找一个好职业那是难上加难。

大舅过去办厂子，开银号，时常用一把算盘加减乘除算计着往来账目，练就了一手好珠算。我小的时候就常见他打算盘，虽然后来财产被没收，家徒四壁，从小康坠入困顿，可算盘始终是他的心爱之物。家里凡是有计算之类的事，大舅一概使用的是算盘。他架上老花镜，算盘抓在手里上下一抖，放在桌子上摆好，“叭叭”两下，档位上下的珠子归位整好，然后就听算盘珠子噼啪作响，手指头上下齐飞，加减乘除，三下五除二，成千上万的数字立马算得。那运算的速度之快不亚于笔算，得出的结果准确无误，可谓是口到心到，心到手到。你刚说出题目，那算盘上的得数就出来了。看他打算盘，那才叫赏心悦目，那才叫痛快淋漓，简直就是一种精神享受。

大舅十几岁就出来做生意，念过几年私塾，读书虽然不多，但是他勤奋好学，毛笔字写得工整漂亮。也许是多年养成的习惯，直到晚年，只要是用笔写字，他还是喜欢用毛笔。他的字端端正正、清清秀秀，就像他的人一样。

大舅对整个大家庭的影响是巨大的，不仅是他在条件好的时候，不计得失，不吝财物，全力付出。更重要的是他的所作所为，为弟弟妹妹，甚至为下一代树立了一个良好的家风：父慈子孝，兄和弟恭，诚信待人，互济友善。这些品质，无影无形，却无处不在潜移默化地影响着每一个人。无论是贫穷还是富足，无论是失意还是发达，大舅自始至终都保持着一种安之若素、凛然不屈的尊严，赢得了全家老少一致地尊敬。亲戚们只要到二舅家看望姥姥，一定会到后院大舅家坐坐。

姥姥去世以后，我时常去看望两位舅舅，没有什么可以回报的，只能尽量买一些食品之类的礼物。每一次买东西都是一家一份，基本上数量品种相近或是价值相当。我不能让大舅感到厚此薄彼，有远有近，绝对不能！

人老了，有时就像孩子。大舅天资聪慧，直到晚年都不糊涂，临终前，我守在他身边，老人最后说的几句话都意识清醒。他注重细节，敏感多虑，每个人做得怎么样，他嘴上不说，心里是有数的。

一个表弟有一次去二舅家，也许是时间来不及或是其他原因，没有到后院去看望大舅。表弟骑车走的时候，大舅看见了他的背影，老人本来是要到前楼二舅家坐坐，遇到这个场景，转身回了自己屋。大舅从来不说什么，平辈晚辈，全家几十口人，虽然平时关系都很密切，但脾气秉性各有差异，老人从来不加褒贬，不加议论。到了晚年，儿女孝敬，他什么也不缺，他是怕别人尴尬。

对大舅二舅我心里从来是同样看待，同样对待。虽然自小随姥姥长大，二舅从财物上精神上付出的更多一些，但是，以大舅的为人，不是不想付出，而是没有条件，没有能力，他何尝不想像以前那样为这个家庭多做奉献，但是他实在太难了。

生命的意义在于付出，在于给予，而不是在于接受，在于索取。付出无疑是一种快乐，关键是得有这种能力。

大舅晚年每次见到我都格外高兴，每一次都说买的东西太多。的确，我送的食品尽可能地多一些。我知道他肯定吃不了，用不完，但他会把多余的东西拿出来分赏晚辈，这对于他也是一件快乐和自豪的事。

有时候，我故意先到大舅家坐坐，两袋食品一模一样，即使是先到二舅家，东西也是摆在明处，大舅经常会闻声赶来。我注意到，老人会像孩子一样偷偷地瞥一眼礼物，我表现得很自然：“大舅，我正说一会儿就到后院看您，这里一份是给您的，一份给二舅，都一样。”那时的二舅已经得了老年痴呆症，每天都是大舅来看弟弟，老哥俩前楼后院住了几十年，惺惺相惜，一辈子没红过脸。

说心里话，大舅活了九十六岁，在几十个晚辈中，和我算是感情最深最有默契的一个。孩子小的时候，我有时带他去看老人。每一次大舅看到孩子都高兴得手舞足蹈，脸上笑开了花。他爱说爱笑爱热闹，见了隔辈人亲得不行，一会儿翻箱倒柜给孩子找好吃的，一会儿背过身和子女嘀咕两句，时间不长，表哥表姐就给孩子买回来一袋食品。如果赶上他一个人在家，临走的时候，他一定会叮嘱两句：“你到前楼多坐一会儿，我找你还有话说。”说完，拿个小包出去了。经历了几次，我才明白，他是到不远处的超市去给孩子买吃的。

每年春节，老人都要给孩子压岁钱。家里的亲戚多，每年都是一笔开支。多年以前，随着人们生活条件的改善，压岁钱也水涨船高，最低也要百元以上。大舅退休早，收入不高，每年去拜年的时候，压岁钱他都提前用红包包好，上面用毛笔写上每个孩子的名字。孩子那时小，回到家打开包，见里面包着二十块钱，对我说：“大爷爷别看给得少，最实惠，二十块钱我能落得住，多了你们都收起来了。”孩子从小对钱没有概念，他应该不会是嫌少，但我会告诉他：“家里这么多孩子，一人二十，加起来就是好几百。我们小的时候过年才给两毛钱。”每年春节前，除了礼物，我都要额外给大舅一点零花钱，让他心里踏实，绝不能在钱上为难。每一次老人都会推让一番："我的钱花不了，你们应酬多，自己留着。"说来说去，钱最后肯定要留给他，看得出，大舅心里很高兴，他不在乎钱，他在意的是人们对他的尊敬。

让我至今难忘的是：二十几年前，有一次孩子因病住院，消息不知怎么传到了大舅耳朵里。一天下午，年过八旬的他在表姐的搀扶下爬上七层的楼梯到病房来看孩子。我见到颤巍巍气喘吁吁的大舅，感动之余，不免埋怨表姐："你们怎么把大舅惊动了。八十多岁的人了，路上出点事怎么办？"表姐无奈地说："你看你大舅这劲头，我们拦得住吗？好说歹说非要到医院来，我们代替不了。"大舅晚年耳背，听不清我们说什么，坐在一旁笑着哄孩子。他格外注重礼数，把面子看得比命还重，亲戚朋友的大事小情都放在心上。

前些年，费尽周折，我终于在市中心买了一套商品房。装修完房子，搬到新居后的一个星期天。我突然接到表哥的电话："你在家了？那好，我们带着你大舅过去看看。"我听了一愣："带着大舅？"他那年已经是九十岁的老人了，平时基本上不出门，好几年家庭聚会都不参加，连饭店都去不了，却要上我家里来，他哪经得起折腾，我连忙说："你们别动，千万别来，过两天我就去看他。"

表哥说："你大舅的脾气你还不知道，我们说了也没用，他非要上你家里来看看。我们人多，护着他，已经在道上了。"

说心里话，自从搬了新家，我从来就没有想过要请大舅来看看，一句俗话"七十不留宿，八十不留饭，九十不留坐"。他年纪太大了，腿脚不便，不是我不想，是不敢惊动他老人家。

时间不长，老人在儿女的簇拥下来到我的新居，表哥表姐都到齐了，显然他们是安排好的，特意选定了周日陪老人过来看看。

大舅在楼上楼下仔细地看着，摸摸这，瞧瞧那，新鲜好奇，兴致颇高。

那天，他的话很多，很兴奋。坐在沙发上，他不停地说，激动得眼里含着泪花，叫着我的名字说：“真不错，真不错，局长住得也不过如此吧。好样的，好样的。”说着，他颤颤巍巍地竖起了大拇指：“你是咱家的这个。”

我愧笑着，真是有愧得很。我知道大舅很看重我，由衷地为我高兴。但他毕竟是老了，很少接触社会，外面的事情知道得不多，在他心里我能买上一处大房子也算是一种成功。我说：“大舅，这才到哪呀，和别人比差得远着呢。我现在成了房奴，房奴您懂吗？就是每天一睁眼就欠着银行钱的人。”

大舅左右看看，听不清我说的什么，他耳朵有点失聪，经常是自说自话，别人说什么早就听不清了，就算是听清了，大概也不懂房奴是什么意思。

除了上医院，九十岁以后，大舅最后一次出远门，就是到我的新居来了一趟。此后，他基本上足不出户，卧病在床，直到九十六岁无疾而终。

大舅的一生，命运多舛，历经坎坷，受尽磨难，饱经风霜，辉煌过，失败过，享过福，受过罪，但是他拿得起，放得下，心胸开阔，乐观开朗，不抱怨，不消沉，知足常乐，安贫乐道，坦然面对一切。他把生活的烦恼、个人的愁苦全都咽在自己的肚子里。虽然他身材消瘦，个头不高，虽然他人生的三分之二光阴都是在逆境中度过的，但是在我心里，大舅是一个真正的男人，负责任的男人，有尊严的男人，胳膊折了藏在袖口里、牙碎了咽到肚子里的男人。

我的二舅

时常梦见二舅，算起来，老人故去至少有十年了。每年我都会梦见他好多次，他还是像活着的时候一样，慈祥和善，亲切寡言。

我与二舅的感情很深，甚至超过了父亲。原因无它，我的记忆基本上停留在过去，停留在小时候，而在我上大学之前的十八年里，多数时间是在二舅家随姥姥生活的。与二舅朝夕相处的日子里，他给我留下的印象太深刻了，我以为，他的快乐、他的苦恼我都相当了解。我们的关系虽为甥舅，却情同父子。

我还有个大舅，住在二舅楼后的院子里，姥姥是姥爷的续弦，大舅是前房留下的独子，与弟弟妹妹年纪相差十岁以上。虽然不是同母所生，大舅却绝对起到了大哥的表率作用，和全家人相处得相当和睦，备受整个大家庭的尊重。

姥姥始终随亲生的长子二舅生活，始终主持家政。我小的时候，父母工作忙，一直将我寄养在二舅家，二舅全家待我像亲生的孩子一样。以至在我上中学之前，我都没有自己家的概念，以为二舅家就是我的家，我就是他们家的成员之一。

二舅个子不高，说话不多，性格有些内向。他每天上下班按部就班，说不上忙，也不闲着。他一辈子都在染化行业工作，在一家中型国企负责供销。二舅精通业务，为人本分，在全国同行之中享有一定的声誉，业界一度有“南张北党”之称。新中国成立以后，公私合营，他作为资方，始终享有保留工资的待遇，从二十世纪五十年代到七十年代，全国国企有二十多年没有上调过工资，二舅却始终拿着一百几十块钱，在同龄人中算是很高的收入。以他们自己家的条件看，夫妻二人工作，养着三个孩子，即使抚养老人，生活条件也应该算是不错的，但是二舅一家和别人家过着大致相同的日子，他的收入有一部分用来接济兄妹。我以为，在二舅的心里，家的概念从来不是指自己的小家庭，而是包括兄妹在内的大家庭，他从来不计较金钱物质上的得失，有钱大家花，有饭大家吃，尽自己的所能维持好这个大家庭。

新中国成立前大舅经商，曾经风光一时，经济条件也比较优越。但是新中国成立以后财产被没收，生活一下子陷入困顿，一度靠变卖家产维持生活。大舅二舅前后楼住着，十几年里，大舅家的房租水电钱都是由二舅负担。我在二舅家生活了十几年，父母每个月生活费给多少，给不给，二舅、舅母从来没有问过姥姥一句。我在二舅家，和三个表哥表姐吃穿用度基本一样，从没有差别。每年春节，大学毕业分在外地的小姨小舅携带全家回来过年，二舅早早地准备，吃喝穿戴、住的盖的，样样考虑周全，从来不计较经济上的得失。久而久之，成了习惯，好像是天经地义，二舅就应该多付出。对家里的所有人，无论长幼，无论亲疏，二舅都是关怀备至，他为整个大家庭贡献得最多。

二舅有过一段不长的辉煌时期，那是改革开放初期，经济刚刚搞活，乡镇企业个体企业逐渐繁荣。二舅所在的国企效益出奇地好，产品紧俏，供不应求，越来越多的人有求于他。当年，他们的产品卖给谁，谁就能挣钱。有几年时间，他经常在外面应酬，家里门庭若市，送礼的人络绎不绝，有的找不到地址，就在附近的街道上打听，千方百计想和二舅拉上关系。

当时，“文革”刚刚结束不久，没有人送钱送卡，求人办事大多是送些烟酒、土特产品等等。二舅天生胆小，谨小慎微，唯恐给自己惹来麻烦，基本上采取回绝的态度。我清楚地记得，一九七六年的秋天，唐山大地震以后，二舅家住在大学操场的临建棚里，一天晚上，一辆外地的汽车停在门口，两个外地模样的中年人送来了一麻袋花生米，二舅和来人争执半天，硬是让来人把东西搬回了车上。那年月，花生米是极为罕见的贵重食品，城市居民只有到春节，每人才凭副食本供应半斤花生，花生米在北方根本就见不到。一麻袋花生米，少说也有二百斤，看着就让人眼晕，每天吃一盘，全家人能吃上小半年，二舅愣是让人又搬走了。客人走后，我忍不住问：“人家诚心诚意送上门来的，退回去多不合适，留下来不就得了。”二舅说：“你不懂，不能要，要了会很麻烦。”他的话总是很少，但我明白他有他的道理。“要了会很麻烦。”是收了东西事情不好办，还是怕收了礼惹麻烦，我不清楚，我只知道，二舅是个胆小怕事、本分老实的人。

那几年，二舅的业务日见繁忙，应酬日益增多，经常在外面吃喝。大舅看出点苗头，怕兄弟出事，嘱咐他小心一点。二舅说：“现在就是这种风气，想推也推不掉，反正吃点喝点也不算什么。大哥，你放心，我肯定不往自己兜里装。只要守住这条底线，就犯不了错误。”树大招风，名高引谤，二舅手里的权力能带来一定的实惠，肯定也就成了众矢之的，退休不久，果然他被相关部门调查了一次，但是正像他说的，查来查去，都是些吃吃喝喝的小事，他在供销这条河边走了一辈子，愣是没湿鞋，没在钱上出现过问题。

我在二舅家生活十几年，在我的印象里，他从没有呵斥厌烦过一次。他对我视如己出，十几年如一日。有时我睡在床上，二舅经常会过来掖掖被角或搭盖上点东西。这些细微的动作让我想起来，至今都感到温暖。

他平时不苟言笑，不熟悉的人会觉得他有点冷漠，其实他的内心热得烫人，他只是默默地做，不善于表达。和他生活久了，我能体会到他的内心。

记得一九八〇年我刚上大学不到一个月，正好赶上“十一”，我们几个同学约定好夜里骑着自行车到外地旅行。晚上集合之前，我到二舅家去借打气筒。二舅听说我们夜里骑行，一边不停地嘱咐，一边找出一件军用帆布雨衣非让我带上。雨衣又大又重，我嫌麻烦，坚持不带。二舅侧过身，挡在门口不让我出门，非要让我拿上。他皱着眉着急地说：“听我的，没错。你带上，不光是防雨，夜里天冷，躺着坐着，雨衣隔潮还能挡寒。”我说：“远路无轻载，骑几百里的路，带件厚雨衣太累赘。”二舅马上说：“你先带着，真要是觉着用不上，你再扔了它不迟。”说着，硬是把雨衣塞到我的包里。

当夜，我们骑到凌晨三四点钟，累得实在坚持不住了，只好躺在公路边的沟里休息。九月底的深夜，北方的天气已见寒气。我裹着厚雨衣躺在那，才感到二舅的良苦用心。当时，军用帆布雨衣不是家家都有，二舅让我带着它，实在是一种特殊的关爱。

我在二舅家生活十几年，没有寄人篱下的疏离感，不是我麻木不懂事，是二舅待我像自己的孩子一样。在他们家，我和两个表哥一个表姐享受同样的待遇。有时，因为年龄最小，还额外得到些照顾。表姐是二舅最小的独女，却丝毫得不到娇惯宠爱。七十年代初，二舅偶尔坐飞机出差，回来时经常带些飞机上赠送的小礼品，在孩子眼里，这些礼品都是极稀罕极珍贵的。只要是有表姐的，必定会有我的，那么多年，二舅对自己的孩子和侄子外甥一样看待，从没有偏过心，走过板，对自己的孩子，哪怕是私下里关照，哪怕是偶尔关照，都从来没有过。

成年以后，我也有了自己的孩子，当然也当了舅舅。从二舅身上我学了许多，也尽量对自己的外甥和自己的孩子一样看待，但是说心里话，我只能尽力去做，让两个孩子生活条件上别无二致，现在是很难做到的。

上了大学，我才离开了二舅家，这之后只要有时间经常去看望姥姥。只要遇到二舅在家，他总是很高兴，有时会打开柜门把好烟偷偷塞给我，我感觉到，二舅对我总是格外关爱，格外器重。他对我的好，我无以回报。

一九八四年，我参加了工作，清楚地记得第一年只挣四十九元的工资。拿到第一个月工资的当天，我就给姥姥、大舅、二舅买了礼物去看望他们。二舅平时偶尔喝一点酒，我决定送他几瓶酒。那时候，白酒还没有敞开供应，我骑着车转了好多家商店，终于买到了当时算是不错的刁水大曲。四瓶酒放在自行车后衣架上的包里，我兴冲冲地往二舅家赶，没想到包在半路上掉了下来，里面的酒摔碎了两瓶，我身上已经没有钱再去买，只能拿酒味冲天的包去看二舅。

来到二舅家，我把包打开，说明原因，二舅当然没有责怪，反而很高兴，说了一句让我至今难忘的话："碎了我也高兴，就当是二舅喝了，能拿第一个月的工资给我买酒喝，有这份心我就知足了。"

二舅帮了亲戚朋友这么多年，经济上、精力上付出了多少，没人能说得清。但是他从来不求回报，也不需要回报。现在想起来，我给过二舅什么回报吗？真记不清了，好像没有。等到我条件好了，有能力回报二舅时，他却撒手人寰。正所谓：甥欲孝，而舅不在了。

二舅的性格属于敏感多虑心思过重的人。他操的心太多，做事追求完美，有些不愉快常常闷在心里，不知发作。从中年起，他就总是失眠，每天靠服安眠药才能入睡，这也许就是导致他晚年患老年痴呆症的原因之一。七十岁以后，他变得越来越糊涂，常常疑神疑鬼，胡思乱想。有一段时间，他经常向家人说我偷了他的邮票和美元。话传到我的耳朵里，我一笑了之，从来不往心里去，当然，所有的家人也不把他的话当真，都知道他的脑子乱了。他年轻时收集的邮票，"文革"刚一结束，因为怕惹事，早早地就很便宜地卖了。至于美元，是别人送他的一些不同面值的零钱，收藏着玩的，值不了几个钱。这两样东西说是我偷了，没有人会相信。

我照常去看望他，他是老人，又是病人，况且还是我感情深厚的二舅。我不会介意他对我的误解，一次也没有过。奇怪的是，二舅见了我，像孩子一样胸前戴着围嘴儿坐在沙发上，却从来不提邮票和美元的事。我有一次故意逗他："二舅，是你说我偷了你的邮票和美元了吗？"二舅像做错了事的孩子，显得有些不好意思："谁说了？我没说。"

二舅去世已经超过了十年，从他去世起，每一年的除夕夜，我都会带着孩子去二舅家鞠躬行礼。我时常在梦中见到他，人们常说，梦是心中想，应该是这样，他虽然离开我十多年，但我还时常想起他，我的二舅。

小谷的风流韵事

小谷和我算得上半个同事。同事就是同事，怎么还是半个？这里面有缘故，我和小谷都在同一个单位、同一个处室工作，只不过是同事而不同时，他走了以后，我才进机关。虽然开始我们无缘谋面，可是关于小谷的故事我却是早已灌了满耳朵。

小谷平平常常，貌不出奇，语不惊人，在人堆里属于最不起眼的那种人。初次见到小谷的人，都不会过多地留意他，如果不是别人告诉你一些他的经历，你也许会觉得这位主儿神经有点不大正常。

“文革”结束后的有一年，我到文化局当宣传干事。有一阵子，闲来无事，便泡杯酽茶听人们扯闲篇儿，山南海北，天上人间，凡是平日里听不着的稀奇古怪的事全是人们议论的话题。这其中说得最多、最吸引人的都是些熟人的花边新闻，什么某某女演员和谁谁乱搞男女关系了，什么哪个领导到处认干闺女了，反正都是脐下那点乱事。说者津津乐道，神采飞扬；听者全神贯注，百听不厌；每到兴奋处，大伙儿便一阵哄笑，似乎也从中分享了些许快乐。这其中，人们议论最多的还是这位小谷，说他如何一步青云，从一个不名一文的小干部，一跃而成为市里鼎鼎大名的风云人物；说他如何走桃花运，在局下属的剧团搞了那么多漂亮小妞。

“你知道青年团程派青衣某某某吗？就是得了梅花奖的那一位，当年就和小谷有一腿，那年月，某某才十八，那叫一个水灵、馋人，往台上一站，看得让人眼睛发直。”

“小谷那时候可不得了，要不是出了那点事，差一点进了市革委文教组。”

大伙听多了有关小谷的段子，不禁想入非非，羡慕不已。久而久之，我对小谷的印象逐渐深刻，便有了一种想见识见识此人的欲望，心里想，英雄自有落难时，脱了毛的凤凰比鸡强，别管人家现在如何，过去好歹曾经风光一时，也算得上经过大场面。

有一天下午，到了快下班的时候，机关里走得没几个人了，我正打算收拾东西回家，忽然听到两声轻轻的敲门声。楼里很静，这声音又轻又慢，透着一股瘆人的味道。我心里想，谁这么不长眼，快下班了还来办公。便不耐烦地从里间屋出来，拉开门，见外面站着一位四十岁左右的中年男人。

“蒋全发在吗？”来人怯怯地小声问，像做贼似的。

蒋全发是我同屋的同事，我告诉他老蒋洗澡去了，问他有什么事没有。

来人说是老蒋的战友、老乡，两人约好了来取点东西，我便让他进屋等会儿。

不知为什么，那人迟疑了一会儿，四处看看屋里没有其他人，这才惴惴地进了屋。他冲我不住地点头，也不多搭话，只顾一个人坐在那心不在焉看报纸，报纸举得挺高，头却埋得很低，看得出来，他很着急，很不安，不住地偷偷看表。我借机打量了一番他，个头不高，肤色黧黑，脑袋长得奇形怪状，让人联想起土豆山芋之类的东西。最引人注目的还是他的那身打扮，六七月份的天气，人们早就热得换上了衬衣短裤，这个人脚下却还穿着一双军绿球鞋，下身穿着一件绿色布军裤，上面是一件洗得发白的蓝制服，风纪扣系得死死的。这身打扮即使在当时也要至少落伍十年。来人的长相着装虽然很猥琐、很别扭，可那神情却又分明显得十分庄重严肃。

看看时候不早了，我叫来人稍等片刻，拿着包到后院浴室去喊老蒋。

第二天一上班，遇上老蒋，我有一搭无一搭地随口问："昨天下班找你的人，见着了吗？"

"见着了，见着了。"老蒋回答。

"哪来的这么一位神头鬼脸的战友？从没听你提起过？"

"呵，你不认识？"老蒋看着我，一脸诧异道，"那就是小谷，我们时常说起的那个小谷呀！"

我恍然大悟，对呀！小谷不就是老蒋的战友吗？都是当年一起从部队转业到局里的干部，只是见到的小谷和我以往想象中的形象相差太远了。真没想到当年风流一时、红遍全市的小谷竟是这么一位不起眼的主儿！

小谷和老蒋一样，都是从河南入伍的战士，所在的部队就驻扎在市郊附近的小镇上，"文革"期间社会上实行"三支两军"，小谷作为部队代表随工作组来到文化局"支左"。刚来的时候，"文革"高潮已过，虽然时常也有一些小的运动壮壮声色，但毕竟大势已去，英雄没有用武之地。小谷在局里不显山不露水，谁也不把他当回事。大的主意有组长和革委会领导决定，具体的工作由造反派一手包办。他是个新人，初来乍到，人生地不熟，又不懂业务，只落得了个领导马弁之类的角色，一句话——听喝儿。可在那种年月，军人的牌子比大学文凭还要吃香。一来二去，运动后期，小谷转业到了局下属的一家电影院当了个管着七八号人的经理，当时叫负责人。

小谷走马上任，一副踌躇满志的样子，职位虽不大，可好歹也是一级基层领导，小谷刚走上社会就有了点权力，他打算干出点名堂来。

那时社会上正在大搞节约闹革命，好像财富不是创造出来的，而都是从人们牙缝里挤出来似的。影剧院里当时除了八个样板戏轮番上演之外，几乎没有别的什么影片可放，大伙都闲着没什么事可干。小谷便一周三次召集职工们开会学习，内容主要是学习文件、报纸，围绕节约，斗私批修，深挖活思想。搞得大伙筋疲力尽，晕头转向。

有一次局里工作组派人到基层检查工作，要列席小谷他们的学习会。小谷把职工聚齐，召集大家坐定，简单说了几句开场白，学习会就算开始了。几个人无精打采地干坐着，照例没人说话，光听小谷一个人唱独角戏。电影院里无利可图，要吃没吃，要喝没喝，最多不过是看电影时放进来两个熟人，你总不能把座椅拆下来扛回家吧。

小谷见没人发言，当着局里人的面晾了自己，心里老大的不痛快。于是便指名道姓地叫职工挨个做自我检查，深挖活思想。某某拿着公家的报纸包自己的东西带回家了；某某当班的时候痰桶盖不见了；某某领了单位的纸笔给孩子做功课了等等，都是些鸡毛蒜皮不起眼的小事。

小谷神情严肃，讲了一通大道理，防微杜渐、蚁穴溃堤什么的，弄得大伙神经紧张，岌岌可危，仔细一想才发现问题的严重和小谷的厉害，如果一上纲上线，谁也免不了弄个占国家便宜的罪名。会场的气氛马上紧张起来，谁都清楚今天要是不拿出点真玩意儿来，怕是过不了这一关。

小谷的开场白把调子一定，吓得更是没人敢说话，大伙一片沉默。他看了看众人，冲着门口说："从这边开始，今天咱们人人过关，每个人都得发言，自己检查也行，给别人提意见、检举揭发也行。深刻反思，对照检查。不找出问题来，谁也不能回家。"

他第一个点到的便是看门的老王头。那天正赶上这位主儿中午多喝了两杯，午觉睡得正香，却被晕晕乎乎、迷迷怔怔地叫来开会，心里本来就憋着一肚子邪火，又见小谷第一个指名让自己发言，嘴里便骂骂咧咧道：

"甭他妈总拿马列的大棒子照别人，也不瞧瞧自己怎么样……"

说着就用眼往小谷这边捌了捌。他原想说是马列主义电棒子，也就是手电筒，可话到嘴边却说成了大棒子。

老王头打了个哈欠，停了停。大伙从他嘴里的酒气中，知道老王头话里有话，后面准有一场好戏看，便一个劲儿地煽动：“老王，别吞吞吐吐的，有话直说，对事不对人，说话要有证据！”

“老王，没关系，革命同志嘛，互相帮助，有则改之，无则加勉，别有什么顾虑，放心大胆地说！”

“到底是谁呀？怎么回事，你倒是说清楚……”

老王在别人的撺掇下，果然借着酒劲用布满血丝的金鱼眼瞥着小谷道：“你当领导的就敢保证没占过国家的便宜？别净说别人……”

“具体点，占什么便宜了？得拿出真凭实据来！”

“有局里的人在这，别有顾虑，没人敢打击报复……”

大伙儿幸灾乐祸，七嘴八舌地凑热闹。

小谷被问得莫名其妙，瞪着他不知说什么好。

老王头接着说：“我值班的时候看见不止一次，后院你屋里的灯一亮就是大半宿，那可是公家的电，一点就是半夜，这不是占国家的便宜是什么？”

小谷听到这，喘了口大气，心想这老家伙虽然稀里糊涂，满肚子牢骚，可是反倒帮了我的忙。脸上紧张的肌肉即刻松弛下来，他显出很谦虚很诚恳的样子说：“老王同志提的意见很中肯，很重要，我虚心接受，一半天我就把电钱补上。可这里面有个原因，既然老王同志提出来了，我也只好向大家解释一下。”

小谷此刻反倒显得有些不好意思，像是叫人抓住了什么把柄似的。

“在部队的时候，我就养成了一种习惯，如果一天不读点马列和毛主席著作，睡觉就不踏实。白天工作忙，抽不出时间，只好利用晚上读点书，记记笔记，光顾着学习了，倒把用电的事给忘了。大伙如果不信，可以看看我那十几本的读书笔记，写的都是学习体会和心得。”

大伙没法不信，谁都知道小谷能背诵几百条毛主席语录，组织职工学习时滔滔不绝，出口成章，几乎成了个人讲演。

局里工作组的同志听到这种情况，赶快拿起笔，笔走龙蛇往本子上一通猛记，还不住地督促着：“小谷，我看今天咱们就谈谈这方面的情况，大伙也正好借此机会总结一下这一段的学习体会。”

大伙眼看对照检查成了小谷个人的思想汇报，虽然免不了要替他摆功说好话，可毕竟用不着再担惊受怕被人抓辫子了，会场的气氛马上变得活跃起来。

那年代全社会正在开展学马列和毛著的群众运动，识字不识字的每人都发一大套厚厚的红宝书，连小学生都得向学校交日记汇报学习体会。用句当年流行的话讲就是：“一天不学问题多，两天不学走下坡，三天不学没法活。”这作用之大也就可想而知了，好像遇上个大病小灾，不用去医院，心里念上一两段语录，一了百了，包治百病。

文化局虽说是文化人云集之地，可也是“四旧”流毒泛滥之所，牛鬼蛇神臭老九且不用说了，就是一般职工，有几个没在旧书店、旧剧团里混过几天，学的那点东西用来肃毒也许都不够用。局里的领导一直发愁，这么个文化部门竟然找不出一个学毛著的典型，不是工作没做到家，就是被基层埋没了。这回可好，踏破铁鞋无觅处，得来全不费功夫。学马列的典型——“活门合”就在自己的下属单位，一位电影院的复员军人，于是赶快组织人马突击写材料，把小谷的事迹上报市革委会。

小谷很快成了全市学毛选的积极分子，市里组成了一个讲演报告团，他被人请去到处做报告。台上的小谷激扬顿挫，感情丰富，极具表演才能，让人联想起当时的电影《列宁在十月》中的演说场面。他的口才和表演得到了充分发挥的机会，一时成了炙手可热的明星人物。小谷出了名，报纸电台轮番宣传，他整天忙得像没头的苍蝇，可是生活并没有因此而改变多少，位置没变，待遇没变，每天除了装模作样地端着本书以外，他还得照样站在电影院门口查票。要不是后来发生的那两件事，小谷的差事还跟当兵时站岗值勤没什么两样。

头一件是他给外地的灾区寄去了五十元钱慰问灾民，学的是雷锋做好事不留名的招法。可惜的是，不知是忙里疏忽，还是别的什么原因，小谷用的竟然是单位的信笺，虽然没有具名，却仍然留下了可供人查找的线索。有关方面几经周折，终于找到了他。于是记者采访，报纸宣传，局里又如获至宝，去信派人到灾区调查了一番，各种开销花费自然要超出五十元捐款的若干倍，最后拿到原信一对笔迹，小谷也只好谦虚地承认了。

事后不久，小谷的事迹上了报纸电台，免不了又是这请那请地到处演讲做报告，差不多每到一处都抱回来一大摞毛选马列著作。

有一天小谷到外单位讲演，他正坐在休息室里酝酿感情准备上台，就见本单位的老王头从门外急火火地跑进来。

老王手里揣着张纸，气喘吁吁地说："小谷、小谷，电报，加急电报，你们家里来的，要你马上回去。"

小谷接过来电报一看，只见纸上写着："母病危，速归。"

落款一个"春"字，是他在河南老家的妻子。

"知道了，老王，谢谢你。"

小谷说完，若无其事地将电报叠好装进了口袋，反应大出老王的意料之外，全没把这当回事，仍旧看他的讲稿准备上台发言。老王头一脸的焦急，看着比他还要着急："小谷，你来两年多了，也没回过一次家，这次你妈病危，这可是人命关天的大事，无论如何你也要回去一趟。你这离不开，先忙着，我去给你排队买车票，今天晚上，还是明天一早？"

只见小谷面无表情，说出的话掷地有声："老王，现在这种时候，我怎么能离开哪！这几天还有几场报告会，都是事先安排好的，工作这么忙，我哪能擅离岗位？哪有时间回家？老娘有病，自有党和政府，有公社医院，我也不会看病，回去了也不能解决问题。”

说得慷慨激昂，大有公而忘私、忠孝不能两全的气概。

老王干瞪眼没话说，弄不清眼前这位是演戏给人看，还是真的觉悟高，大公无私，这工作连自己的老娘都不顾了。

消息传开，报纸电台竞相采访报道，小谷更是名闻全市，红得发紫。很快被结合到局革委会，并担任团委书记。

职位条件变了，小谷的人却还是老样子，一年四季的衣着装束丝毫没变，除了没戴领章帽徽之外，还是那身蓝绿两色的旧军服，一看就是个十足的退伍军人。官架子自然没有，工作仍然一板一眼，不苟言笑，一副阴暗深沉的脸，让人看了不寒而栗。

那时候局里的单身宿舍宽绰，不像现在到处挤的是人。考虑到小谷读书学习写报告的方便，领导上安排他一个人住一间宿舍。时间长了，人们渐渐发现，小谷生活简朴，像是随时准备着行军打仗。屋里零七八碎的东西全都装箱入柜，搬来的两个木箱子由紫变黑，用铁钉子钉得密不透风，箱子外面又用铁皮条左一道右一道箍得严严实实，刀枪不入，滴水不漏。小谷屁股后边的武装带上铜的铁的钥匙挂了一大串，赛似行军打仗背的子弹袋，来了客人想沏杯茶也得翻箱倒柜折腾好一阵。屋里长年累月亮着一盏不足二十瓦的小台灯，一件像样的家具也没有，只有马恩列毛的著作堆满案头。

话说到了元旦节，住宿舍的单身汉常有在这个时候聚会的习惯，尽管小谷不善交际，整天板着个脸不苟言笑，在局机关里和谁也够不上吃一顿饭的交情。可是大伙井水不犯河水，小谷也没有得罪过什么人。年终聚餐叫不叫他成了问题，这可把大家难坏了，按说一个单位的同事，都住着单身宿舍，大家低头不见抬头见，平日里也没有什么过节儿，甩下他觉得不太合适，可是真叫上他坐在一块儿，有的人又不情愿。本来就不是一路人，话不得说，玩不得玩，硬凑在一块儿，既别扭又败兴。大伙正在犯难，正巧从外面买东西回来的人说，看见小谷背着书包刚刚出了院子。几个人想了个两全其美的办法，派人写了张纸条塞在了他的门缝里，反正算是打过了招呼，礼数到了，至于来与不来，全看他自己了。

据回来的人讲，小谷屋里的灯亮着，桌子上仍旧摊着书和本，想必是走不远的。几个人早已按捺不住，铺桌子摆椅子，放好菜打开酒，该吃的吃，该喝的喝，该玩的玩，没有人理会小谷来与不来，反正他屋里的灯总是亮着。

大家伙连吃带玩，足足折腾了大半夜，又不知谁找出了一副旧扑克，几个人拉上窗帘锁上门，打开了“大跃进”。

夜半时分，几个单身汉酒足饭饱，玩兴正浓，就听大院的铁门“咣当咣当”地响。几个人吓得浑身一激灵，慌忙把扑克掖到了褥子底下，那年头扑克牌作为“四旧”已经取缔了，玩扑克只能私底下偷偷进行。大伙心惊胆战，扒着门缝往外看，只见传达室的老头带着两个穿警服的汉子，后面跟着的是愁眉苦脸的局革委会主任。几个人来到小谷的门口停住，等着看门的大爷把门打开，然后就开始进屋收拾东西，出来时就见几个人夹着一捆铺盖和一袋子日用杂物走了。

后来听说小谷那天夜里在外面犯了事，叫人当场捉奸送进了派出所拘留。根据招供说搞的都是局下属剧团年轻漂亮的女演员，有的说三个，有的说五个，邪乎的有说十个都不止。甭管说多说少，反正都是因为这档子事。

后来又听说，小谷是叫一个女演员的丈夫在家里的大立柜里逮着的，那个女演员的丈夫因为历史问题被下放到区人防工地去守夜，那天夜里晚来风急，那男的耐不住寒冷，便回家想取一件厚点的棉衣。到了家门口，远远地看见自己家里的窗户还亮着灯光。走到门前，敲了好一会儿的门，才见女人衣冠不整，头发散乱，瑟瑟地把门打开。那男的心里早生了疑惑，可进了屋又没有发现任何蛛丝马迹，他拿了件衣服正要往外走，却看见立柜门上的钥匙有点微微晃动，等他打开门，只见小谷赤条条地站在里边抖个不停。

这一回小谷的门没锁严实，也难怪，那么大冷的天，光着身子，躲在立柜里，冻得人也着实够呛。

还有的人说，小谷这回其实是让一个更大的人物给"涮"了，女演员本来指望着他做个靠山，可人家最近又靠上了市革委会的一个更大的人物。小谷吃惯了甜头，纠缠人家女演员不放，大人物恼羞成怒，又不便出头，于是便下了个套，设计让女演员的丈夫半路回来捉奸，把小谷送进了"局子"。

听说这件事的人都挺纳闷，那些年轻漂亮的女人图小谷的哪一点呢？是他的人丑脸黑？还是那一嘴的大蒜味？这种事要是放在现在压根就叫人无法想象，无法理解。其实道理再简单不过了，如今不是时兴小妞"傍大款"吗？那时候的有钱人大多被斗抄家成了抬不起头的穷光蛋，社会上无"款"可"傍"，只好"没有朱砂，红土为贵"了。小谷土包子出身，穷鬼一个。没有钱，可是有点权，他是局里革委会的成员，市里面的红人，以他的影响，在局里什么事办不了？攀上了他，各种好处自然相应而来。在那会儿，什么样着魔发疯的人没有？什么样稀奇古怪的事没有？为了提干入党告发自己爹娘、六亲不认的事都敢干，更别提那不值钱的玩意儿。

那天局里有个参加聚会的单身汉不无惋惜地说："当时要是把这小子拉住一块儿喝酒玩牌，也不至于出这档子事了。"

但是更多的人听说此事都不住地摇头道："没想到，真没想到，像小谷这么马列、这么左的人也会干出这种事，实在是没想到呀！"

事情过去以后，小谷被拘留了几天，最后也就不了了之，男女之事，你情我愿，公安机关管天管地，裤裆里面这点事实在管不过来。作风问题算不上刑事案件，小谷只是臭了名声，背了个处分，被打发回了电影院，只是不再担任领导，站在门口检票了。

“这小子艳福不浅，就是没赶上好时候！”后来人们再提起小谷的时候都这样叹息。

作家老秦

最近去了一趟江西参加采风活动，走马观花走了几个城市，看了几处景点，“风”没采到多少，却“采”到了不少茶叶。江西那地方盛产茶叶，我们去的时候正值清明前后，各类品种、各种档次的茶叶到处都是，让人目不暇接，忍不住争相购买。接待单位送了一些，自己买了一些，一路下来，大盒小罐大包小袋集下了几十个。带来的旅行箱早已装得满满当当，余下的用绳子捆好堆在房间。想着回程还有几千里的路，这些东西如何运回？我决定买个简易的编织袋来装茶叶。这东西，街上大商店到处都有卖的，前两天看见了，因为忙着要去别处，没顾上买。

与我同住一屋的作家老秦也遇到了同样的问题，既便宜又新鲜的茶叶，有些还是接待方赠送的，没有不买不带的道理，行李再多，手提肩扛，费多大周折，也要把它们尽力带走。看着那些盒盒罐罐，我们动开了心思。临走的前一天晚上，我和老秦闲聊，说到了这些东西，一致认为必须得买个袋子装它。

早早地吃过饭，晚上是自由活动时间。老秦提议一起上街去买编织袋。那两天正赶上我上火，牙疼得要命，就跟老秦说：“我不想动了，您受累给我捎一个。那天我看见街上有卖的，就在宾馆大街前面的那家超市就有。民工用的最简单的那种，便宜实用，中号的就行。”

老秦答应着，穿好衣服，擦亮皮鞋，对着镜子梳理好头发，和别的团友结伴一起去逛街了。

说到这，得介绍一下老秦。他是南方S市的一位作家，以写散文著称，名气说大不大，说小不小，属于圈子里面似有耳闻，读者中间没人知道的二三流文人，如今像他这样的所谓作家到处都是。老秦那年刚满五十岁，风度翩翩，气质潇洒，性格稳重，谈吐儒雅，白净细嫩的国字脸，架上一副金丝眼镜，头发梳得光可鉴人，显得斯斯文文。此次相遇，我们虽然接触的时间不长，却关系融洽，十分投缘。老秦让我看到了南方男人的一些特点，比如他的仔细，他的体贴，他的精明。何以看出，从他打电话就可以看出来。老秦的手机几乎没有电话打进来，都是每天晚上他给家里打，那时候的手机话费还是双向收费，而晚上是半价。听得出来，他是与夫人通话，老秦像是热恋中的情人，交代行程，汇报心得，嘘寒问暖，语气轻柔，看着好不让人羡慕，五十岁的人了，感情如此细腻，态度如此恭顺，如果不是再婚，像他这样和老婆说话的，在北方男人中是不多见的。

当晚我躺在床上，胡乱翻了几页书，就昏昏入睡了。不知过了多长时间，我被一阵敲门声惊醒，知道是老秦回来了。爬起来，看看表，已经十一点多了。

“睡觉哪？牙疼好点了吗？”老秦慢慢地踱进屋。

“还是疼得难受，吃了一路的药也不管事。好在再忍一夜，明天就可以回去了。”我见老秦空着手，便笑着问，“编织袋没买？忘了吧？”

“噢，没忘，没忘，我们在街上转了转，没找到你说的那家商店。别处倒是有卖旅行包的，编织袋也有的，就是贵了点，我一看就没买。”老秦有一搭无一搭地回答。

我心想，挺好找的地方，老秦也许净顾着和别人聊天，没注意到。编织袋没买来，只好明天再想办法了。

转天上午，下起了蒙蒙细雨，活动安排参观当地的一家瓷器博物院，带有购物的性质，时间紧迫，我心里惦记着那些茶叶，无心参观，便趁机匆匆打车直奔路口那家商店买了两个编织袋，一只留着自己用，另一只送给老秦。

临近中午，我正在房间里整理行李，参观回来的老秦慢悠悠地进了屋，看见我说：“编织袋买到了？”

“买到了，买到了，我一看参观没多大意思，就打车跑了回来。给您也带了一个，扔床上了。”我用头示意着。

“正巧想到一块儿了，我也打车在别处买了一个，没个袋子，这么多东西带着还真是个问题。”老秦从身后拿出个叠得整整齐齐的袋子，走过去拿起我买的那一只。

“你这个袋子多少钱呀，质量蛮不错嘛！”

“六块钱一个。”我随口答着，心里想，这个老秦，怎么这样，明知道我的东西比他的还要多，买个袋子却只买了自己一个人的，昨天我还嘱咐让他捎带买一个。我心里产生一丝不快。

“我这个要了十块钱，看着质量还不如你买的，喏、喏，比你的还小一寸多哪！”老秦在床上将袋子铺开，比较着它们的大小、薄厚，试着拉开拉锁。

“那你就用我买的，本来就是给你买的，留着也是没用，要不然也得送人。”

老秦也不客气：“好，好，就用你的，用你的，你这个不仅便宜，好像更结实一点。”说着，他站起身，从口袋里掏出钱包，从中挑着捻着钞票。

我赶忙上前拦住：“算了，算了，几块钱的事，别算这么清楚，这只袋子本来就是送给你的。”

老秦做欲掏又止状，笑笑说：“那多不好意思……我就不客气了，一路上净让你花钱，真过意不去。有机会到我们那，我一定好好招待你。”

“好，好，有机会一定去，一定去。”我敷衍着，心里想，一路上我也没花什么钱呀，也就是买点饮料水果，付个打车费而已，都是几块十几块钱的小事。作为同行，又比他小几岁，抢着花点小钱，也是应该的。出门在外，两人住一个房间就是缘分，何必算得那么清楚，而老秦每一次花钱的时候动作总是慢半拍，都心安理得地欣然接受别人的付出，这在他好像已经习以为常，就像他只给自己买了一个编织袋而不用解释一样。

老秦背过身，在整理他的东西，我发现，除了茶叶，还有他一路上住店收罗来的牙刷肥皂洗发水一次性拖鞋等等等等，满满当当，收获颇丰，这里面自然有我用过的或没用过的。搜罗这些零碎，老秦有自己的一套说辞："这些东西都是付了房费的，花了钱，不能浪费，要不，也是便宜了服务员。我有个习惯，收集这些东西留作纪念。"

我不明白，这些牙刷肥皂什么的有什么值得留念的？节俭、吝啬，也不算什么大毛病，随他去吧。

老秦将这些东西精心细致地分门别类，一一装好。见他暂时收拾不完，我看着也碍眼碍事，便知趣地打了个招呼，提前一个人先下了楼。

中午在餐厅吃饭的时候，就听旁边的饭桌上，人们围着老秦在七嘴八舌议论着什么。

"记住车号了没有？"

"你怎么不要张发票哪？"

"你再仔细找找。"

只见老秦皱着眉头搓着两手，急切地说："我都找遍了，屋里、箱里、身上都没有，不会搞错的，肯定是落在出租车上了。回来的时候，我光记着拿雨伞了，手机忘在了车子的前台上。"

我听出来了，老秦为了买编织袋，将手机丢在了出租车里。

我过去安慰了两句："别着急，别着急，给你的手机打个电话，看看能不能找到司机。"

老秦用我的手机拨了号，得到的回答是："您拨叫的用户已关机，请稍候再拨。"

"你看，肯定是让司机扣下了，不然关机干什么？在车上我就看他不像好人。"老秦愤愤地说。

有人提议："没关系的，去交通台广播一下，司机一般都听的，到时候给他一点酬金，说不定就会送回来。"

老秦觉得是个好主意，便和当地会务组的小刘急匆匆地走了。

"可能性不大。"我分析道，"司机如果想送回来，就不会把老秦的手机关上，人家就是听到了广播不送回来你也没辙。"

大家点头称是，可事已至此，似乎只有求助交通台这一条道了。

一个小时以后，老秦气哼哼地回来了，一进屋就愤愤地说："这地方的人真是太没规矩，太没教养，太没素质了，交通台的寻物广播竟然要收费，而且开口就要一百块钱，我跟他们争了半天也不管用，真是岂有此理！"

"老秦，你其实用不着着急，就算给你免费播了，作用也不大。"我把分析的理由向他重申了一遍。

"是这个道理，我也说不播了，那个手机本来也值不了两百块钱，可是会务组的小刘坚持要播，他把钱给付了。联系电话也留他的，说是散了会，如果手机找到了，他再寄给我。"

"破财免灾，旧的不去，新的不来。老秦，你堂堂的一个作家、主任、名记，也该换个好点的手机了，现在谁还用那种老式手机？再说，这一道，咱白吃白住，又玩又乐，还收了人家不少礼品，丢个手机，就算你为老区人民做点贡献吧！"我开玩笑说。

"凭什么，凭什么呀？我能到这来参加活动，这本身不就是做贡献吗？你要搞搞清楚噢，咱们可不是白吃白玩，要给他们写稿子交作业的，按说得给咱们一笔润笔费的。我不计较这些，已经是做奉献了。回去让我给他们写稿子，不是要求写旅途观感吗？我就写写丢手机的遭遇，说说他们这里机关、市民的素质。为什么这里发展不起来？为什么贫穷落后？关键是人的素质太差，文明程度太低！”

我无言以对，只觉得老秦这个人太厉害了。人家精心安排，热情招待，就因为自己丢了一个破手机，竟然说出这种无情无义的话。你以为你是谁，一个二三流的小文人，会写两篇小稿就不知天高地厚了。幸亏身边没有别人，如果有当地主办方的人在场，听了这话，不知会做何感想。

下午四点，我们握手话别，各奔东西，难忘的采风活动结束了。

相处几天，我和老秦始终同住一屋，这就是缘分。临别时，老秦真诚地说：“S市有什么事找我联系啊。有机会到我们那，打个电话，我请你吃早茶，城隍庙的小笼包是蛮地道的。”

“一定，一定，你什么时候到北京、天津就找我，我请你吃海鲜。”

我们高高兴兴地上了各自的车。我心里明白，我不会跑到千里之外去喝什么早茶，他也不会吃上我请的海鲜。我们就像旅途上的过客，这辈子能不能再见面都很难说。

在回程的火车上，我和同行的另一位外地朋友开玩笑说：“咱们这哪叫采风团，不折不扣是一个采购团，哪一个都是大包小包，满载而归。”

“没办法，看见什么都想买，尤其是茶叶，南方的茶叶真是又新鲜又便宜，带点回去送给同事朋友，花钱不多又拿得出手。”

“你最后也弄了一个编织袋。我以为就属我带的东西最多了。”

“噢，你是说这个编织袋，是你们屋老秦卖给我的，中午吃饭以前，大伙都在收拾行李，他在楼道里喊：‘谁要编织袋，谁要编织袋，我这里富余一个。’正巧让我听见，十五块钱一个，真不错，回去用完了一扔，蛮好。”

我笑了笑，没说话，十五块钱？老秦可能把他打车的钱也算进去了，可惜的是，精明算计的他卖完了自己的编织袋，马上就意识到手机丢了，对这一次行程，老秦肯定会懊悔不已。

编辑老吴

老吴今天走了，从发病到去世，不到半年时间。同去送行的同事朋友，稀稀拉拉，不足二十人，大家坐在一辆中巴车上，说笑的说笑，沉默的沉默，丝毫不像是给逝者送行。当然，今天大伙凑到一起，是为着一个共同的目的：最后看一眼老吴，最后送一送老吴。

话题自然主要是围绕着老吴，人们嘘唏感叹，说什么的都有，无外乎是老吴这辈子不容易，工作兢兢业业，认真负责，退了休还没来得及休息，还没来得及享受，人就走了，怪可惜的。有的说：老吴这辈子活得冤，烟酒不沾，没什么嗜好，本本分分憋糗了一辈子……

对逝者的评价，在其身后，无论是公开还是私下场合，人们总是言其善而隐其恶，自然每个人心里都另外有一把尺子。人已经走了，无所谓善恶之分，况且老吴平平淡淡过了一生，善良纯厚，老实本分，来送行的人和他多少有点感情，至少是同事一场，大家在心里都在为老吴的故去感慨叹息。

老吴享年六十二，生前是一家文学杂志社的副主编、评论家，名气不大不小，文笔不好不坏，作品不多不少，学问不深不浅，职位不高不低，是个极为普通极为平庸的文化人。混迹文坛几十年，他写的文章不多，有见地的文章更少，更不要说产生什么影响了，但是在当地的文化界，尤其是文学界，他毕竟经营了几十年的刊物，年过五十以后又熬到了副主编的位置，不少文学作者都得到过他的帮助，在文学圈子里老吴还是有一定声望的。

老吴二十世纪六十年代毕业于一所名牌大学的中文系，一直从事编辑工作。应该说，他是一位称职甚至优秀的编辑，文字水平较高，有相当的鉴赏能力，常给别人写点短评之类的应景文章，一来二去，就有了评论家的称号，至少在年轻作者眼里，老吴算得上是专家。就说派头，老吴也足能唬人一气的。头发从来都是染得油黑，梳得锃亮，西服革履，风度翩翩，一副金丝眼镜，显得温文儒雅，说起话来，抑扬顿挫，情绪高昂，总给人精力饱满、意气风发的感觉。

多年以前，老吴遇到过一次官运，上级领导找他谈话，有意要调他到一家文艺出版社任总编辑，总编辑虽然只是个处级，级别不高，在当时却是个让人羡慕的有实权的肥缺，出书发稿子，求者如云。老吴那几天像过了电一样兴奋，逢人便说要到新的单位走马上任，而且天真冲动地开始找出版社的熟人了解情况，一副踌躇满志、信心十足、准备要大干一场的样子，据说对有些人还许了不少愿。可是一来二去，本来木已成舟的事让他自己给搅黄了。出版社有人联名给上级写信抵制老吴上任，甚至当面向他表过忠心的朋友也在背后拆他的台。

这是老吴单纯的一面，年岁不小，城府不深，有时候就像一个长不大的孩子，容易冲动。多好的一次机会，他稳不住阵脚，四处嚷嚷，最终没有走成，还在杂志社干他的副主编，一直干到退休。老吴天天早来晚走，十分敬业，看稿子、盯版式、校对核红、发稿费、寄样刊、接待作者，事无巨细，样样都干，而且认认真真、任劳任怨，一个人能干好几个人的活。不像有的编辑，对工作大多对付，晚来早走或不坐班，时间和精力都用来干自己的事。

到了退休年龄，老吴不想走，单位也不想让他走，便继续返聘让他工作，虽然无职无权，但老吴却仍然负责终审终校，以他的业务水平和责任心，杂志社一时还真找不出合适的人来代替他。文学期刊，这些年效益不好，每月只能给他几百块钱的报酬，老吴却似乎很满足，干得比以前还欢。

这几年文学刊物陷入困境，像是治不好的死马，极少有人把精力真正放在办刊上，钱少而又没有多少事可干，人心便像散沙一样聚不到一块儿。领导要求大家想办法创收，搞活刊物，人们口头上应承着，却没有一个人真正动作，唯有老吴积极响应，热情颇高。退休了能在原单位继续返聘，虽然收入不多，可是总比待在家里没事干要强。老吴搞了一辈子评论也没搞出什么名堂，现在小说都很少有人看了，更不要说评论了，真一下子回了家，他还真没事可干，为此老吴是真心感激领导，决心卖一把子力气，发挥发挥余热。

老吴的余热只能是文字编辑，他出了校门就干这一行，可谓是轻车熟路，业务精干。他干编辑这么多年，联系了不少的作者，这就是资源。于是他从别人那里得到启发，想为作者编一套丛书出版，每人拿几千块钱包销一部分书自费出版，老吴组织人负责编校、排版，从出版社要书号，从中赚取有限的一点利润，出书既扶持了作者，又能为单位挣一点编辑劳务费。老吴的设想立即得到领导的支持，让他带着几个编辑，四处联系，风风火火地干了起来。

虽然老吴干了几十年编辑，却对出版并不真正在行，打字、排版、印刷、发行、成本核算都没有实际经验，当年出版社反对他上任的一些人，这时故意刁难拖延，这套丛书折腾了小两年书才出来，最后一算账，钱没挣到，反倒赔了几千块钱。

老吴带着几个编辑干了一年多，最后是鸭子孵鸡——白忙活了，钱没挣着反倒赔了钱，心里那份着急是不用提了。十几个作者都是他约的，收了人家的书款却迟迟总见不到书，心里能不着急？带着几个人征稿排版校对设计印刷等等，一年多也没闲着，编辑费校对费劳务费等等却难以兑现，心里能不着急？本想创收最后单位却赔了钱，在领导同事面前有何脸面，心里能不着急？一急二急加三急，急火攻心，老吴突然就病倒了，得的是最时髦的脑出血，也就是人们常说的“弹弦子”，弹了不到半年，把自己弹走了。

了解他的朋友说：“老吴太不值了，退了休不回家歇着，享享清福，还给单位卖命，这年头，卖命也不能真卖呀！这下好了，真把自己的命卖了。如果到点就回家休息，凭他那么硬朗的身子骨，再活个二三十年绝对没问题。”

退了休而没有回家继续留在单位返聘工作，这似乎成了老吴的死因。可是老吴为什么要这样，却没有人往深里想。谁不想歇着，谁不想少干活多挣钱，尤其是到了老年，名利相对淡了，找点自己的爱好，干点自己想干的事，娱乐消遣带解闷，不是挺好的吗？可这些恰恰是老吴做不到的。

这也许才是老吴真正的难言之隐、心底之痛，他虽然没有对人说过，但大家都清楚，也理解同情他。人们隐约发现，老吴似乎从来不愿意待在家里，平时他每天坚持坐班，早来晚走，甚至星期六日也到单位来，他的家庭是不是有什么问题？

家庭幸福不幸福关键看夫妻感情，与贫富关系不大。我们结婚时常会遇到这样的问题：“无论贫穷富足，无论健康疾病，你能和他（她）相伴终生吗？”回答当然是肯定的。但是经过长期的生活磨难，这个问题却常常受到考验。违背了便有可能中途离异分手；怀疑动摇了，便会同床异梦离心离德。

言归正传，还说老吴。

作为一个男人，儿子、丈夫、父亲，我觉得老吴无可挑剔，他一不抽烟，二不喝酒，三不应酬，四没有任何爱好，五……这么说吧，老吴除了工作挣钱，似乎就不知道消费、不知道享受。接触多年，我就从来没见过老吴花过钱，尤其是自己的钱，公款消费则另当别论。实话实说，他年逾五旬才混上个副主编，只负责编稿发稿，财权十分有限，偶尔花公家的钱也是相当节制。后来我才知道，老吴自己手里根本就没有钱，工资全部上交，有限的稿费只要有案可稽也统统纳入“家库”——上交老婆。据说十几年前，老吴每个月的零花钱只有五块；这几年考虑到工资、物价上涨等因素，老吴兜里的钱也很少超过一百块钱。有一回单位一位同事结婚，请大伙喝喜酒，同事每人随了二百块钱的份子钱，老吴很为难，一来他和谁也够不上二百块钱的交情，二来他也确实拿不出钱来，最后只好象征性地出了五十，而这五十块钱还是私下里找我借的。让人尴尬的是，到了婚礼那天，老吴来到婚宴餐厅，找遍了所有饭桌，都没有找到写有他名字的桌签，人家根本就没想邀请他参加婚宴。

一个男人囊中羞涩过于吝啬，在社会上无法交际处事，时间长了，对一个人的性格、心理都会产生严重的负面影响。老吴的“妻管严”在单位是出了名的，“文革”前的大学生，又有正高职称，担任一定职务，按说他的收入不算低，可是花起钱来总是抠抠搜搜，小气得要命。当然，以老吴的年龄资历，也没有人和他认真，大伙都清楚，老婆对他的“经济制裁”也是事出有因。他来自农村，家境贫寒，少年丧父，又是家中的独子，进城读书，大学毕业后参加工作，结婚以后只能把老娘接到身边生活，而在农村他自然又少不了一些穷亲戚。于是老婆控制他的有效手段便只能是卡住金钱。老吴反抗过没有，外人不得而知，凭感觉，他最终是投降了、服帖了、认命了。

老吴的老婆过去是城里一破落大户人家庶出的小姐，年轻时长得如何不得而知，凭我见到的准老年以后的印象推测，最多算是相貌平平，甚至可以说是困难一族。长得好坏倒在其次，问题是从来没有人见她笑过，成天像茄子一样绷着脸。而脾气禀性，除了耳闻，我还当面领教过，不止一次他的老婆当着我的面像数落三孙子一样数落老吴，让我感到难堪至极。当着外人的面让自己的丈夫下不来台，我以为是女人最不能容忍的毛病。而老吴却能安之若素，无任何反应、反抗，可见老婆没作“河东狮吼”，已经很给他面子了。

农村的孩子通过考学改变命运，娶了城市姑娘，心理上习惯上都要经过长时间的适应，而又把自己的老娘带在身边抚养，也许在老吴的老婆看来，不说是罪不可赦，至少也是重大缺陷。老人的负担既已无法推卸，尽可能少地减少投入、开支，对老吴实施“经济制裁”似乎也就顺理成章。我想老吴如果不是因为孤儿寡母相依为命，但凡有一点办法，即使再孝顺，也不敢冒天下之大不韪，接来老娘，触犯“婆颜”。老吴的为难是可想而知的。我认识老吴时，当在他中年以后，一儿一女，两个孩子也大了，老吴的老娘被安置在离他们家不远的一处小平房里，他只能时不时地过去看看。

有一次刚上班，老吴急匆匆地去上厕所，不大一会儿工夫就跑了出来。进了办公室，从裤子口袋里往外掏着黄乎乎稀拉拉的东西。有人开玩笑说：“老吴，是不是闹肚子了，你可别在办公室收拾呀。”老吴一边低头忙活着，一边着急地说：“哪呀，临出门时从家里偷了两个鸡蛋，想给老娘摊一套煎饼馃子，谁知道一忙没顾上，刚才一蹲下，俩儿鸡蛋全给挤破了。”可怜的老吴被老婆挤兑成这个样子，大伙谁也笑不起来。

长年处在老婆与老娘中间，老吴的夹板气肯定没少受。一方面要照顾老人的生活，一方面要提防老婆的脸子，老吴的处境想必是够难的。他性格懦弱，但又极好面子，很少听他对自己的婚姻有什么牢骚不满，他也极少谈论家里的事。

怕老婆的男人并不一定不爱老婆，习惯成自然，受惯了虐待，一旦遇到笑脸反而会不适应。比如在下，偶尔想在家里表现一把，献献殷勤什么的，老婆准会满腹狐疑：“今天不对呀，你是不是做了什么对不起我们的事啦？”可见好人是不能做的。

杂志社不用天天坐班，而老吴却自愿上全日班，来得最早走得最晚，有时公休日也到单位。他一个人值班的时候经常约一些女作者来谈稿子，大门紧闭，循循善诱，煞有介事，聊天的时间挺长。如今文学市场冷落，年轻漂亮的女作者像大熊猫一样稀少，可是老吴总能沙里淘金，发现人才，培养人才，不少文学女青年成了他的弟子，在老吴的精心指导下，从此发表作品，走上文坛。女作者的频频来访，自然也引来过一些捕风捉影的风言风语，可是让人们失望的是总也发现不了令人精神振奋的绯闻。老吴似乎总能“发乎情，止乎礼”，和女作者始终没有实质性的故事发生，据说最多也就是摸摸人家的手，跳舞时在人家后背用手指弹弹琴而已。爱美之心人皆有之，谁不愿意和年轻漂亮的女人待在一起说说话，除非是有病。老吴有没有色心不好讲，但我敢肯定，色胆是绝对没有，出格的事他做不来，也不敢做。家教严而胆子小注定了他至多也就是过过眼瘾。

最后一次见老吴是我到医院去看他。走进病房，他穿着病号服，胸前戴着围嘴儿，像个幼儿园的孩子一样正在洗漱。多日不见，我几乎认不出他来，一头的白发没有染，目光黯然，表情呆滞，一下子像是苍老了十岁二十岁。他的老婆直呼其名道：“吴某某，别洗了。你看这是谁？能叫上名字吗？”

老吴傻笑着，用手指着我，费劲地张大嘴，很努力很痛苦地想，可就是说不出来，半天时间也没认出我是谁。显然，他的思维和语言都有了障碍。

我拦住他，不让他想，不让他说。人到了这种时候，最好是顺其自然，做不到的事勉强让他做，对病人和好人都是一种折磨。

老吴从发病到住院不过一个多月，竟严重到这种程度，让人不可思议。我向他老婆问了问病情，随便聊了几句，安慰安慰。他的老婆对他还是直呼其名：“吴某某，走两步，走两步试试。”

老吴好像能听懂老婆的话，双手撑着椅子背，努力着要站起来，挣扎了几次却始终站不住，身子晃晃复又坐下，最终痛苦地低着头，坐在那两眼发呆，一双手不住地颤抖，摸索着病号服的衣角。

他老婆也不去搀扶，只是站在一边抱怨：“就这么懒，前两天还能走两步，从昨天起就不动了。还不如个死人！没用的东西！”说完要过去拖他起来，我赶忙拦住，安慰了几句，无非是安心养病、积极治疗、好好恢复之类的应酬话。

出了病房，我想，老吴这辈子岂不冤哉，熬灯费蜡，码字编稿，为人作嫁，退而未休，最后急火攻心，竟至病重。既没有享受什么生活乐趣，也没有得到多少情谊温暖。这样的结局，除了家庭，主要是他的性格原因。老吴太心盛好强了，总在压抑着自己，掩饰着自己，为别人活着，只有刚才我才看到一个本来的真实的老吴，只可惜已经接近了生命的终点。老吴的一个举动让我产生一种不祥之感，他的两只手在不停地捻衣角。据老人讲，这是病危濒死、弥留之际很不吉利的凶兆。果然三天之后，传来了老吴去世的噩耗。

在送别老吴的路上，我一直在想，以编辑为职业，老吴兢兢业业勤勤恳恳干了几十年，名利不能说没有，都不多。他幸福快乐吗？我怀疑。即使是身边那些大红大紫过的人物也不过尔尔。从老吴身上我感觉到，应该平凡而快乐地活着，活好每一天。进而又想，老吴的今天是否就是我们的明天，我不知道，只是想起来后怕。

书商小汪

夜里梦见小汪，突然就睡不着了，辗转反侧，难以入眠，脑子里全是他的影子，身材消瘦、面容清癯、目光抑郁……心里惦记着，不知道他现在怎么样了。

我和小汪认识应该超过二十年了。机缘很巧合，二十多年前，孩子还在上幼儿园，幼儿园在市中心一条宽敞的马路边上，离我供职的单位不远。平时接送孩子是他妈的任务，偶尔遇上她有事，才轮到我去接。有一天我去接孩子，记错了时间，去早了，没事可干，便信步走到附近一家书店去逛逛。书店在楼群的一条过道旁，地理位置稍偏，门面也不大，店堂有二十几个平方米，店名却起得很响亮，开明书店，喜欢读书的人都知道，那是二十世纪三十年代邹韬奋创办于上海的一家著名书店。

我随便进去看了看，屋子里满满当当，四壁及中间的台子上摆的全是书，全是社科类的书，品种比较全，档次比较高。看着看着，发现我写的一本书也摆在书架上。店里的营业员只有两个，一个五十岁左右的大姐坐在那负责为顾客装书收银，另有一位三十岁左右的小伙子在那整理着书架，小伙子精明强干，中等个头，身材适中，面相俊秀，一双凹陷的大眼睛炯炯有神。

我好奇地指着自己出版的书，问道：“这本书你们卖得怎么样？”

小伙子抬头看了看我，面无表情道：“还行吧，动得不快，但是还能卖。”

忘了还说些什么，记得他好像问我是哪个单位的，我说是文艺大楼，清楚地记得他用怀疑的目光盯着我说：“你是文艺大楼的？我怎么不认识你？”这句话让我心里产生了一丝不快甚至反感，好像我说了假话，听口气似乎他和楼里的人很熟，怎么会突然冒出我这么个人来。我本能地回敬了一句：“你这话好像说反了，应该是我问你怎么不认识你呢。”那时候也是年轻气盛，心里藏不住话，稍有不快马上就表现出来。还说了些什么不记得了，就是从那次开始我们认识了，而且渐渐成了朋友。

那些年经常买书，逛书店一度成了我的爱好。小汪的书店离单位不远，品位也比较高，我成了那里的常客。相互熟悉以后，我除了买书，还常到书店里的小办公室坐坐，俩人抽支烟，随便聊几句，话题基本上离不开图书。去书店的次数多了，经常能碰到一些熟人，至少有些人的名字是熟悉的。经过他的引荐，还真在书店认识了几位同好。他经营的书店虽然面积不大，但是在读者圈子里却影响不小，不少爱读书的人经常光顾小店，这些人的职业、年龄不一，基本上以教育界、文化界、政府机关为主，共同的爱好就是读书，小汪和他们相处，彬彬有礼，谈吐得当，根本不像一个书商，倒像是一个温文尔雅的文化人、读书人。其实后来接触多了我才发现，他本来就不是一个商人，他的品性并不适合做生意。

二十多年前，喜欢读书的人还比较多，图书市场一度比较繁荣。小汪经营的书店，因为特色明显，经营得相当不错，书店效益最好的时候，他养着三台车，还开着分店和文化工作室，员工有十几二十人。当然，这些利润光靠店面零售不行，他还搞批发，自己编书出书向全国发行。那时候全国走红的作家有不少书都是他出过的，约名人的稿子找出版社买书号，然后自己印刷发行，赚取一点利润。这里面有赔有赚，总体上收益应该不错。他那时每个月都搞一次文化讲座，约请名人免费给读者讲课或签名售书，有些名人甚至是从北京等外地请来的。类似的活动搞过不少，小汪和他的书店当时声名远播，在读者中有相当的影响。他不同于一般的书商，他出的书都有一定的品位，虽不畅销，却能常销，他的眼光独到，了解市场，也充满了自信。

我和小汪熟识的时候，他的生意已经不太景气了，具体原因不清楚，只听说他摊上过两起官司，赔了不少钱，这两起官司都因为他缺少法律常识，合情不合法，最后以败诉告终。有一次聊天，他和我说起又面临着一场纠纷，很无奈，很纠结，很气愤。当时有两位有点名气的作家找到他，希望能把自己的散文出个选集，这两位作家都小有影响，文字也不错，但是出散文集，市场上不一定好销，小汪觉得如果搞一套系列，出成十本一套的精品散文也许更有卖点，成本也会降低。他和全国不少名作家都有一定的联系，于是便约了十个人把他们发表的散文结集出版，条件是他负责出版费用，赠送作者一部分书，但是不给稿费。那时候散文之类的作品市场行情已经不是很好，这十个人的水平、影响也不一样，有的书好卖，有的书不好卖，有的是小汪费尽心思约来的稿，作者算是全国文坛的头面人物，有的却是碍于情面出于帮忙性质勉强凑上的书稿。书出来以后，市场反响一般，书发到全国各地，回款很不理想，也就是说书卖得不好，策划是失败的。让小汪想不到的是，当初找他帮忙的一位作家找上门来要他付稿费。小汪反复讲道理，说当时说好了的事，怎么书印出来却突然变了卦。

小汪和我说起这事很激动，很气愤。我了解了一些情况，却觉得责任在他。十个作家，他私下里给了两个人稿费。据他说，这两个人腕儿最大，稿子难约，人家的稿子花大价钱都约不到，他是费了好大的功夫才约到的书稿，为的就是拉这两个名人撑撑门面，这套书全指着人家的名气打市场，事先他就说好付稿费的，只是其他人不知情罢了。这件事让其他作者知道了，当然要找他讨要稿费。

我劝他，这十个人在全国都有相当的知名度，文人之间，谁也不觉得比别人差，你给张三稿费不给李四，李四肯定觉得不公平，甚至觉得受到了污辱，这不是钱的问题，是对人家的不尊重，关键是你们之间有没有合同？有没有文字的证据？光是口头协议还真不好办。恰好找他讨要稿费的这位作家是我很敬重很熟悉的忘年交，便答应他找对方谈谈，看看能不能网开一面，原谅小汪，放他一马。

我知道这位作家平时和小汪的关系也不错，否则当初也不会找他帮忙出书。于是便找到这位作家说起这件事，看看有没有通融的可能。没想到这位作家态度强硬，丝毫没有让步的意思，而且显得比小汪还激动。

“这不是钱不钱的问题，我的稿子就不如某某吗？我比他强一百倍，给他稿费不给我，这不是欺负人吗？这不是小看我吗？这件事没有商量的余地，不行就上法庭讨个说法。我现在还把他当朋友，不然的话，给另外几个人打一通电话，都找他要钱，他的损失就更大了。”

小汪没办法，自己酿的苦酒自己咽进肚里，不仅给了这位作家稿费，而且还是高稿费。更让他感到无奈的是，纸里包不住火，时间长了，其他几个作家知道了以后，都纷纷找他讨要稿费。最初要稿费的那位作家事后和我明言从来没有串通过别人，他不可能要回了稿费再私下里出卖朋友，是小汪自己心里不平把这件事嚷得圈子里都知道了，要怪只能怪他自己。这话我信，这位前辈的人品德行有口皆碑，为人正直善良，他可以当面出言不逊，但绝不会干出在背后下绊子的勾当。倒是小汪心里藏不住话，受了委屈免不了和圈子里的朋友抱怨牢骚，最后闹得满城风雨，人尽皆知，怪不得其他作者也找上门来讨要稿费。

这件事让小汪情绪上受到很大打击，这套散文丛书不仅让他赔了钱，还得罪了不少作家，书给人家出了，最后连一点人情也没落下。

类似的情况据我了解还有好几件，虽然吸取了教训，小汪后来出书时都和作者签订出版合同，但不知为什么，帮了忙最后却总被别人误解。我以为，有些所谓的文化人品性甚至不如普通民众，有些人和他亲近是有目的的，想通过他的帮助出本书，心里始终把他当作商人，而不是朋友，彼此相互利用而已。在他们眼里，无商不奸，商人无利不早起，小汪能出他的书，肯定会有钱赚，至少初衷是为了挣钱，什么情义道义，在有些人眼里一钱不值。出了书不仅不知道感激，反而在背后非议败坏他。

小汪是个热心肠，可能喜欢被人捧着的感觉，别人说几句好话，他脑子一热就答应帮忙，最后的结果是经过几年折腾，把自己辛辛苦苦挣的那点钱都搭了进去，最后生活回到了原点，车也卖了，分店也关了，只剩下原来的那间小书店。

其实，小汪给我的印象与别人截然不同，他从来不是贪图小利的商人，从来不爱占别人便宜，人品上比有些所谓的文人雅士高尚得多。我和他交往较多的时候，是在他辉煌已过陷入困境的时期，他基本上沉静下来，踏踏实实地做生意，一年三百六十五天守在书店里卖书，即使春节都不歇班。有几次我到店里聊天，临走的时候，带的烟所剩无几，不好意思再拿走，便装作忘了，径直离去。回到单位，时间不长，店里的那位老大姐就把烟送了过来，其实那是我故意留下来的，小汪却让员工送过来，无意中倒给他添了麻烦。

小汪经营书店多年，方方面面的朋友不少，深交的却不多，有些和他交往过密有求于他的人，事后见他渐渐落魄，也都纷纷离他而去。他那时早就辞了公职，书店勉强维持着，除了房租、一个员工的工资，所剩无几。有几次，他给我打电话，说是要借点钱急用，数目不大，几千块钱。我问他干什么用？小汪说是给老人或孩子住院要交押金，我毫不犹豫地答应了。小汪很守信用，每次都在约定的时间把钱还上，从不拖延。他这个人自尊自强，轻易不会开口求人，肯定是遇到了难处。那时书店的生意已经每况愈下，利润扣除房租工资以后所剩无几。小汪又相当地固执，从来只卖正版书，从来不给顾客打折，再赶上图书市场逐渐萎缩，买书的人越来越少，他的书店已经举步维艰，勉强支撑了。

交往多了以后，小汪的家庭情况我了解一些，父亲去世多年，母亲体弱多病，又没有工作，和他一家三口住在一套老式的两居室单元房里。结婚的时候，小汪正是事业最发达的时期，他辞了工作，下海经商，书店经营得有声有色，效益相当不错。他那时年轻有为，英俊潇洒，能力又强，前途似乎一片光明。他的爱人我见过，在一家市级机关当公务员，老实稳重，面相和善，对小汪言听计从，似乎还有一点崇拜。至少从相貌和能力上看，小汪似乎更出色一点。再加上他谈吐不俗，知识渊博，为人正直，很容易讨女孩子的欢心。我从侧面观察，他们夫妻之间，小汪从来是说一不二、当家做主、十足的男子汉。他们有一个女孩，体质较弱，经常生病，好像每年都要住一两次医院。小汪平时一门心思都扑在了书店，很少有时间和精力照顾家小。孩子病了，他从来不对外人讲，有一次有事和他联系，他说是正在医院照顾孩子，我赶过去看望，给孩子留下一点钱，小汪急赤白脸地死活不要，坚决退回，固执得有些不近情理。

我知道他不是小气，精于算计，而是认死理，爱较真，极不愿意给人添麻烦，极不愿意占别人的便宜，为人处事古板老旧，缺乏灵活。你来我往、请客送礼、交际应酬这样的事他不擅长，经营书店，虽然生意不大，但总要涉及工商税务之类的部门，小汪按规矩办事，照章纳税，合法经营，不屑于走关系，托门子。熟人朋友来书店买书，长年的主顾，他从来不打折，一视同仁，比国营书店还死板。其实他那时已经很困难了，母亲没有工作，他自己收入低微，孩子又多病，家里主要的经济来源就是他爱人的工资。一个四十岁的男人，经济上不能自立养家是很危险的。我多次劝过他，建议他关了那半死不活利润微薄的小书店，另找出路，找一个收益好一点的职业从头再来，挣钱养家才是最重要的。小汪很执拗，说就是喜欢书，就会经营书，这么多年的心血，不能说放下就放下。他对经营书店有感情，也充满了自信，似乎还沉浸在过去的辉煌里。有些话我不便多说，怕伤他的自尊，爱书没有错，可是这一行现在养家糊口都成了问题，长此以往，我很担心他的婚姻能走多远。

没有父母不爱自己孩子的，小汪当然也一样，我们在一起，孩子是聊天的一个主要话题。有一次，他和我说到孩子，说是女儿的成绩不理想，他住得偏远，孩子又体弱多病，只好在附近一所普通小学就读，他们夫妻照顾不上，孩子由奶奶照看，辅导功课根本指望不上。他找我打听，希望能把孩子转到市中心一所好一点的小学。

孩子的事当然最重要，我很快帮他联系，托好了关系找好了熟人，答应可以转到一所市中心的重点小学就读，但条件是要交几千块钱的所谓支教费。我把结果告诉了小汪，他听了十分犹豫，说是回家商量一下，最后告诉我还是不转了吧，我劝了半天不起作用，孩子最终没有转学。事后我感觉到很可能是钱上出现了问题，他嘴上不明说，其实经济上的压力很大。

大概六七年前，小汪的书店最终还是倒闭了。除了因为不挣钱，还因为租的房子面临拆迁，不得不关门。他没有能力再另外赁屋重干，这一次彻底没了职业，四十出头的人再另谋生路很困难，从二十几岁起他就和图书打交道，卖书编书出书，生意一度红红火火，最后却被逼得不得不选择放弃。

小汪的文字功底很不错，我看过他写的文章，比某些徒有虚名混饭吃的所谓作家写得漂亮，文字干净、思路清楚、观点独特，时常有精彩的句子打动读者。我劝他，既然不想干别的，自由写作也不失为谋生的一种手段。小汪听了我的鼓励，两眼冒光，信心十足，后来也确实发了几篇小稿，最后却不了了之，终究没有坚持下来。他解释说，自己的负担太重，平时要照顾老娘和孩子，家里的环境又太差，很难静下心来写东西。

有一次我们见面，发现他手上缠着绷带，显然是受伤了。我问他原因，小汪说，家里半夜进了贼。他住在一楼，半夜听到方厅有响动，出屋一看，发现门开着，方厅里的台式电脑被人抱走了。小汪知道进了贼，马上追了出来，结果路上被小偷的同伙拦住，刺伤了手臂。一台旧电脑值不了几百块钱，他却不惜舍命去追去抢，可见他困难到了什么程度。

在朋友的帮忙下，小汪后来找了个给出版社看稿子的活，主要是校对，一万字给三五十块钱。这种纯粹拼体力、脑力和眼力的活儿，他干得乐此不疲。他看稿子认真仔细，费时较多，不仅仅是校对，还经常帮着出版社修改稿件，把编校两档的活都干了，付出的劳动是别人的两倍以上，可是收入却相当微薄，而且不稳定，一个月不停地干只能挣两千多块钱。我劝他不能这么干，受累不讨好，身体吃不消，你拿着校对的钱，不用干编辑的活。他笑了笑，说习惯了，稿子文字不通顺，看着心里别扭，不由自主地就随手改起来，没考虑钱不钱的。

从此以后，我们联系得不多，一年见不了两次面，偶尔通个电话，不知该说些什么，他的生活肯定很困难，而我的能力有限，帮不上他什么忙。更重要的是，他好像情绪一直比较低落，不愿意再和朋友来往。也不知为什么，他的朋友也越来越少，好多过去和他亲近有求于他的所谓朋友都离他而去，我算是和他没有任何利益交往的朋友之一吧。

我很惦记小汪，却不想打扰他。他的手机经常处于停机状态，有两次打他家里的电话，总是没人接。白天他母亲应该在家，没人接听电话，很可能是家里出了什么问题。住院了？搬家了？不得而知。过了很长时间，我们终于联系上了，小汪告诉我前一段时间太忙，没顾得和我联系，现在稳定下来，想找时间见见面、说说话。我问到他的母亲，为什么也不在家？小汪说病了一段，现在住到他姐姐家。

再见面的时候，我发现小汪像变了人一样，脸色蜡黄，身体干瘦，两眼污浊，情绪不佳。他每次来都骑着一辆破自行车，路程将近一个小时。我接触他近二十年时间，无论条件好坏，无论酷暑严寒，他从来都是骑自行车，从来没见他打过车。他对自己，方方面面都很节俭很刻薄，从不乱花一分钱，但是对朋友却绝不吝啬，每次来看我都带着一些礼物，这无疑成了我的负担，更不敢过多地打扰他。

那一次见面，我发现他气色不对，一脸愁倦，一问才知道他得了糖尿病，餐前的血糖到了 10 左右，加上长期看稿校对，视力也明显下降。我劝他赶紧去医院看病，一定要吃药，注意休息。小汪笑了笑，说不要紧，暂时死不了，扛扛就过去了。我知道他没有正式职业，没有医疗保险，收入又少，很大原因是心疼钱看不起病，舍不得吃药。

聊天中问起孩子，小汪这才倒出了实情："跟了她妈。"

我听了一惊："跟了她妈？什么意思？"

"这么长时间没联系，我没告诉你。前一段离了婚，我净身出户搬了出去。老婆跟了我这么多年，也实在过不下去了。没别的，只好把房子留给她和孩子，老娘搬到我姐姐家住了，我自己在郊区租了一间小平房。每天给出版社看点稿子，日子还算过得去，吃饭应该没问题。"

我实在不知该说些什么，小汪落到这种境地，想起来就叫人心酸。他是一个很好的人，敬业勤奋，吃苦耐劳，为人本分，热情诚恳，从来不知道享受，不知道娱乐，他经营书店的时候，一年三百六十五天每天都开门营业，连春节他都不歇一天班，每天骑一个小时的自行车到店里，进货、卖书、算账……忙个不停。书店一开门就要花钱，房租、工资、水电……

他一天都不敢耽搁，全身心扑在书店，即使这样勤勉，却连家人的温饱都解决不了。古人讲，“识时务者为俊杰”，书店在这个时代早已成了夕阳产业。喜欢图书没有错，但是首先得有一个安身立命养家糊口的职业，舍此，别的都谈不到。这些话我不知和他说过多少遍，可是小汪太固执，曾经的成功让他有时候过于自信，让他有时候一条道走到黑。

很长时间没有和小汪联系，手机里就有他的电话，可是除了心里惦记，却迟迟不敢打电话。我知道自己帮不上他，我怕打扰他的生活。

但愿小汪平安，顺遂！

伯　母

伯母是老同学戴博雅的母亲。我们这地方，把同学、同事、朋友的母亲一律称为伯母。她姓什么叫什么，我一概不知，也没有必要知道，四十多年了，我一直叫她伯母。

戴博雅是我从小学到高中的同学，四十多年来往密切，关系不断，直到今天我们还是很好的朋友。“文革”后期，那时候就近上学，学校也不分好坏，没有什么重点非重点的区别，小学同学都住在学校附近。博雅的父亲当时是一家国营大厂的厂长，工厂生产自行车，产品相当紧俏，买车要凭条供应，有的市民排几年队都买不到一辆自行车，当年买自行车比现在摇号购车还要困难。在这样的企业当领导，手握重权，求他父亲办事买车的人很多，他们家里每天人来人往，非常热闹。他的父亲和善宽厚，豪爽热情，交际广泛，朋友很多。四十多年前，经济落后，市场萧条，人们的生活条件都很困难，来了客人下不起饭馆，大多都是在家里招待。伯母和伯父都是河北的老乡，也十分好客，经常在家里做一桌子饭菜和朋友们喝酒聊天。

那时候我们经常到博雅家里玩，他们家住房宽敞，条件好，待人热情，让我们无拘无束，自由自在，同学们没事就爱到他们家串门。我那时就知道伯母的酒量大，很多男人都不是她的对手。酒桌上有句话说得好：“女将出马，必有妖法。”酒场上能喝的女人，性格大多豪爽。伯母就是这样的人，她高个头，宽肩膀，不胖不瘦，好说好笑好热闹，家里来了客人一定会好吃好喝好招待，让人感到温暖亲热。戴伯父那时有一定的权力，又热情好客，虽然和现在当官的不能比，但上门送礼的人不会少，家里鸡鸭鱼肉、烟酒、土特产源源不断，那时候人们送礼也就是这些东西。东西多了吃不了，也没有冰箱什么的，戴家就经常呼朋唤友来聚餐，一时间他们家门庭若市，总有朋友在家里吃喝。

从小，博雅的父母就对我们很好，他是家里的独子，掌上明珠，儿子的同学朋友，他的父母自然善待。那时候，普通家庭大多是三五个孩子，独生子女的家庭很少。博雅虽然是独生子，但身上没有娇生惯养被宠坏了的毛病，这是我们能玩到一块儿的主要原因。当然，我们愿意到他们家玩，也和他的父母热情好客有关，到博雅家，我们感觉就像到了自己家，无拘无束，轻松自由，真正有“宾至如归”的感觉，有点好吃的好玩的伯母一定让儿子和同学们一起分享。

我第一次喝茅台酒就是在博雅他们家。有一天晚上，我和一位同学到博雅家去玩，他父亲正在和两个朋友喝酒，见到我们非要让我们喝一杯酒。记得那时还在上小学，又刚吃过晚饭，虽然和伯父伯母很熟，但当着客人的面还是有点拘束，喝酒更是不好意思。我们推托着，拒绝着，打过招呼就往外走。伯父那天好像是喝高了，抓住我们不放，红头涨脸地说：“不是教你们喝酒，是让你们尝尝，这是中国最好的酒——茅……台，周总理最爱喝的酒，你们两人一人就喝一杯。”这时候伯母早将碗筷准备好了，强按着我们坐下来，平生第一次喝了茅台。那时候供应紧张，白酒只有到年节每家每户才凭副食本供应一瓶，茅台酒听说过，没见过，当然更不可能喝过，第一次喝茅台的情景给我留下了深刻印象，直到今天还历历在目。

到了博雅家，我们都感到很随便很放松，伯母是那种大大咧咧粗放豪爽的中年妇女，见我们来了，经常会拿出一些好吃的，往桌子上一放，“你们不用客气，敞开了吃”。

那时候闲的时间真多，平时好像也没有什么作业，同学们没事就凑在一起玩。记得有一次春节前的一天晚上，我们到戴家约好了出去玩。临出门，伯母叫住我们，带到另一间屋，指着地上一堆烟花对儿子说：“趁着你们同学都在，晚上把这些烟花都放了。”博雅有些不情愿，说哪有现在放的，留着除夕三十晚上再放，过几天再说。伯母坚持道：“哪天放不是放，今天趁着同学们都在，一块儿放着热闹。都放了，不用留，小心点就行！”

那时候市面上还没有卖烟花的，过年能放上两挂小鞭炮已经不错了。博雅家的烟花是他父亲的朋友从外地送来的，五颜六色，形状各异，堆在屋里足足有两大纸箱子。我们看了，两眼放光，心生羡慕，兴奋异常，恨不能立马跑到街上痛快淋漓地过足瘾。

在伯母的督促下，我们每个人两手提着各式各样的烟花，兴高采烈地出了门。那天晚上我们尽情地放着各种五彩缤纷的烟花，周围围满了驻足观望的大人孩子。那一天，烟花如此灿烂，那是我有生以来最快乐的一个夜晚，那种新奇刺激的感受至今难忘。

七十年代中期，我觉得是戴家最风光最惬意的时期，也是伯母最快乐最幸福的时期。家里条件好，经常是高朋满座，说笑声不断。博雅的父亲虽然职位不算太高，却是手握重权，上门求他办事的人很多，逢年过节送礼的络绎不绝，踢破门槛。那时的伯母开朗大方，活得相当开心舒服。

突然有一天，传来博雅父亲出车祸的消息。那时我们刚刚考上高中，开学没几天，听说博雅他爸爸出了车祸，人送到医院抢救，已经快不行了。我们几个要好的同学约好了一定要去他们家看看，安慰安慰伯母和博雅。路上几个人商量，戴家出了这么大的事，人命关天，我们得表达一点心意，不能空着手去。于是几个人凑了点钱，决定买个花圈。我们自以为很懂事，考虑得挺周全。等买好了花圈，走到半路，突然觉得这种做法不妥，实在是太冒失太荒唐了，人活着不活着还没搞清楚，就先买好了花圈，万一人救了过来，我们这不是给人家添堵吗？几个同学一时傻眼了，在大街上举着花圈不知如何是好。搬到远处的戴家自然是不能送的，可是花圈放哪呀？！搁在谁家门口也不行，怎么办呢？一时我们犯了难，“嘴上没毛，办事不牢”，刚才的那点自信自得立时烟消云散，忐忑不安，踟蹰街头，左右为难。有人提议说是先放在学校，我们派人去戴家看看情况再决定送与不送。几个同学举着花圈跑到学校门口，试图放在操场边的车棚里，看门的大爷见我们拿着花圈，拦在门口，说什么也不让进校门，大爷说学校平白无故地摆个花圈算是怎么回事，赶紧拿走！我们手足无措，不知如何是好，最后商量决定在路上等着，派两个人先到戴家探明情况再做决断。时间不长，派去的同学回来报信说，戴家门口已经摆着不少花圈，博雅的父亲肯定已经去世了。

年少无知，我们当年竟然做过这样荒唐的事。

戴博雅本来学习很优秀，考上了重点高中的重点班，上大学应该在情理之中。父亲的突然去世，彻底改变了他的命运，他放弃了学业，顶替父亲留在了工厂。伯母那时候的年纪应该是四十多岁。

从认识伯母开始，她就是一头花白头发，直到去世也没有太多变化。进城几十年了，她的口音始终还是河北老家的方言，不难懂，也不太好懂。

伯父刚去世那段时间，我们再去戴家，感觉伯母的情绪低落很多，神情木讷，一向爱说爱笑的她话也明显少了，人一下子苍老了许多，从此屋里始终挂着伯父黑白照片的遗像，后来家里的客人逐渐少了，再也看不到当年车水马龙热热闹闹的场景。

博雅家后来搬得比较远。岁月流逝，光阴似箭，我们稀里糊涂长大了，后来上学的上学，上班的上班，但要好的同学还会时常到他们家去看望伯母。

因为父亲的去世，戴博雅直接参加了工作，没有考大学，他的学历都是后补的。他为人不错，工作始终很努力，又有父辈的照应，在单位一直受到重用。有一次单位派他到上海的一所大学进修外语，为期一年，家里只有伯母一个人，略显孤单寂寞。我那时虽然上班不久，但工作相对轻闲，每周都要去看望伯母一次，说说话，聊聊天，看看家里有没有什么事要处理。经常是晚上吃完饭去，去了就住下，转天从他们家再去上班。由于时间宽松，经常是睡到早上自然醒再离开。起床后，伯母一定会将早点准备好，从街上买来煎饼、馃子、烧饼什么的放在桌子上，煤气灶上一定用小火热着牛奶或豆浆。老人起得早，提前准备好，等着我起床吃早点。如果赶上哪一天我有事起早了，伯母来不及去买早点，她一定会拿出两个鸡蛋，让我带到路上摊煎饼吃。

我和伯母很谈得来，她退休在家，又好热闹，戴博雅到外地上学，她极愿意有个人能陪她说说话。伯父去世以后，她全部的心思都放在了儿子身上，作为儿子的老同学，她自然也是另眼看待。我发现，伯母已经从失去丈夫的阴影中走了出来，她的情绪还可以，豁达开朗，爱说爱笑，似乎又恢复到以前的样子。

戴博雅果然很出色，早早就调到公司当了干部，后来还提了职，他人也长得精神，魁梧英俊，气质轮廓有点貌似影星周润发，笑起来两个浅浅的酒窝，带着一丝羞怯腼腆。家庭条件好，人又英俊潇洒，职业也不错，这么好的条件找对象自然不成问题，他的媳妇就相当漂亮，在一家大宾馆当服务员，比他年轻几岁。

伯母的变化就在儿子结婚以后。每次见到她都感觉老人心事重重，变得不太爱说话，干什么都是小心翼翼的。

那时候城市还没有商品房，市民住房普遍比较紧张，戴家算是条件好的，博雅结婚以后住在伯母隔壁的单元房，开始母子在一起吃饭，买菜做饭、料理家务基本上都是伯母一个人忙活。这样的日子维持了不到半年就分开过了，各做各的，各吃各的，倒也没听说有什么矛盾，婆媳之间始终客客气气，只是生活习惯不太一样。

戴博雅娶了年轻漂亮的媳妇，疼爱有加，关心得无微不至，小两口儿卿卿我我，如胶似漆，恨不能化成一个人。他的媳妇温婉端庄、气质高雅，身材相貌堪称人之上品，待人接物大方得体，只是有一点娇气、傲气，平时话不多，让人感到不好接近。

和老人住在一起，麻烦很多。都说寡妇婆婆不好处，其实不是婆婆不好处，多数情况是媳妇不好处。现在城市中的婆婆有几个不是迁就媳妇的，博雅的媳妇算是有教养的，自始至终没和伯母红过脸吵过架，表面上都处得不错，但始终是客客气气，透着一丝生分、隔阂。他的媳妇给人的印象好像有点看不起操着一口乡音的婆婆。尽管伯母百般迁就也不行，老人从来不在背后议论是非，但是我能感觉到，她对儿子媳妇不是很满意，说起来吞吞吐吐欲言又止，似有什么难言之隐。有一次撇着嘴，面带不屑地跟我讲，儿子可真行，连洗脚水都给媳妇打好了。

不用说，戴博雅夹在中间受着夹板气，那滋味肯定不好受。一头是老娘，一头是媳妇，哪个也不敢得罪。多数情况他迁就媳妇的地方更多一点，忽视了老人的感受。家里的事，时间长了，难免锅勺碰锅沿。博雅当然很孝顺，但是做事粗心大意，考虑不周，在一些生活细节上处理不当，老娘的心里就不舒服。有一次公司给职工发放冬储大白菜，其实值不了几个钱，博雅就近把两百斤大白菜都送到了媳妇娘家。伯母从同事那里知道了这件事，心里很不痛快。觉得儿子厚此薄彼，娶了媳妇忘了娘，心思都放在孝敬丈母娘上了。年深日久，诸如此类的琐事积累起来，婆媳之间难免会心存芥蒂。

伯母从年轻时就吸烟，烟量比较大。我们上班以后，也学会了吸烟，到伯母家串门，尽管喷云吐雾，无所顾忌。儿子结婚以后，伯母却把烟戒了，说是冬天哮喘，抽烟对肺不好。私底下和我说过一次，这屋里烟味重，人家闻不了，说是将来对孩子不好。为了这点小事不到我屋里来，不值得，干脆戒了吧。我明白，她说的人家，指的是博雅的媳妇，孩子指的是儿媳妇怀着的孩子。其实各住各的房子，各过各的日子，偶尔到婆婆屋里待一会儿，有点烟味对将来孩子的影响并不大。

戴博雅结婚的第二年就添了个儿子。伯母高兴得手舞足蹈，脸上乐开了花。孩子自小由奶奶一手带大，伯母可谓是精心照料，任劳任怨，严格按照儿媳的要求处处小心，不敢有丝毫的马虎懈怠。

有一次我去串门，看见孩子穿了一件新毛衣，我故意逗他："这件毛衣不错，在哪买的，真漂亮。"孩子得意地说："我奶奶织的。"我随口奉承了两句，无非是想让老人高兴。伯母没说话，会心地笑着，过了一段时间却突然打来电话让我去家里一趟，说是给我的儿子也织了一件毛衣。孩子长得快，她根据自己孙子的身材估量好的，七十多岁的老人，老眼昏花，却一针一线地织了几个月。她在织毛衣的时候心里想的什么，我不得而知，只感到拿着它沉甸甸的。毛衣我拿回来，孩子穿不了，一天也没有上身，但这份情意我永远记在心里。

博雅的经济条件不错，单位效益好，他又在一个重要部门任职，吃喝穿戴、家里的布置摆设都很高档，十几年前就买了私家车。他为人豪爽大方，好交朋友，我们许多同学都得到过他的关照。比如，一年之中他总要在高档饭店请几次客，让我们打打牙祭、开开荤。二十多年前，我们都还年轻，还没混出个人样，极少有机会到高档饭店去消费，能到那种高档场所吃喝全是沾了博雅的光。他那时很风光，事业有成，收入又高，早早就买了商品房。

搬家的那天我们几个同学去帮忙，觉得伯母的生活条件和博雅相比实在是太寒酸了。房子没有任何装修，四白落地，水泥地面，家具还是几十年前的老样子，电器也早已过时老化。我们不明白，博雅省出几顿饭钱，就能给老娘换换环境。伯母虽然是一个人生活，有些必备的用品早就该淘汰了，冰箱是那种老式的小冰箱，而且已经坏了，还在屋里摆着，成了储物的柜子。我们几个同学看不过眼，这么热的天，家里没有冰箱怎么行，有人提议是不是出去给老人买一台回来。我们犹豫了一会儿，最终否定了这种想法，不是怕花钱，是怕博雅多想，儿子没办到的事，我们同学代替他办了，怕他多想，怕他脸面上挂不住。

博雅搬到商品房以后伯母就一直住在老房子里，没事和邻居们说说话，玩会儿纸牌打发日子。她不愿意离开老门口，不愿意离开那些老姐妹，其实真正的原因还是担心和儿媳妇不好相处。

房子因为是老式单元楼，当年没有通暖气，冬天取暖在方厅生煤炉子，既不卫生，也不安全。有一年初冬，天冷得早，气温变化大，我打过去电话，问伯母靠什么取暖，老人说是点了炉子。我说，这种天气最好不要点炉子，气压低，一旦天气转暖很容易被煤气熏着，还是小心点好。伯母说：毕竟年老了，怕冷，照看炉火也不费事。我又问了问，伯母说没有别的取暖设备，甚至连电暖气也没有。那些日子报纸上经常有市民中煤气的报道，我想也没想，下了班就到商场买了一台电暖气送过去，让伯母灭了炉火。伯母没有太多客套，我们娘俩随便吃点饭，聊得很开心。

热闹惯了的人，平时一个人生活，虽然生活能自理，但那份孤单寂寞可想而知。博雅成天忙于应酬，家里顾不上，只能抽空到母亲那看看，小坐片刻，有时候十天半个月也难得看望一次。他搬走以后，孩子学习紧张，来看望奶奶的时间也越来越少，有时祖孙几个月也难得见上一面。伯母开始还像祥林嫂一样反复念叨着孙子，孩子自小由她带大，现在搬走了，却很少再来看她，心里难免有一些失落。时间长了老人好像也习惯了，从不主动要求，嘴上更不抱怨，但从她的眼神中能看到心里的失落和不满。她当然不会埋怨孩子，也不敢埋怨大人，她疼儿子，不想让他从中为难，只好把委屈藏在心里自己默默承受。

儿子的同学当中，伯母和我应该算是最熟悉最谈得来的，这么多年老人从没有说过儿媳妇一句不好，极少提到她，想必除了逢年过节打一晃，平时基本上是不露面的。当然，对儿子她更是不议论，说得最多的是让我们劝他少喝点酒，少一点应酬。

每年春节在哪过年都成了让博雅头痛的事，年年在伯母家过除夕，媳妇有意见，希望到娘家陪父母，到姥姥家过年，博雅也不情愿，两人为这点事年年吵架拌嘴，最后总算想出了一个两全其美的办法，除夕夜把两边老人接到一起吃顿饭，算是把年过了。

春节前我必定要提前去看望伯母，每一次都买一些必备的年货，基本上都是些过年吃的东西，各种干货干果是必不可少的。伯母好客，好面子，家里的亲戚朋友来拜年的一定不少，摆上各种干货干果招待客人很实用，很好看。但是我发现，到了大年初一我们几个同学一起去拜年时，发现给伯母家里准备的各种干货不见了，仅有一点花生瓜子之类的东西待客。她是个要脸要面的人，从来不吝惜东西。后来我无意中问了一句，说是干货干果拿给孙子了。其实以博雅的生活条件家里什么也不缺，吃穿用度都提前进入了小康，但是他对伯母一是太粗心，二是在家里做不了主，一切行动唯婆首是瞻，看老婆的脸色行事，能忍的都忍。其实，我们了解他，他骨子里并不是怕老婆的“妻管炎”，在对待老娘问题上，关键还是做事太死性，好多事灵活一点，不让媳妇知道就行了。

我极少和博雅说这些家庭琐事，他比我年长，自尊心强。清官难断家务事，一个人一种活法，我觉得他并不是在乎钱，而是在物质上精神上对老娘的关心有许多地方做得不到位。我提醒过他，以他的条件，不是做不到，而是没想到。

让我不可理解的是，博雅后来又买了第二套商品房，空出的房子连问也没问伯母就让给了岳父岳母住。这还能够理解，能够容忍，都是老人，都是父母，房子让给谁住都可以。可让人想不到的是，后来他帮岳父岳母也买了新房，腾下的房子媳妇却私下里租了出去，连招呼也没和他打一声，伯母到死都住在破旧不堪没有暖气的老房子里。

戴博雅比我们年长，又好面子，从来不说他和媳妇的事，我们后来隐约感觉到他的婚姻好像出了点问题，年近五旬的他喝酒没有节制，经常借酒浇愁，酩酊大醉，不愿意回家。有一次酒后告诉我，他已经和媳妇分居两年了。为什么？他没有说，但可以肯定的是他没有婚外情，他一直深爱着自己的媳妇，所以很痛苦。四十年的老同学，我对他很了解，如果俩人真是闹得不可开交，我以为，多一半的责任在他身上。博雅对老婆无原则地迁就，无原则地宽容，他时时处处考虑的是老婆的感受，天长日久，积郁在心，最终矛盾激化到难以化解，忍无可忍。在对伯母的问题上我始终觉得他没有尽到人子之孝，夫妻有再大的矛盾，逢年过节总应该去看看老人，可是博雅的媳妇据说已经有几年不再上门了。而他，自然也和岳父母不再来往，仅从这一点看，他在为人处事上确有自己的问题，夫妻之间产生矛盾纠葛，殃及长辈，实在是太不应该。

前年的冬天，伯母一个人在家摔了一跤，造成轻度骨折，我们几个同学听说后马上去看望老人。伯母躺在床上，精神气色都不错，身体也看不出有别的毛病，我们劝她歇几天养养就没问题，伯母也觉得不是什么大事。看得出来，老人心事重重，心里很苦，但却无法言说。儿子的状况老人心知肚明，孙子在外地上大学，一年见不上几次面，唯一的儿媳妇因为夫妻不和已经几年不再露面了。她当然心疼儿子，看着儿子愁眉不展，郁郁寡欢，问又不敢问，劝又不能劝，她内心的痛苦可想而知。

过了几天，一个星期六的中午，我和爱人正要吃饭，她听说博雅那天要带伯母到医院复查，让我打个电话问候一声。

电话打过去，博雅兴奋地告诉我，一切正常，大夫说恢复得挺好的，老娘再过几天就能下地走动，我们马上就要回家，放心吧。

我告诉爱人，没事，伯母就是摔了一跤，没什么大事。

不到一刻钟，饭吃了一半，我的手机响了，博雅带着哭腔告诉我："老娘走了，刚断气，突发心脏病，你赶快过来，到老娘家里聚齐！"

伯母走得很突然，死于突发性心脏病，她没给博雅添一点麻烦，也没给博雅留一点尽孝的机会。

忙活丧事的那两天，戴博雅的媳妇也出现了。我们很客气，简单聊了两句。我注意到，她自始至终没和博雅说过一句话，连眼神都没有对视过一次。弄得帮忙的亲友也很尴尬，不知说些什么。博雅的媳妇如同一个生客，坐了一会儿就走了。

我和伯母接触了四十多年，她原本性格外向，爱说爱笑爱热闹，晚年却孤单寂寞，她心里的苦恼无法诉说。儿子的婚姻出现问题，她能感觉到，但不说一个字，她和儿媳妇至死都没红过脸，吵过嘴，但后来几年，因为博雅夫妻关系紧张，儿媳妇连春节都不出现了。

伯母去世后时间不长，戴博雅就和媳妇离了婚。他说："我欠老娘的太多太多，人走了，有些伤害已经没法弥补了。"

师　兄

师兄比我大两届，三十多年前，我们在同一所大学同一个系，我是高中毕业的应届生，他是参加工作后考上的往届生。现在推算，当年考上大学时，他的年龄应该超过二十五岁了。虽说是同窗同门、师兄师弟，但我们上学时却并不熟悉。我只记得，当年有关师兄的一件事在学校曾经轰动一时。当年，师兄在班里交了一个女朋友，两人出双入对，感情深厚，临近毕业时他的女朋友体检被查出得了癌症，而且是晚期，据说最多只能再活上一年半载，师兄陪师姐看遍了医院，想尽了办法，医治无望，为了让师姐有一个完整的人生，他毅然决然地决定毕业后马上结婚，陪着师姐度过了最后的两年时光，让她尽享新婚的幸福、新娘的快乐。这一举动出人意料，大家对他刮目相看，觉得师兄是一位有血性有担当的男人，至少在感情问题上遇到危难，他不自私、不退缩、不拖延，表现出了一个男人应有的果敢和责任。

师兄毕业后留校当了教师，我知道他，他并不认识我，我对他的印象主要是关于他早年的那次婚姻。师姐去世后，他沉寂了一段时间，踽踽独行，落落寡合，一门心思放在学问上。系里同一专业的一位老教授十分欣赏师兄的人品学问，两人过从甚密，师兄常去教授家里聊天、求教，一来二去，教授的女儿喜欢上了丧偶不久的师兄，两人的恋情不仅得到了教授的首肯，而且积极促成了两人的婚姻。其实单从外在条件而论，师兄并不占优势，他相貌一般，中等个头，身瘦肤黑，家境平常，父母都是工人，年龄又偏大，况且还有过短暂的婚史。而教授的女儿，年轻未婚，品貌端庄，知书达理，性情温厚，之所以嫁给师兄，我们以为，看重的主要是他的人品。

大学毕业三十年了，我和师兄基本上没有联系，因为有共同的老师和同学，相互知道各自的讯息，偶尔在聚会上也见过几次面，但谈不上熟悉，更说不上交往。

与师兄再次联系发生在不久以前。我一位朋友的孩子参加高考，成绩下来，算是发挥正常，超过了录取分数线。因为是女孩，他希望报考本地的一所大学，按照往年的情况推算，虽然分数接近，但是没有十分的把握。朋友知道我和母校的老师熟悉，联系较多，便找到我托人想想办法。其实这种事根本就没有找人的必要，高考是目前最公开公正的升学途径，分数不够，找谁也没有用；分数够了，不找人也绝不会有问题。朋友的心情可以理解，有病乱投医，觉得找熟人咨询咨询，托付一声心里会踏实一些。

想来想去，我找到了在这所学校的老同学，他告诉我师兄就在那当院长，他们学院是独立招生，你给他打个电话就行。同学还说："虽然我知道你们不太熟，但是我们在一起经常说起你，他对你印象不错，你直接找他更好，通过我找他反而显得生分。"

我知道老同学不是推脱，他说的是实话，我和师兄虽然联系不多，但是相互都还算比较了解，只要有办法通融，他绝不会拒绝的。我要来了电话号码，直接把电话打过去。果然师兄接了电话十分热情，寒暄了几句，我便直截了当把朋友相托的报考情况和盘托出，并且提出能不能见他一面，当面把事情交代清楚。师兄马上就回绝了："千万别带家长来找我，电话里说清楚就行。这种事原则上不存在操作的可能，既然家长找到你，我会在力所能及的范围内尽心尽力。你把孩子的情况详细告诉我。有消息我会和你及时联系。”

放了电话，我对坐在一边的朋友说：“你放心，这个师兄的脾气禀性我了解，咱们不用跑，他既然答应了，就会格外关注，只要有一线希望他就会努力争取。但是违反原则的事他也不会干，就是找到校长他也不会干。”

朋友心里不踏实，一再坚持能不能尽快去拜访一次，要不要先表示表示。

我笑着回绝了：“社会上那一套在师兄这不好使，你不了解他，人很低调，也很古板，去了反而让他反感，既然托付到了，你就耐心等信儿吧。”

“有情后补，有情后补吧。到时候咱们一定重谢！”朋友不住地说。

录取期间，朋友三番五次打来电话表示酬谢拜望之意，都让我托词回绝了。我明确告诉他，师兄不见我们，绝不是推诿拖延，他就是这样的人，答应的事一定会放在心上。找烦了反而会适得其反。

果然，过了一段时间，师兄打来电话，说朋友的孩子被顺利录取了，分数超出了录取线，一切如愿，让家长放心吧。

我把这一消息马上告诉了朋友，正急得像热锅上的蚂蚁的他听了异常兴奋，说这两天一家人提心吊胆，急得连饭都吃不下了，这回总算一块石头落了地。

“太谢谢了，太谢谢了！你尽快安排，找个时间和你的师兄聚聚，咱们当面感谢人家。”

事情办完了，后续的工作也该有个了断。我打过去电话转告朋友的真诚谢意，约他什么时候方便一起坐坐。师兄毫不犹豫地婉言谢绝了，说：“我也没帮什么忙，人家分数本来就够。分数不够，我也无能为力。告诉你的朋友，千万不要感谢，不要给我增加负担。有机会咱们同学再聚，但不要为了这件事，更不要谢我。”

我把原话转告给朋友，他坚持一定要当面表达谢意。我知道他的孩子将来在这所学校就读，而且就在师兄当院长的学院，有个熟人关照毕竟方便一些，做父母的总会千方百计挖空心思为孩子着想，能和师兄拉上关系对孩子的成长相当有利。在他的催促下，我打过几次电话约请都被师兄拒绝了。

我对朋友说：“算了，虽然我们接触得不是太多，但是师兄的人性我了解，他不是端架子不给面子，他就是这种脾气，做事认真，一板一眼，从不愿意给别人添麻烦。”

朋友急切地说：“这怎么是给我添麻烦呢，是咱欠人家的，这件事无论如何你要帮我办了。哪有用完人不谢谢的道理，你抽时间安排，咱是去一趟，还是吃顿饭，都行，越早越好。”事后，他时不时地来电话说起这件事，似乎不了了这个心愿绝不罢休。

这件事装在我心里一晃就过去了两个多月，学校都已经开学了。朋友多次催促，好像是我拖着不办，语气中明显有了一些埋怨。推脱不过，正好赶上快过中秋节了，我便约上几个老同学要一起坐坐，当然主要是为了请师兄见面，我提前和朋友约好，到时候一同赴约。这次师兄爽快地答应了，说既然是老同学聚会，他一定会参加。

到了聚会的那天下午，事先朋友开车接上我，说是给师兄准备了一些礼物，私下里如何送给他。我想了想，这种事当着别人的面不好处理，不如开车先去接他，见面时把东西放在师兄的车里，也好让他晚上能喝点酒。

电话打过去，师兄没接，很快发来一个短信，说是正在开会，到时一定赴约，不会晚的。

事先我已告诉他带朋友一同前往，接到短信后便马上回了一条：“我们怕堵车，提前出来，已经在路上了，顺路到学校去接你，以便喝点酒！”

短信立刻就回了：“酒自然要喝，好长时间没见了。开完会我就打车去，不耽误喝酒。你们不要太客气，不用接我，我不习惯。切切！”

见了短信，我知道这一招不灵，便和朋友商量，既然不让接也不好勉强，我们先到饭店，礼物等散了饭局把他送回家时再说。

到了吃饭的时间，四个同学如约而至。饭菜是我安排的，简单而实惠，花钱不多，档次不低。同学聚会，吃好吃坏在其次，关键是环境和气氛。

几个人坐下来一阵闲聊，话题的中心之一就是围绕着朋友孩子的学习，这四年应该怎样安排，将来是考研、留学，还是毕业工作等等等等。在座的同学都在高校工作，他们在这方面经验更丰富，更有话语权。

杯觥交错，酒足饭饱，时间很快接近尾声，回程的安排我心里有数，饭店离几位同学住的地方都不远，稍远的就是师兄的家，一站多地的距离。我说时间不早了，外面有点凉，开车送他回家。师兄坚持着不让送，说他住得不远，想散散步走回去，况且他和同席的一位老同学好长时间没见了，想说说话，多聊一会儿。

我拉住他往打开的车里拽，用手掐他的胳膊向他暗示：“你们回来再聊，我路上和你还有事要说。”

师兄百般挣脱就是不肯上车，说：“我住得不远，真的没必要送，我们还有话要说，别客气，别客气……好了，好了，我明白，我明白，心意我领了……”他的话实际是说给我听的，别人却只觉得我们单纯是为了开车送他。

争执了半天他就是不上车，无奈，我们只好开车离去。当然，事情还是要办的，朋友是执意要表达他的谢意，礼物在车里早就备好了，不送出去还得再送，还得再折腾一次。

车开出去几十米朋友就说：“今天无论如何要谢谢人家，我总不能把东西再带回去吧。你这师兄人太实在了，这种人我接触得不多，一点虚情假意都没有。孩子以后就在他们学院读书，将来麻烦人家的时候多了。今天别管多晚咱也得把这件事办妥了。咱是在这里等着，还是到他们家门口等？”看来朋友是铁了心要谢了，吃饭不是目的，关键是要把礼物送到。

我们决定就在路上等，车停在他回家方向的路边。时近中秋，今晚的月亮有点圆，我下了车站在附近往饭店的方向张望，盯着远处圆圆的月光下两个人的身影。他们一直在那不停地说话。

左等不散，右等不散，时间已经过了十点，天气寒意阵阵，冻得人瑟瑟发抖，我不时地钻到车里取暖。

“差不多也该来了，天这么冷，站得时间长了他们也受不了，今天就委屈你，陪我坚持到底吧。”朋友一不做二不休，无论如何要坚持等到他们分手。

半个多小时过去了，两人终于分开朝相反的方向离去。

我们掉转车头停在师兄回家的前方。我下了车，迎着他走近了说：“你们真能聊，就不怕冷呀。冻得我差点感冒了。”

师兄见到我，停住脚步，先是一愣，似乎马上就明白了：“你们怎么还在这，快走吧，我走一会儿就到家了！”

我抓住他往车里拖：“行了，行了，坐车里说话，难怪你不冷，比我穿得多。”

我们坐到了车里，他借着一点酒劲，不住地说话：“我们刚才闲聊，多一半的话题说的就是你们。车里的东西我也看见了，你们的意思我都明白，但是不能这么做……”

朋友抢过话：“给您添了这么多麻烦，又赶上要过节，表示一点小心意，您千万……”

“绝对不行，绝对不行，别说我没帮什么忙，就是帮了也不能……让我把话说完……”两个人推让着，争执着，车里你推我搡，乱作一团。

我拦住朋友:“你们两个别争了，听我的，先让师兄把话说完，然后再听我说。”

朋友停下，两眼紧紧盯着师兄，听他解释。

车里的灯光很暗，看不清师兄的表情，只听他急切地述说:“一定、一定要听我的。我在学校教了三十多年书，这种事也遇上了不少，但是我做人有一个原则，学生、家长的钱物绝对不能收，一次也不能收。为人师表，不得义外之财，这是我多年来坚持的底线。别人怎么做我管不了，我只能管住我自己。这么做可能不近人情，可能得罪人，但是我不能惯自己的毛病，今天收了你的，明天他的收不收？今天收了少的，明天就会想着更多的。还有两三年我就要退了，你们要理解我，别让我晚节不保，对不起，真的对不起，心意我领了，东西绝对不能收……”

他的话告一段落，我马上对师兄说:“听我说两句:第一，他是真心实意要表达一点心意，你收下了，他心里才平衡，才踏实，也算了了我的一件心事。第二，这点东西谈不上多贵重，也不是他花钱特意买的，都是别人送的，你总得给人一点机会……”

不等我说完，师兄抢过话，很为难地说:“你应该理解我，收了人家东西，让我以后怎么面对学生。这么多年我都没有破过例，你不会为难我吧？说心里话，这些年也有拖不过去的人情，有的外地学生在假期给我寄来一些当地的土特产，退又没法退，收下又不情愿，我还得买些价值相当的东西寄回去，花钱不说，还耽误时间，反而更麻烦。心意我都理解，我只是说服不了自己。说句老实话，我要是拿了东西回去，连我爱人这一关都过不去，她会觉得我怎么变得这么堕落，这么世俗，临老学会受贿了，学会收礼了。当然我知道、我知道也没这么严重，可是坚持了这么多年，我不想变了，多理解，多理解，我谢谢了，谢谢了。”

他的话很诚恳，虽然车里的灯光很暗，但我能看到他目光中流露出的那种真诚，甚至是乞求。

说心里话，那一刻我被感动了，好长时间没有遇到过这种人，片刻让你灵魂感到净化的这种人，一个高尚的人、纯粹的人、脱离了低级趣味的人。这种人可能无职无权，可能平凡普通，但是他们固守着自己的底线不被世风所染，不被人情所破。所谓一世清名，不能毁于小节。

我无话可说，马上拦住在一旁客套的朋友："什么也别说了，尊重师兄的意见，你的心意他领了，送不送东西已经不重要了。"

师兄如释重负，紧紧握住我们的手："谢谢，谢谢，孩子以后有什么事我会尽心尽力，越是这样我反倒越没什么负担。时间太晚了，你们赶快走，我也得走了。"说完，他不等我们下车，开开车门一路小跑地消失在茫茫夜色中。

我们下了车，目送着远去的师兄。朋友愣在那不知所措，只说了一句："现在居然还有这样的人，我真是长了见识！难得，太难得了！"

胖　子

胖子是我的小学同学，二十世纪七十年代，城市的学生就近上学，我和胖子住得不远，相隔一条马路，成了小学的同班同学。

我对胖子的印象都停留在四十多年前，他当时是极厚道极老实的一个孩子，中等偏高的个头，大大的凹凹眼，没事总是憨厚地笑着。

胖子最明显的特征是身材超胖，赘肉不多却每个部位都胖乎乎的，像是用气吹的一样。那时候物资短缺，供应紧张，人们的生活条件普遍比较差，大多营养不良，社会上的胖孩子不是太多，他却是学校里最胖的一个，胖子的绰号便尽人皆知。

那时候的胖子憨厚本分，人很实在，性格温和，从来没见他和谁着过急，打过架，拌过嘴，几乎和所有同学的关系都处得非常和睦非常和谐，同学们也爱和他开玩笑，经常戏弄他，胖子却从来不恼，整天乐呵呵的。

给我印象最深的是，放学回家的路上，胖子经常背着同学走路，他个子中等偏上，长得肥胖，人们觉得他肯定有力气，便时常逗着让他背着玩。胖子的脾气好，不以背人为辱，总是有求必应，毫无怨言，乐颠颠地蹲下身子，将同学背在身后，然后不紧不慢有说有笑地走着。尤其是到了夏天，胖子的身上凉丝丝的，让他背着，摸着他略带凉爽的胖胳膊，的确是一种享受。记得上小学时，我就经常在放学时让胖子背一段路，次数多得记不清了。不是欺负他，纯粹是因为好玩，我们当时觉得身体胖的人一定有劲儿，况且他很随和很厚道，从来不惜力气，不和人计较。

初中毕业，“文革”结束，那一年开始报考重点中学，胖子的学习成绩一般，没有考上我们的中学，被分流到一所普通中学，后来我搬离了原来的旧宅，从此便和胖子失去了联系，这一晃就是三十多年，虽然生活在同一座城市，却再也没有听到过他的任何消息。

突然有一天，一个多月前的一天，搬了新居的表姐打来电话，说是遇到了我的小学同学胖子，他现在负责给她们的小区送报纸。儿时的街坊，特征明显的胖子，表姐一下子就认出了他，两人聊天时提到了我，胖子不仅还记着，随口说出了我的名字，还说有时候在报纸上看到我写的文章。我有些惊喜，心里其实也惦记着这位老同学，便告诉表姐，再遇到胖子时一定要把他的电话记下来，他是个挺不错的人，找机会我们见见面。

过了几天，表姐果然把胖子的电话告诉了我，我决定约胖子吃顿饭，俩人叙叙旧。

有一天闲来无事，临时动意，我给胖子打了电话。

听到我的名字，电话里的他显得有些兴奋，有些紧张，语气中竟然含着一丝羞涩，甚至有一些语无伦次，这和我对他小时候的印象相当吻合。

多年没见，不好再叫他胖子，我称呼他的学名，说没别的事，好多年没见，挺想的，如果方便，中午一起吃顿饭，聊聊天，叙叙旧。

胖子在电话里先是显得很高兴，继而又显得有些犹豫，不好意思地说中午要到一点以后才能送完报纸，时间是不是太晚了？

我说你今天要是太忙，改天时间宽裕时我们再约，我随时听你电话。

胖子嗫嚅着说他每天都这样，没有休息日，天天都要送报，就是手头利落跑得快点也得一点钟以后才能完活。

我说：“那好，订日子不如撞日子，咱就在今天小坐。不用着急，工作要紧，等你忙完了，一点二十分我提前到你们附近的某某饭店等你。”

胖子在电话里犹豫了一下，客气地答应了。

放下电话，我才明白，报纸天天要出，胖子每天要送，他根本就没有公休日。

时间还早，我想起了至今联系密切、当年和胖子也很熟的两位小学同学，他们都有车，公司离饭店也不远，不如约他们中午一起过来坐坐。

电话打过去，结果是一样的，两人听说是和胖子闲坐，都推说中午有事走不开。我没好气地数落了几句，便挂了电话。这两个同学人性都不错，我不愿意说他们为人势利，很可能是真有事走不开，但如果不是和胖子坐，换作有权有势有钱有用的其他人，也许他们的事就不是事了。世态如此，人心如此，无可奈何。

提前十分钟，我到了约订好的那家中档饭店。坐在窗前，点好了菜，等了一会儿，就见胖子骑着邮递员专用的绿色自行车急匆匆地赶来。

三十多年没见，我一眼就认出了他，脸形、眼睛、身高基本上都没有太多变化，只是比同龄人苍老了许多。他身上穿着蓝色的工作服，有些脏旧，脚上穿一双早已过时的灰白色胶鞋，面色黧黑，皮肤粗糙，手里提着一只老太太买菜用的编织篮。他最大的变化是人已经不是太胖了，再叫他胖子显然有些名不符实。

当然是一见如故，本来就是三十多年前的老同学，用不着寒暄客套，我们随便找个地方坐下。

饭菜上齐，我们边吃边聊。胖子把分别三十多年后的经历一一道来：高中毕业后，他考上了一家企业的技校，学的是供暖，后来就留在厂里烧锅炉。十几年前，工厂倒闭，他得到几千块钱，买断了工龄。下岗以后，胖子在郊区的一家工厂干临时工，还是烧锅炉。为了多挣点钱，他一个人干两个人的活，二十四小时待在厂里，只有周六才请人帮忙替他值几个小时的班，他抽空骑一个多小时的自行车回家看看，陪老婆孩子吃一顿团圆饭，然后马不停蹄地赶回去继续上班。连黑带白地干，每个月的收入却只有几百块钱。胖子平时照顾不了家，工资低，离家远，后来就找到了现在送报纸的活。每天清晨五点就到批发站整理好日报、早报，分发到二百多家订户，一直忙到中午一点以后，随便吃点饭，歇歇脚，然后下午三点再送两三个小时的晚报。两项工作加在一起每个月能有两千块钱出头的收入。

看得出，这几年，胖子为生计操劳，吃了不少的苦，遭了不少罪。他是个老实人，不会歪门邪道、坑蒙拐骗那一套，只能靠出卖体力、诚实劳动来养家糊口。

我问了问他家里的情况：老婆也是早早下岗，打着两份工，收入合计一千多块钱。孩子不算大，是个女孩儿，正在一所重点中学上初三，成绩还不错，明年就要考高中。不用问也知道，胖子是比较晚才结的婚，他的孩子比我们同龄人的孩子至少要小上五六岁。

胖子见到我，有些激动，一个劲不停地说着。我劝他多吃，边吃边聊，他能多吃一点，我心里会感觉好一些。胖子还是腼腼腆腆、憨憨厚厚的样子，在搛菜的时候不经意间说了一句："不怕你笑话，至少有五年了，我没在外面饭馆吃过饭，几年来这是我第一次下馆子。"

这句话让我听了心中一震，有一种说不出的酸楚，赶忙拦住他："这话说哪去了，都是老同学，谁会笑话你。"说完，我看着他，心里突然有一丝难过。五年多没下过饭馆——普通的饭馆，可想而知他生活的艰难节俭。我平时联系的亲戚朋友当中，还没有听说过这种事。如今，生活条件再差的人，下一次饭馆吃顿饭再正常不过了。同样是同学，我们平时联系较多的几个人，基本上生活得都还不错，像胖子这样吃苦受累低收入的人已经绝无仅有了。无能如我，也不至于再为生计发愁。而让我感动的还在于，胖子虽然能力有限，但却是有担当有责任感的人，他劳碌奔波、克己俭行肯定都是为了老婆孩子。

我说："这些年，你怎么不和老同学联系，有困难说句话，也许会有人伸把手帮帮你，他们有的自己开公司、干企业，安排一个人还不成问题。"

胖子很诚恳地说："大伙都不容易，我自己能找到活，就没想过麻烦别人。前几年家里的房子闹纠纷打官司，我听说咱们同学大李当律师，干得名气挺大，想找他咨询点问题，费了好大的劲我才找到他的电话。电话打过两次，我报了姓名，对方说我打错了，他不是大李。我想可能是人家不愿意接我的电话，就再也没有联系过。"

"不会的，不会的。"我连忙说，"也许是你要的电话不对或是拨错了号，大李我们常联系，我了解他，绝对不是你说的那种人，都是老同学，他能帮就帮，帮不了会告诉你，但绝对不会连电话都不接。"

他说的大李也是我们的老同学，当年关系不错的老同学，现在干得相当好，开名车住豪宅，条件好，能力强，我们时常有些联系。大李为人慷慨仗义，十分念旧，为同学办过不少事，绝不是他说的那种势利小人。

胖子无奈地说："电话我后来核实过，没错，人家不接，有他的道理。后来我一想，找律师恐怕也不行，我的官司最后还是输了……"他把房子的事简单和我说了说。

胖子住的还是父母留下的老房子，小时候我们常去玩，一间位于市中心的老楼房，十几平方米的样子，因为属于"文革"产，手续上有问题，现在判给了原来的房东。

"我从小就生在那间屋，后来结婚生孩子也是在那间屋里，现在却成了人家的了。因为情况特殊，我又没地方可去，最后法院判定我每个月付给对方三百块钱的房租。我住了几十年，现在却连一间自己的房子都没有。”胖子说这话的时候，并没有显出有多气愤，而是让人感到很无奈很无助。

官司的事情太复杂，我没有多问，只知道这间又破又旧的小房在法律上并不属于他。胖子年近五十，现在连一间自己的房子也没有，这才是最麻烦的事情。收入低，靠他们夫妻俩的辛勤劳动，维持生活还不成问题，可是在这样的大城市，没有一间容身的房子，胖子以后的生活不知该怎样。

无能为力，没有办法，我知道自己给不了他任何帮助，只能劝慰道：“没想到你活得这么艰难，好在孩子学习不错，你的身体也不错。坚持几年把孩子供到大学毕业，你就有了出头之日。”

“是，是，是，我现在苦熬苦挣，为的就是孩子。好在是个女孩儿，咱不用为她将来结婚准备房子，要是男孩儿真得愁死我。连我们自己都没有房子住，孩子的婚房更没指望了。现在的房价，靠我们夫妻俩那点工资，就是不吃不喝也买不起，没办法，先这么凑合着吧。我现在别的都不怕，就是怕生病，真有了病，那就彻底完了。”

“没问题，没问题，你每天送报，到处跑，就当是一种锻炼，有个好身体比什么都强。慢慢来吧，走一步说一步。”我不知说什么好，除了同情，没有能力为他做些什么。

吃完饭，胖子抢着结账，一个皱巴巴的旧信封里装着零零散散的几张钞票，他毫不迟疑地攥在手里要递给服务员。

当然不能让他花钱，我急忙拦住，抢着把账付了。想起了他刚才说的“至少有五年了，没在外面饭馆吃过饭”，心里还是酸楚得不行。

胖子还要赶着去送报，我把剩下的菜让他打包带走，胖子很实在，也没推让，一一装好，放在提篮里。出了门，他幽幽地看着我，有些陌生地说了句“谢谢”，然后骑上自行车渐渐走远。我站在台阶上，目送他远去，心里说不出是什么滋味，忠厚老实、本分规矩的胖子为什么活得这样艰难。

生活中境遇不如胖子的人肯定还有很多，但是在我身边熟识的人当中几乎再也找不出这样的人。从小看大，胖子虽然贫穷，每天疲于奔波，但是他的性格没有变，踏踏实实靠自己的辛勤劳动生活。凭这一点，我心里还是很佩服他。

周 大 夫

周大夫当然是大夫，看病的大夫，但是他一辈子没在任何一家正式医院工作过，而是自己开着一家私人诊所。这是四十多年前的事。

关于周大夫的身世，街坊们传得神乎其神，说是他的父亲当年是给袁大总统看病的私人医生，医术高超，远近闻名。周大夫子承父业，年轻时学医，到过好几个国家留学，至于是几个，版本不一，但至少是两个，日本和德国，因为有人看见过，周大夫家挂着他不同的毕业照，上面写着日文或德文，而他平时看的书也大多是这两种文字，当然他也看英文书，中文书是大抵不看的，学西医不像学中医，这方面中文的书不多，水平也不高。

周大夫应该算是名医，医术如何，知道的人不多，也说不清楚。他当时开的诊所，在过去英租界的一幢小洋楼里，不仅距离稍远，诊费也太高，一般老百姓是看不起的，有些头痛脑热的小病小灾，街坊们也不敢轻易麻烦他，那不是大材小用，拿着明珠弹麻雀嘛。人们传说，找周大夫看病，半夜就有人排队等着挂号，生意这么火，可见医术不错。虽然没有亲身体验，但是在我的眼里，周大夫肯定是一位名医无疑，尽管经常看见他的时候，已经是“文革”以后，周大夫的诊所被查封，财产被没收，他早已赋闲在家了，但是私底下找他来看病的人不少，都不是普通患者，大多是晚上开着小车把他接走。那时候他已经成了远近闻名的黑大夫，如果不是身怀绝技、名声在外，不会有人偷偷来找他看病。我说周大夫像是名医，是从他的相貌气质来看的，儒雅淡定，风度翩翩，处处显得与众不同。他中等个头，不胖不瘦，淡淡的银发微微卷曲，戴着一副金丝茶色眼镜，镜片后面是一双深凹的眼睛。六十岁左右的他肤色黧黑，表情淡然，沉默寡言，长得有点像电影中的印度人。他的穿着，即便是在最落魄的“文革”时期，也是非常得体非常高贵的，以休闲装为主，样式面料异于常人。像周大夫这样的装束相貌，一望而知是个有学问有教养的人，既然是大夫，又留过学，应该是个医术高超的好大夫。

周大夫住在马路对面的小楼里，老院对面是一排六座前后带院的日式小二楼，楼是用紫红的钢砖盖成，虽然只有两层，但因为马路不宽，显得也还算高大。

小洋楼据说最初是日本人盖的，一个日军大佐住一座，日本人投降以后，房子卖给了有钱人，一家一户或两家一户住一幢。周大夫一家住在中间的一座楼里，平时大门紧闭，极少有人进出，偶尔来人拜访，按住门口的电铃，一会儿工夫，里面会有人打开门上的一个小窗口，询问两句，这才把大门打开。

应门的大多是周大夫的岳母，我们叫周奶奶。周奶奶很可能并不姓周，因为跟着女儿一家生活，人们便随着周大夫的姓称呼她。那时“文革”已经开始，周家不可能再雇佣人了，买菜做饭接孩子开门待客之类的杂事就由周奶奶承担。老太太中等个头，干净利落，不苟言笑，显得有些严厉和严肃。

周家的人口少，夫妻俩带两个儿子和老太太生活，好像没有什么亲戚朋友，和邻里们也不大来往，一家住一幢独楼，各家过各家的日子，井水不犯河水，也没有来往的必要，他们家的大门总是紧闭着，给人一种神秘莫测的感觉。

我第一次到周家院里，是姥姥带着，为什么事忘了。

姥姥和周奶奶年龄相当，属于客客气气见面能聊上两句的那种老邻居。这已经非常难得了，周奶奶也许不是那种凡人不理很高傲很势利的老太太，只是周围的街坊和她年龄相当、家境相近的不多，况且住着独门独院小独楼，与邻居们平时没有什么接触，便显得有些隔膜和孤傲。

周奶奶和姥姥站在楼前的院子里说话，院子不大，整洁干净的水泥地面，左手边栽着两棵不高的海棠树，夏天，海棠花开得正艳，一白一红，相映成趣，煞是好看，这么好看的花当时街面上是不多见的。通向后院的过道墙边放着一个一人多高的白色铁皮柜子。周奶奶打开柜门，找着什么，里面横七竖八堆放着一些玩具，那是我从来没见过的玩具，虽然旧了，残了，但是很高档，很新奇，市面上绝对没有卖的，应该是国外进口的那种。

我们待的时间不长，出了门，我问姥姥，这么好的柜子怎么放在露天的院子里？那些玩具有的还能玩，怎么都当了废品？

姥姥告诉我，那是冰箱，进口的，可能是坏了，没地方修，只能放在后院堆放一些杂物。

冰箱是干什么的？我当然不知道。

姥姥说，那是医院用的，很可能是周大夫存放药品的。

这是我第一次进到周家的院里，这以后再见到周奶奶，大多是在门口看她卖东西，那时收废品的三轮车常到我们住的街道上吆喝：“收废品，收了机枪换大炮，破鞋破袜子破衣裳……”

街面上那时候人不多，有些冷清，收废品的吆喝声洪亮悠扬，且有韵律。听到这声音，我经常会跑到外面看热闹。有几次看到周奶奶在卖废品，电风扇、电饭锅、电唱机、铜烛台、铜香炉……有的东西明明是好好的，却被当成废品卖了，而且有些东西稀奇古怪，都不是一般人家能有的，比如那种老式的电风扇，我当时只在电影里见过。

过后不久，有一天门口开来了一辆大卡车，有几个穿着绿军装的学生从周家大件小件地往外搬东西，箱子柜子梳妆台、沙发转椅自行车、衣服鞋帽，瓶瓶罐罐，装了满满一汽车……这种场景那段时间在街面上经常上演，能住在小楼里的人家成分大都不好，几乎每一家都被抄过。从这以后，周奶奶在一天夜里突然死了，死得无声无息，一点动静也没有。

再以后，紧闭的周家大门被彻底打开了，楼里陆续搬来了三家新住户。这时候的周大夫早早地下了岗，成了黑大夫，成了社会闲散人员，经营的私人诊所被取缔、被没收，又没有单位接收，他的关系归到了街道，由居委会大娘管理。当然，街道大娘们也不知道应该如何管理这样一位有名望的大夫，基本上让他闲居在家不管不问。

“文革”期间，周大夫除了被抄过一次家，好像也没有受过再大的冲击，至少是没有挨过批斗，也没有被人贴过大字报。他没有单位，坐堂行医，与世无争，和别人没有利害冲突，也结不下怨，得罪不了人，他只是一个大夫，平时给人看病，治病救人，还很少给普通百姓看病，所以极少有人难为他。

周大夫成了无业人员，虽然他可能有一肚子学问，对西医的某些方面很精通，但是没有为国家服务过一天，自始至终一个人单干，尽管也雇着几个人，但明摆着是剥削别人，这样的人即使再有本事，再有才能，也不能让他继续行医。

周大夫无事可做，只能成天待在家里，不同的是后来这个家已经不像以前一样了，独门独院独享安宁的平静生活被彻底打破了。周家的小楼变成了杂楼，陆续搬进了三户人家。“文革”开始以后的一两年，马路对面的小楼几乎全部搬进了新的住户，您想，一家住一幢小楼，肯定都是有钱人，肯定都是剥削阶级，对待这些人，没有被扫地出门将他们赶出去，已经是客气的了，但是房产必须压缩，必须让给那些没房子缺房子住的工人阶级。周大夫一家保留了一楼的四间房子，楼上的三间分给了其他三家住户，周家四口人住一楼的四间房已经算是很宽敞了。

周大夫闲居在家，整天闷在家里，人们很难看到他，他每天干什么？没有人知道。偶尔他也到院子里待一会儿，晒晒太阳，透透气。人们对他都很尊敬，打个招呼或简单地问候一声。周大夫支应着，面露微笑，似乎对新搬来的、占了他们家房子的邻居并不反感，至少表面上很客气。他说话慢声细语，声音很低，从来不多说一句。他的性格相当温和淡定，不笑不怒，荣辱不惊，表情没有变化。

院子里搬来了新的住户，住的是他们家的房子，而且拖儿带女，出出进进，小院失去了往日的平静。两棵海棠树让住户糟蹋死了，树基挖成了地窖，院子里码放着煤球池子劈柴筐，有时还养着鸡鸭，菜叶子鸡屎鸭粪弄得院里乌烟瘴气，周围的街坊孩子也常到这院里来玩，一时间，小院热闹非凡，成天乱乱哄哄。这一切，周家都安之若素，视而不见，从来不抱怨一句。以他们当时的身份背景，只能夹着尾巴做人，不敢发表任何意见。周大夫更是从来不管闲事的，他好像是不食人间烟火的隐士，从来没见过他上街购物，从来没见过他干过任何家务，从来没见过他和任何人来往，家里抛头露面和外界打交道的事都由他爱人周婶操持。

周婶个子不高，圆圆的脸，眉清目秀，滋润丰满，虽然年近五旬，但是皮肤细嫩，一望而知年轻的时候肯定是个娇媚可人的漂亮女人。

周婶在一家国营大医院的药房工作，不知是工作清闲还是在家养病，好像不怎么上班。“文革”的冲击，把周家的大门彻底打开了，她好像突然之间从小楼里冒出来，过去大门不出二门不迈，老太太去世后周家抛头露面的事都换成了她。她不得不和街坊们打交道，不得不面对街道大娘的调查，不得不柴米油盐地操持家务。但是周婶和人们的交往是有限度的、有距离的，甚至可以说是被动的、勉强的。一家四口中，只有她还和外界保持着沟通，显示着他们的存在。

周大夫的大儿子，我们叫大哥，当年已经年过三十，除了偶尔谦和地和邻居们点点头打个招呼，和任何人都不搭讪，更不来往，在小街上生活了几十年，就像没有他这个人一样。他在哪上班，具体干什么工作，没有人清楚。只知道他当年是一所著名中学的高才生，拉小提琴得过奖，后来在一家工厂上班。

周家大哥始终是邻居们心里的一道谜，他不像是周婶的亲儿子，两人年纪相差十岁上下，母子俩的话很少，很客气，也看不出有什么矛盾，但绝对不亲近，就连他和同父异母的小弟弟说话也是客客气气，像外人似的。让我们奇怪的是，周家大哥不常回家，隔三岔五回来住一晚上，悄无声息，神出鬼没，更让人奇怪的是他的年龄已大却不结婚，也没有女朋友交往，整天神神秘秘不知道在干什么。

周大夫的小儿子叫不沉，您瞧瞧人家这名字起的，周不沉，总在水面上浮着，听着就那么与众不同，有学问，不像门口那些叫小宝、二蛋、三梆子的俗不可耐。不沉只比我大一岁，每天除了上学很少到外面玩，街上院里从来看不到他的身影。他不爱说话，像一条沉默的鱼，无声无息，无影无踪，可能是因为出身问题，他虽然老实听话，功课优秀，却始终当不上红小兵。

那时找周大夫看病的大都是晚上开着小车把他接走，白天不找他，可能是怕惹麻烦，他毕竟是黑大夫，也不是手术医生，没有非治不可的急症白天让他看。找他看病的都是口口相传，慕名而来，而且身份不同一般，那时候能有资格坐小汽车的人极少极少，非富即贵，寥寥无几。

周大夫除了偶尔给人看看病，在家里唯一可做的事就是看书，他家里有一间书房，据进去过的人说，一屋子西式排到屋顶的大书柜，里边密密麻麻装的都是书，而且都是大部头的外文书。那年月，一般人家的住房相当紧张，能有独立书房的相当罕见。周大夫之所以能足不出户，就在于他有自己的小天地，他可以生活在自己的世界里，用不着和外人打交道。

一九七六年闹地震，邻居们都搬到了宽阔的马路上，住进了防震棚，我们周围的楼群里几乎空无一人，即使是大白天街上也是死寂无声，四周十几座小楼唯一没有搬出去住的只有周大夫一家。余震不断，危在旦夕，人命关天，他们却好像无动于衷，安之若素，好像与世隔绝，好像和那场大地震没有一点关系。

有一天我回到老房子去取东西，忐忑不安，心惊胆战，唯恐来一场余震被砸在楼里，匆匆忙忙拿上东西就从家里跑出来，这时我突然被一个独特的场面惊呆了，就见对面院里周大夫正坐在两座楼中间的过道上聚精会神地在看书。这种岌岌可危的关键时刻，他竟然还在看书，竟然还在楼底下看书，他难道不知道身处险境，不知道命悬一线，但这就是周大夫，他那时好像已经置生死于度外，外界的风风雨雨已经与他无关了。

地震过后，小街恢复了平静，人们陆陆续续地搬回楼里。突然有一天周大夫得了重病，听说是脑栓塞，行动不便，说不了话。得了这种病，当然再也无法给人看病了，他本来话就不多，这一次彻底失语了。有一天，十几岁的周不沉用自行车推着父亲去医院看病，路上车没扶稳，周大夫从后车座上摔下来，立刻就死在了路上。

周大夫的丧事办得很简单，没有通知亲友，来的人很少。门口的街坊们都主动过来帮忙，周家虽然和大伙来往不多，但人缘不错，规规矩矩，老实本分，没有因为自己不同的身份背景和邻居们产生疏远隔膜，既不卑不亢，又平易近人。当然，大家都明白，如果不是因为“文革”落了难，周家的大门也不会敞开着。

事过多年，周大夫的丧事早已没了印象，倒是周婶为酬谢邻居做了一桌饭菜却让我至今难忘。天气热，饭桌摆在了院子里。菜很丰盛，四凉八热，都是周婶亲自下厨做的，那时候物质匮乏，有钱都买不来东西，都凭票供应，能整出四凉八热一桌子菜已经很不容易了。给我印象最深的是，饭前，桌上先摆上了四碟精致的点心，说是饭前让客人垫补用来压桌的；饭后还上了四样水果，说是可以解油腻助消化。那是七十年代，困难时期，我们平民百姓家的孩子哪见过这阵势，事后议论，毕竟是有钱人家，大户人家，这么多讲究，连待客都显得别具一格，异乎寻常。

从此以后，周家有个大事小情，邻居们都会伸把手帮帮忙。周婶也和大伙逐渐熟络起来。

在街面上，周大夫是个传奇人物、神秘人物。他从国外回来，始终独立行医，与世无争，靠自己的本事吃饭，挣下了一份不大不小的家业。可惜没赶上好时候，一身的医术无处施展，最后早早地去世了。

神秘马丽雅

马丽雅是当年小街上最漂亮的女人。

漂亮到什么程度？这么说吧，现在的影视明星、节目主持人每天见得多了，电影电视、电脑网络，美女的照片、镜头天天都能看到，但是身材长相、气质风度超过马丽雅的几乎没有。用国色天香、倾城倾国、沉鱼落雁、闭月羞花之类的词来形容她一点也不过分。

我突然想起了“惊鸿绝艳”这个词，没错，就是惊鸿绝艳！无论是个头、身段，还是脸盘、眉眼，马丽雅那叫一个没挑儿。尤其是她的额下长着一颗绿豆大小的黑痣，不大不小，恰如其分。这颗美人痣更增添了她的几分妩媚，几分妖艳。

马丽雅的美有一种摄人心魄、令人窒息的魅力，美到让每一个男人见过心里就放不下，就不敢多看一眼。她就像是一块吸铁石，每一次婷婷袅袅地走过大街，无数男人的目光就如同铁钉或铁屑一下子就会被吸引过去，有的明目张胆直愣愣地紧盯着不放，有的装作若无其事地斜视偷窥。四十多年前，我那时刚十岁出点头，对男女之事不甚了了，不可能对马丽雅有任何想法，只是觉得她美，美到极致，刻骨铭心，惊为天人。

马丽雅和父母住着独门独院，一间门厅和两间东西厢房，房子不大，却很格局。过去的日租界，大多是二三层的小楼，夹在楼群中的平房并不多见。她们一家搬来的时候是在“文革”中期，马丽雅应该是二十岁出头的大姑娘，奇怪的是，她既没有下乡，也没有工作，没有人知道她整天干什么。

虽然是住在隔壁的邻居，人们却经常见不到马丽雅的面。当然，即使在家她也是藏在深闺，从不出院的。她是新搬来的，在附近没有同学，没有朋友，没有自己的交际圈子，和任何邻居都不来往，不走动，加上她非常漂亮，非常艳丽，有一种拒人于千里之外的冷漠高傲，没有任何人和她接近。

说到这，就得说说马丽雅的父母，她的父亲马伯伯是一位银行退休的职员，器宇轩昂，高大威武，浓眉虎目，俊朗粗犷，马丽雅的眉眼更多的是遗传她父亲的基因。马伯伯出来进去从不说话，整天阴沉着脸，给人的感觉冷冰冰的。倒是她的母亲判若云泥，十分热情，爱说爱道，像树上的小鸟，叽叽喳喳叫个不停，没事就和邻居们搭讪，搬来时间不长就和人们熟悉起来。马婶长得娇小玲珑，细眉细眼，却带着一股说不出的刁蛮媚气。何以为证？她的眉毛是经过修整描画过的，嘴上还涂着紫红的唇膏，那是什么年月？那是“文革”期间，破四旧、砸烂封资修，这种打扮在街道大娘中就像是羊群里的骆驼，十分的扎眼和另类。后来听说她是马丽雅父亲的小婆，早年从堂子里接出来的，堂子里出来的女人也能生孩子？不清楚，反正他们有了两个孩子，马丽雅上面还有一位大她很多的哥哥，在北京工作，一年难得回来一次。

马婶的装扮谈吐与那些街道大娘截然不同，一口标准的普通话，爱说爱道，穿着打扮显得与众不同，描眉打脸，媚气十足，尤其是她喜欢吸烟，没事就见她嘴上叼着支香烟，两个手指熏得微黄，在孩子眼里，除了电影里的女特务，吸烟的女人比大猩猩还少见。

老马家院里种着一棵粗壮茂密的葡萄树，马婶性格开朗，夏天经常坐在树荫下和街坊们聊天。这棵树在小街上独一无二，她又容易接近，人们捡到死猫死狗死鸡之类的动物就给她送去，埋在树下当肥料。秋天，葡萄丰收，马婶就招呼周围的邻居到她们家院里采摘，家家户户都能分到一些葡萄。

老马家的成分不好，搬来的时候“文革”高潮已过，他们是否受到过冲击，受到过迫害，不得而知，好像对外界的风风雨雨并不在意，否则，他们的行为举止应该收敛才对，至少在装束打扮上要注意分寸。老两口在家闲居，不太引人注意，倒是她们的女儿马丽雅成了人们关注的对象。除了漂亮，她的穿着也十分新潮，衣服总是新颖别致，与众不同，花枝招展，鲜艳夺目。她骑着一辆八成新的进口自行车，红色的26女车，牌子没人认识，显得十分扎眼。那时候，自行车绝对属于奢侈品，进口车更是少而又少，比现在的名牌汽车还要金贵、气派。人们纳闷，老马家可能是真有钱，靠老头儿一个人的退休工资，老婆孩子能活得这么滋润，活得这么舒坦。

那时候，街面上比较乱，小玩闹小混混成群结伙，比比皆是，天津的年轻人流行一句顺口溜：“穷河东，富河西，砸锅卖铁红桥区；南开美，乱河北，漂亮女孩和平追。”各个区域，不同街道，居住条件不同，居民的成分也不一样，但不论是穷人区，还是富人区，每个区片都有一群一伙的社会小痞子，这里面当然也不乏个别的女流氓，那时候天津的女玩闹，俗称“货儿”，有特定的打扮，米黄色的瘦腿裤配黑色的皮边儿布鞋，号称“狂不狂看米黄，匪不匪看裤腿”；但是马丽雅虽然风情万种、仪态万千，美得令人窒息，但是和她们绝对不一样，从不在街上招摇，从不四处乱逛，更不会惹是生非，连穿着打扮都不一样，新颖别致，与众不同，既高贵奢华又优雅大方，比如当时时髦女性流行的白衣蓝裙绿军装什么的她从来不穿。

闲来无事，街上经常站着三五成群的大小伙子在一起聊天，尤其是傍晚的时候，人们都喜欢扎堆，凑在一起说话聊天。这时候，马家的大门口就像磁石一样吸引着他们的目光。只要赶上马丽雅从远处走来，立刻有人努努嘴道：“嘿，嘿，看看是谁，大美妞回来了。”

话音未落，几双直勾勾色眯眯的眼睛刀子一样划过去，齐刷刷地侧向马家小院。马丽雅从来是目不斜视，神态自若，在人们的注目下，如入无人之境，别说打招呼，连正眼都不带瞧一下。她优哉游哉地停下自行车，一脚着地，一脚下车，用前车轮直接将院门撞开，一手抬起车的后座进了院门。

几个人目光还凝在那儿一动不动，各怀心思，想入非非，有的啧啧有声：“她天天在干什么？也不上班，没事就出去？”

“你管人家干什么？肯定是有人养着，就凭那漂亮的脸蛋儿，这辈子吃喝不愁。”

马丽雅成了街面上的一道风景，一个谜团，她好像什么也不干，下乡，没走；有工作，又不像，有时出门，上下午时间不定，没有一定之规。

马丽雅独来独往，显得神秘莫测，这就更增加了人们对她的猜测和议论，虽然和附近的邻居没有来往，但是她的朋友好像并不少，隔三岔五就有小伙子来找她。来的人大多是身材高挑、长相英俊、衣着光鲜的帅哥级男人。当然，从穿着打扮、神态气质上看，这些人都不像一般人家的子弟，风流倜傥，气宇轩昂，风度翩翩，仪表堂堂。偶尔，也有一些年轻男女在她们家聚会，院子里能传出一阵阵手风琴的声音，伴随着琴声的是扭动的身影。这在四十多年前，即使是大城市也是难得一见的场景，拉琴跳舞，这种生活在人们眼里简直太奢侈太小资了。

这不禁让周围那些街坊小伙自惭形秽，心生羡慕，暗含忌恨，马丽雅就像一只优雅高贵的白天鹅，他们就是一群没人搭理的丑小鸭，自卑地躲在角落，人家连正眼都不带看他们的。

来找马丽雅的年轻男人，到了她们家门口，既不敲门，也不喊她的名字，就站在门口等。时间不长，马丽雅一准会从里面推着自行车出来，然后两人悠然离去。想必人家是约定好了的。

马丽雅谈恋爱了？有男朋友了？人们观察了很久，分析了多次，最终都被否定了。不可能，没有人愿意相信马丽雅谈恋爱了，来找她的小伙子并不固定，经常变换新的面孔，而且他们的关系似乎也不像恋人那样亲密无间，有说有笑。

当然，马丽雅似乎是不会笑，没有人看见她笑过，她整天冷着脸，一副凛然不可犯的孤傲。也许是搬来的时间短，和邻居们还不熟悉，马丽雅几乎和所有邻居都不说话，自然也不会和任何人笑过，这更给人一种冷艳高傲的感觉。她那相貌神态，至今历历在目，但我却实在想不出她和时下的明星谁更相像，如果单就气质和神态而论，我倒真想起一位，看过意大利著名电影《西西里美丽的传说》的朋友，一定会对那位女主角记忆犹新，她叫莫妮卡·贝鲁奇。没错，如果就她们的冷艳神态而言，就她们的身高体态而言，莫妮卡·贝鲁奇和当年的马丽雅确有几分神似之处。

有一段时间，马丽雅出门的概率大为减少，人们望眼欲穿，很难再见到她的身影。

突然有一天，街上人们传说，马丽雅住在了国民饭店，有人看见她经常从那里出出进进。这消息像长了翅膀一样很快就在街面上迅速传开，一时间引起了人们极大的兴趣，街谈巷议，乐此不疲。

“好家伙，国民饭店，那是一般人能去的地方吗？全市那样档次的顶级宾馆能有几个，一巴掌都数不过来。”能进出这种地方的非富即贵，除了高官显贵，就是社会贤达，老百姓连那里的门朝哪边开都不清楚。

马丽雅住进了国民饭店，而且是长住，我的天呀，这道行可不得了！本事大了去了！虽然报上天天宣传形势大好，不是小好，可是百业凋零市面惨淡，人们的体会是无比深刻的。那年月能住大酒店是什么概念，人们挣着几十块钱工资，别说没钱，就是有钱，本市的居民也不能住在酒店里，能长期住酒店的人不仅有钱，还要有权，起码还要有关系，有背景。

人们猜测，马丽雅一定是像《日出》里的陈白露一样，结交了非同寻常的有背景有权势的朋友，也不可能是年轻的朋友，肯定都是些有身份有地位，甚至有胆子有手腕的大人物。那是什么年月？阶级斗争的年月，谈性色变，别说是找情人包二奶，就是和女人递个眉眼开个玩笑都有可能被说成是作风问题，谁敢明目张胆让这么惹眼招风的美女住到宾馆，除非……除非……人们不敢再想，更不敢乱说。

自然，马丽雅后来也有偶尔回家的时候，但来去的时候都有小汽车接送，连那么好的进口车都不骑了。一切迹象表明，她肯定是靠上了有背景的大人物。

马家居然也有了新动向，不知是哪一天，有人发现她们家的房顶上竟然架起了天线，像一只硕大无比的蜻蜓落在上面。这种举动实在是太让人震惊了，因为在半年以前，前面街道有一户人家就因为被人发现装了天线被派出所的民警抓走了，据说是夜里偷听“敌台”，这件事在街面上传得沸沸扬扬，有凭有据，有鼻子有眼，马家老两口应该早有耳闻。这件事过去了还不到半年，他们竟敢顶风作案，明目张胆地架上天线，难道是吃了熊心豹子胆，不想活了。

人们议论着，期待着，相信时间不会太长，马家就会出点什么事，就会有人去查个究竟，迟早会有一场热闹可看。可是等来等去，人们迟迟不见动静，既没有等来警察，也没有等来军人，甚至连街道上负责治安的大娘也没等来一个。这太奇怪了，不能够呀！于是有人坐不住了，晚上偷偷地溜到马家门口去窥探，侦察的结果不免让人大失所望，说是透过窗帘，看见马家客厅里放着个木箱子，里面有人说话，还有人影在动。

立马就有人说话了：“傻帽儿，老外了吧，那是电视，和电影似的电视，没见过吧？”

“电视？这玩意儿可太少见了，老马家就一个人挣钱，还退休了，哪来的钱买这东西，咱别说没钱，有钱上哪买去？”

人们分析来分析去，得出的结果，只能是马丽雅送给爹妈的，有这么一个绝代佳人似的宝贝闺女，什么东西换不来。

拿什么换？人们笑着不说，心照不宣，没人挑破这层窗户纸，小街上的人还算厚道，口上留德，不愿意一棍子将人打死。马丽雅美艳绝伦、风情万种，这样一个天生尤物，你说拿什么换，明摆着的事，爷们儿，自己想去吧！

突然有一天，人们发现，马丽雅结婚了。没有婚礼，没有仪式，甚至大门口连一个喜字也没贴，神不知鬼不觉地就结了婚，这让小街的人们大惑不解，谁家娶媳妇嫁姑娘不是热热闹闹风风光光大办一场，藏着掖着怕人知道，其中必有见不得人的隐情。

之所以发现马丽雅结婚了，是她经常和一个男人出双入对，这个男人过去从没有出现过，与她以往的那些朋友不同，既不英俊，也不潇洒。中等个头，身材偏瘦，长相一般，较为明显的特征是，满脸的络腮胡子，刮光以后显得脸色铁青。男人看着人很老实，从不说话，每次来都是和马丽雅结伴回家，不言不语，偷偷摸摸，像做贼一样溜进院里。

“好好的一朵鲜花插在了牛粪上，这也太不般配了，这男的是谁呀，本事太大了，竟然把这么漂亮的大美妞搞到手。”街上的小伙子感到愤愤不平，感到大失所望。

男人很快被人们认了出来，在附近一所中学当老师，祖辈非常有钱，算是富商巨贾、钟鸣鼎食之家，他的父亲作为著名的民主人士，当过副市长，赫赫有名，远近皆知。虽然这男人长相普通，但是有这样显赫的身世，娶马丽雅这种美女似乎也不算是委屈他。

马丽雅不常回家，一两个月也见不到她的面，人们还没有发现她怀孕的迹象，突然有一天，她就生了个女孩。她和男人偶尔抱着孩子回娘家，仍然是无声无息，神神秘秘。街上好事的婶子大娘背地里掐算日子，这才多长时间，不到半年马家就添了孩子。马丽雅肯定是奉子结婚，未婚先孕。人们私下里猜测着，议论着，却从来不敢问马家一句，这种让人难堪的事无论如何是不能打听的。马丽雅似乎成了一种忌讳，连爱说爱道的马婶都从来绝口不提自己的女儿，外孙女的事更是无人问起，孩子胖瘦丑俊没人见过，真是养在深闺人未识，马婶始终也没抱孩子出过院门。

时间不长，马丽雅的男人就到马家闹了起来，每次都是他单独一个人来，好像是说自己受了骗，马丽雅经常扔下孩子夜不归宿等等。好事的人们躲在窗根底下影影绰绰就听到几句，真正的原因没人清楚。屋里男人的声音不大，倒是马家老两口儿声嘶力竭地怒骂："你自己愿意当王八，现在后悔了。你们的事自己解决，别到我这闹杂。"男人显然不是他们的对手，骂跑了两次，从此再也不见了人影。

后来听说，马丽雅离婚了，奇怪的是孩子也不见了，她极少再回娘家，每一次都是独来独往。她靠什么生活？有没有职业收入？没人清楚。

在"文革"还没有结束的七十年代，马丽雅既没有下乡，也没有工作，更没有上学，又不住在家里，她何以为生？始终是小街的一道谜，后来听说她去了北京，早早地出国了。

小街上的人们之所以能记住她，无非是因为她出奇地漂亮，身材、长相、姿态、神态，包括气质，都让人产生无限的遐想，当然还有她的神秘。

校花唐婉莹

同学会这些年风行，每年都会遇到各式各样的同学会，大学的、高中的、初中的，甚至蔓延到了小学。

深冬的一天，突然接到老同学狗子的电话，说是初中的同学要组织一次聚会，届时到他们公司聚齐，大家吃顿便饭，聊聊天，叙叙旧。对这种聚会，我历来兴趣不大，愿意交往的不用通过聚会联络感情，自然就交往了；不愿意来往的同学聚会多少次也没有用，该不联系还是不联系。我们现在不是朋友太少了，而是太多了，整天像猴子一样蹿来蹿去，许多时间都消耗在一些无谓的应酬当中。已近天命之年，我们不必再为应酬奔波，没必要再为交际浪费太多的时间、精力。生活在同一座城市，三十多年没见的初中同学，除了坐在那回味过去，感叹时光的流逝，生存的艰难，似乎没有多少话题可聊。可是狗子的约请不能不到，我们多年保持着联系，交往甚密，时常走动，他这人豪爽仗义，古道热肠，好交际，好热闹，他攒的饭局不好推辞。

按照约定的时间，我提前到了狗子的公司，坐在那闲聊，几个同学陆陆续续地进来，张三李四王二麻子，有的三十年没见，轮廓神态，一眼就能依稀看出上学时的模样。张三还是瓜子脸，只是胖了黑了，也老了；李四还是那双老鼠眼，却早已不见光泽，变得污浊呆滞；王二麻子当然没有麻子，但那一肚子坏水，三句话就露出本相，装是装不出来的。都说江山易改，本性难移，一点没错。

老同学虽然多年没见，但几句话下来就变得无拘无束，侃侃而谈了，好像毕业才是前几年的事。正说话间，大门推开，一股寒风扑面而来。我们坐在临街的房间，那天又是数九寒冬，西北风像刀子一样呼呼刮着。只见一个又高又胖又黑的中年妇女风风火火地闯了进来，我以为是来公司办事的客户。老同学，即便是多年不见的女生，也应该多少有点印象，哪怕是模模糊糊的印象，至少还应该保留一些当年的痕迹。这个女人显得年龄偏大，该有五十多岁了吧，我看了一眼没说话。

女人进了门，显然和其他几位男生很熟，嘻嘻哈哈地打过招呼，一边解着头上的围巾，一边指着我直呼其名说："某某某，对不对，你怎么一点没变呢。"然后冲着几个同学嚷嚷："你们都别说话，让他说，我是谁？"

我一下子蒙住了，看她这熟络劲，肯定是老同学无疑，但她姓甚名谁，我搜肠刮肚，把几个女生的信息在脑子里搜索了半天也不得要领。人到中年，三十几年没见的老同学，即便是女生，结婚生子变化大，但眉眼身量大致轮廓仔细辨认总能猜出个八九不离十。我从上到下仔细打量着眼前这位老同学，却怎么也想不起来，丑的俊的、高的矮的，爱说爱笑的、不言不语的，十几个女生想了个遍也对不上号。

"你可真够可以的，真是贵人多忘事，连我也认不出来。别告诉他，让他慢慢想！"她拦住别的同学，指着我大声说。

眼前的女人黑而胖，中等身材，皮肤粗糙，嗓音粗哑，像街道上卖菜的大娘，看着比我们的实际年龄明显要大许多，会是谁呢？正在苦思冥想之际，旁边一位男生终于忍不住插话了："唐婉莹！你忘了谁也不应该忘了她呀！咱们班的校花，最漂亮的那个！"

我一下子警醒了，那双水汪汪的大眼睛果然还残存着过去的一丝风韵。

“嘿，你瞧，你瞧，我正要说出这个名字，唐婉莹，没错，我们班的大美女、校花，我怎么能忘了哪？”

唐婉莹这时已脱掉了外衣，站在屋子中间大声地说笑着：“告诉你们别多嘴吧，怎么样，他想不到是我，我变得连自己都不认识了，谁能想到我都老成大妈了。”

岁月不饶人，但女人最忌讳说老，我赶忙连声说：“不老不老，怪我眼拙，怪我眼拙，忘了谁也不会忘了你。校花，我们男生心目中的女神呀。”我们打着哈哈，随便说笑着。

老同学三三两两地聚齐，来到附近的一家餐馆坐定。说近况，叙旧情，婆子（爱人）孩子车子房子位子……鸡一嘴鸭一嘴，说不完的话，叙不完的情，整个场面乱乱哄哄、热热闹闹。这期间我仔细打量了一下唐婉莹，身高还是中等偏上，只是胖了许多，粗胳膊粗腿水桶腰，像一截粗壮的树桩立在那，皮肤也显得很粗糙，红里透黑，显然是风吹日晒的结果。她的着装打扮我也仔细地观察了一番，款式质地都属于低档的地摊货，手上戴着一只比较粗笨的金戒指，这年头，除了上年纪的老太太，已经很少有人戴这种过时的玩意儿了。她坐在邻桌，大声地说笑着，时而端起酒杯一饮而尽，时而站起来指指画画，像打了鸡血一样兴奋异常。几个男同学围着她，嬉皮笑脸，大献殷勤，时不时地和她举杯对饮。觥筹交错之际，恣意忘形，言语失态。

这就是唐婉莹，太出乎我的意料了。过去她那种婀娜多姿、俊秀飘逸的形象马上浮现在我的脑海里。三十多年前的她绝对是一枝娇艳欲滴的鲜花，出了名的校花。那时的唐婉莹身材瘦高，面相俊美，乐观活泼，成天笑声不断，好像总有开心的事惹得她开怀大笑，走路的时候连蹦带跳，又说又笑，只有遇到男生的时候这笑声这动作才戛然而止，装出一副闭月羞花的淑女状。尤其是她那一口标准的京腔普通话，如同空旷的天空传来的银铃声，清脆柔润，甘甜悦耳。这样漂亮活泼的女生怎么能让人忘记呢。

当年中小学都是就近上学，她那时住在学校附近的红光大院——部队家属的集体宿舍，院里的孩子都是军人子弟，很让同学们羡慕。她平时爱穿军便服，飒爽英姿，楚楚动人。她的身材高而瘦，肩膀平而宽，好像天生的一个衣服架子，穿什么衣服都十分得体漂亮，长长的睫毛、黑亮的眼睛，顾盼生辉，夺人心魄。初中三年，唐婉莹一直是学校宣传队的台柱子——跳舞蹈，赶上节庆日或有外宾参观的时候，她跳的新疆舞始终是学校的保留节目。印象最深的是她跳舞时除了踢腿旋转，舞姿优美，还会动脖子——肩膀的头部不动，脖子却能左右扭动，这种高难度的动作当时在我们眼里简直就是专业水平。

身材苗条，长相漂亮，活泼好动，擅长舞蹈，又是军干子弟，那时的唐婉莹绝对是学校的明星人物，万人瞩目，人人羡慕，人人爱慕，她的身边总会有三五成群的女同学围着她转,走到哪都是众星捧月般地备受关注。当然，在男生眼里，她永远是高不可攀的骄傲公主，可望而不可即，我们只有馋涎欲滴的份儿。她太漂亮、太高傲、太出众，简直就是不食人间烟火的云中仙子，我们这些凡夫俗子傻小子只能仰视而不敢亲近。三十多年前，男女中学生之间戒备森严，界线分明，除了班干部，一般男女同学是极少说话的。对唐婉莹这样的出众美女，男生更是没人敢接近她，在我的印象里，初中三年我们没说过几句话，连正眼瞧她的机会都少，她那种摄人心魄的美是我们承受不起的，看见她你就会心里狂跳不止，禁不住胡思乱想，想入非非，好在我们并不缺少远距离欣赏她的机会，每年她都会在舞台上出现，我们可以尽情领略她优美的舞姿和俊秀的面容，心里充满幻想，充满渴望，她是无数荷尔蒙亢奋的青春期男生暗恋的对象，是公认的大众情人，是人们梦寐以求暗藏心底的女神。

唐婉莹虽然漂亮活泼引人注目，但是功课却似乎不是太好。恢复高考以后，开始考重点高中，那一年她没有考上，被分流到一所普通中学，后来也没有考上大学，这一别就是三十多年，直到我们在聚会上重逢。

那天晚上，老同学都很兴奋，说说笑笑，感慨万千，初中的老同学，总体上来说，境遇都不是很好。三十多年前，知识还能改变命运，没考上重点高中，没考上大学，家里再没有背景、关系，那就意味着很难找到一个好职业。

时间过得很快，不知不觉，晚餐已经接近尾声。这时候，唐婉莹歪斜着身子端着酒杯晃到我身边："拿酒，咱们干一个。"显然，她已经喝高了，身子有些打晃，说话也不利索，手里端着盛满了高度白酒的杯子，我劝她少喝一点，把酒倒给我。她用手按住杯子，坚决不肯："高兴，高兴，知道吗？今朝有酒……今朝醉，我们……难得我们能聚到一块儿。"

我问了问她的近况，说是前几年在一家餐馆当领班，现在基本上在家照顾孩子。

"小馆，别嫌弃，有机会过去喝酒，捧捧场。"过了一会儿，她把头支在桌子上，扭过脸冲着我说，"我有两个儿子，两个儿子，你们比得了吗？"

我知道她已经喝得烂醉，言语不清，思维混乱，赶忙赔着笑脸应付道："比不了，比不了。都是独生子女，你怎么会有两个儿子？"

唐婉莹喷着满嘴的酒气："一个——是我生的，一个——是现在的老公带来的。两个儿子管我叫妈，你说我——有福没福？"说着，她脸上的笑凝住了，眼泪不自觉地流了出来，显然那不是幸福的眼泪、激动的眼泪，里面饱含着辛酸。

吃饭期间，我向别人打听过她的情况，她怎么会变成这样，这么漂亮出众的人怎么成了家庭妇女一样。同学告诉我，唐婉莹高中毕业后找了一份正式工作，当时算是比较体面清闲的工作，无线电元件厂。二十岁出头她就结了婚，那时候改革开放刚刚开始，社会上时兴跳交际舞，唐婉莹从小就练习舞蹈，经常出入舞厅和家庭舞会，在社会上结交了不少人，她在舞会认识了第一任丈夫。男人是个高干子弟，虽然不务正业，可是家里的条件不错。很快两个人就有了孩子，没想到孩子生下来却是个先天痴呆，为了照顾儿子她一直没再上班，男人却在外面拈花惹草，聚众淫乱，在“严打”期间被关了起来。唐婉莹后来离了婚，带着傻儿子，工厂也倒闭了。平时父母接济一点，她自己一度在学校门口卖盒饭，后来在小饭馆打工。前两年才找了现在的丈夫，一位出租司机，收入还不错，她不用再出去受累，在家里照顾两个孩子。

“想不到她的命这么不好，我以为以她的条件应该活得很潇洒，很风光，至少是衣食无忧吧。”

“你们谁能想到，我唐婉莹会有今天，咱有两个儿子……”在桌上趴了一会儿的唐婉莹这时抬起头，竖起两个手指，做出V字形，显然在酒精的作用下，她脑子已经乱了，而且泪流满面。

“我就是太傻了，那时那么多人追我，追我，都没答应，就找了个舞伴，花花公子，谁想到生了个傻儿子，那王八蛋还在外面搞破鞋……你能想得到吗？我唐婉莹居然混到在大街上卖盒饭……”

“卖盒饭怎么了？”我劝道，“自食其力，谁不是靠劳动吃饭，没什么见不得人的，就冲这一点，我还真挺佩服你，一切都过去了……”眼前的唐婉莹身子晃晃悠悠，说话反反复复，与过去的她判若两人，找不出一点当年的影子。

聚餐结束，几个红头涨脸酒气熏天的男同学争先恐后都抢着要送唐婉莹，她嘴里不停在念叨着，两只手不停地比画着，非要留下来继续喝酒，几个同学连拉带拽，又搀又扶，她这下才歪歪斜斜地出了门。

我站在那，目送着她离开。望着唐婉莹渐渐远去的身影，不禁百感交集，感慨万千。曾经貌美如花、妩媚迷人的唐婉莹竟然变成了这样，就算是一个花瓶式的女人，就算是岁月无情催人老，至少应该有一点过去的痕迹吧，至少能让我们有一点回味的余地吧，可是她完全像是变了一个人。当然，男怕入错行，女怕嫁错郎，以唐婉莹当时的条件，如果嫁个好男人，她的生活会是另一番景象，可惜的是遇人不淑，男人出轨，又摊上个傻儿子，她的命运被彻底毁了。人生也许就是这样，一样的开始，不一样的结局，真是世事无常，祸福难料。

恶邻老崔

一

老崔是我少年时老院的旧邻，近四十年前，在我上高中之前，一直生活在过去日租界的老院里。那是一座两进的二层小楼，前后楼靠一座五六米长的木制天桥连接。那时的老楼因为年久失修，已经相当破旧，楼梯和地板早已看不出油漆的本色，长年的污垢油泥附着其上成了灰黑色，有些地方或松动或裂开，走在楼道，地板会发出咯吱咯吱的响声，像是随时有塌陷的危险。楼道的墙壁经过长时间的煤熏火燎，早已成了黑褐色，加上采光不好，楼道就像一个潮湿阴暗的黑洞，让人产生恐惧。

穿过楼道就是一座长方形的后院，后楼上下各有三间房，每一间都是长方形的十几平方米的面积。一二楼左手边是储物间，属楼层住户共用，堆放着煤球劈柴等杂物，里面有一间不大的厕所。后院一楼中间和右手的两间房住着老崔一家人。

这两间房进门的对面是一扇窗户，窗外是一堵灰旧阴暗四五米高的高墙，隔出另一座院落，两院相邻，间距很窄，形成一米多宽的小过道，高墙长年遮挡阳光，也影响了通风，于是老崔家的房子只有少许的一点光亮，终日见不到阳光，再加上一楼潮湿，通风又差，屋子里便长年散发出一股股腐烂的霉味，这股霉味是由潮气、被褥味、饭菜味、人肉味等混杂在一起，从屋子的四面八方、从每一个角落散发出来，长年不散。

老崔家共有六口人。男主人老崔，“文革”那几年年纪应该不到五十岁，身材中等偏高，略显魁梧，一张国字脸上布满着不明显的浅麻子，剃着平头，头发粗黑。

老崔给人的印象是不怒自威，表情似乎只有两种，长时间虎着脸，偶尔笑一笑。虎着的脸带着一丝凶悍严峻、狡黠狰狞，笑的时候也暗藏着一股嘎坏劲。从面相上看，老崔让人一望而知就不像是一个好人。

老崔在一家铸造厂当工人，没什么文化，但是有一点技术，据说是个六级工，“文革”期间，六级工的工资在工人级别中算是比较高的，全家六口人的吃饭、穿衣、生活消费全靠老崔一个人的工资，他是家里当之无愧、名副其实的一家之主、顶梁柱，从来是说一不二，威风赫赫。

老崔的老伴我们叫崔娘，身材矮小短粗，如同枣核形，眯缝着一双突出的金鱼眼，像是长年睡不醒的样子。

崔娘说话乌乌涂涂，吐字不清，像是长年患有鼻炎。她的脑子糊里糊涂，与正常人相比，好像少根筋缺根弦，经常丢东落西，手忙脚乱。穿着也是邋里邋遢，既不合体，也不干净，衣服上经常沾着一些饭粒水迹之类的污渍，崔娘唯一的优点就是皮肤还算白皙。她是家庭妇女，没有工作，一天到晚毫无头绪地干着各种家务，忙得昏头涨脑，家里却仍然是乱七八糟。她要模样没模样，要脑子没脑子，要能力没能力，在这个家里是最没有地位、最没有威信的，丈夫老崔似乎从来就不把她当老婆看，甚至不把她当人看，从来也没有给过她好脸色，连正眼瞧她的时候都不多，孩子们也动不动地呵斥她，驱来唤去，像支使丫头一样。崔娘似乎逆来顺受习惯了家人的慢怠轻视，没有丝毫反抗的表示或怨言。除了她身上那点本能的母性之外，很难说她是一个家庭主妇，是老崔家的女主人。

从外在条件到脾气秉性，老崔两口子根本就不是一路人，崔娘比老崔矮上一头以上，年龄据说还大着几岁，脑子不好使，长相又比较差。他们的婚姻，实在让人难以理解，从各个方面讲两人都不般配。后来我从母亲那了解到：老崔当年在农村时家里穷得叮当乱响，吃了上顿没下顿，可是崔娘的家里有钱，老崔是贪图人家的钱财才娶了又丑又矮又胖年纪又大的崔娘。新中国成立前老崔进城当了工人，已然是两个孩子的爸爸了。

老崔家的大儿子叫大胖，其实身材一点都不胖，长得黑而瘦，近二十岁的年龄，个头超不过一米七。

大胖的表情坚毅冷酷，一双又黑又亮的小眼睛，目光中透着一股不屈服的野性。

大胖自小就调皮捣蛋，在外面惹是生非，小时候经常被老崔打得胡喊乱叫。“文革”后期，大胖没有上山下乡，在家待业，闲着没事就和社会上的一帮小玩闹混在一起。

别看大胖人长得不高，身材也不壮实，但据说打起架来不要命，心狠手辣，死拼硬打，白刀子进去红刀子出来，很快就在小玩闹圈子里赢得了威望，在街面上有了点小名气，人送外号“烟头儿”，外号的得来据说是他学会了吸烟但又没有钱买，经常到附近的小公园捡别人抽剩下的烟头儿，将烟头里的烟丝拆散了重新卷起来抽。

大胖长年穿一件绿色军服，头戴军帽，在街面上横冲直撞，威震一方，但是回到家里见了老崔，仍然是老老实实，大气都不敢出，从小他就被他爹打怕了。

老崔打起孩子来，不管不顾，往死里打，直到打得出了气消了火才肯罢休。大胖在同龄人之中以英勇善战手黑心狠著称，但是和他的老爸相比，似乎还略逊一筹。

到我记事的时候，老崔已经不再动手打大胖了，因为这时的大胖已经成了街面上有名的小玩闹，身边常常围着三五一伙的小地痞，老崔可能心里明白，如今的儿子今非昔比，再硬碰硬地单打独斗，把大胖逼急了，招来一群小玩闹，自己也不是对手，所以对长大的大胖极少再动手开打，给他点脸色或是呵斥两声，大胖就心有余悸老老实实的。

“烟头儿”上边其实还有个姐姐，只是这个姐姐早早地就下乡去了外地，在当地落户结婚和家里断了往来，从我记事起他们家就好像没有这个女儿，“烟头儿”的姐姐从来没有探过亲。

“烟头儿”的妹妹——老崔家的二女儿叫小妹，身材瘦弱，扁平脸，白净清秀，透着一股精明强干劲。

小妹当时中学刚毕业，老崔托关系办了病休没有下乡，在家里待业。她那时应该是十六七岁的年龄，却俨然是老崔家的女主人。家里过日子，各种挑费用度的财务支出，各种抛头露面的应酬交际，老崔家女主人的角色全是由小妹担任。她是老崔最宠爱最信任的孩子，聪明伶俐，干练懂事，能说会道，家里家外都是一把好手，就连她爸爸老崔有时都要看着她的脸色行事。小妹要是不高兴，老崔都得小心翼翼，连哄带求，以老崔的蛮横霸道的性格对自己的女儿又爱又惧，实在是让人难以理解。

“烟头儿”的弟弟叫二胖，粗壮鲁莽，人高马大，憨头憨脑，脑子虽笨，心眼却实。二胖那时刚上初中，功课几乎从来没有及格过，一沾学习就头痛，经常在外面惹是生非被老师请家长，回到家以后免不了被老崔一顿恶打，打得二胖四处乱窜，鬼哭狼嚎。隔三岔五，后院就能传出二胖的喊叫声。

老崔打孩子，那叫一个痛快，惊心动魄，震天动地。有一年夏天，我看见他在后院打二胖，吓得我浑身发抖，恐怖至极。

那一天不知二胖又犯了什么错，只感到他们家的气氛不对，压抑得让人喘不过气来，胆小怕事的崔娘低眉顺眼，大气都不敢出，像避猫的老鼠一样四处乱转，不知要往哪里藏。躲出去，不敢；老实坐着，又提心吊胆。坐立不安，只好蹿来蹿去，在院里一会儿扫扫地，一会儿喂喂鸡。大胖还在街面上厮混没回来；小妹则一声不吭，如丧考妣，阴沉着脸似乎在等待着风暴的降临。果然，老崔回来后过了一会儿，喝令儿子二胖脱光了衣服站在后院的空地上，只见老崔蹿过去，手持皮带往二胖的身上猛抽。二胖一边在院里躲闪乱跑，一边大声地哭叫告饶，后院一时暴风骤起，鬼哭狼嚎。

老崔打孩子已经司空见惯，而且打得场面激烈，声势浩大，他不在乎邻居笑话，不在乎孩子的尊严脸面，只有打痛快了才罢手。

每次挨打，二胖都像演戏一样大喊大叫，老崔的皮带、木棒刚举起来，他已经“哎哟、哎哟”地大声叫起来，表情夸张，哭天抢地，恨不能把全院的邻居都喊出来。

遇到老崔打孩子，院里的邻居没有人敢出来劝架，唯一能劝架的就是我母亲，其实她早就听见了后院的厮打声，不到火候，她不便出来。劝得早了，老崔还没出气；劝得晚了，老崔会认为你们是在看热闹，所以母亲总能掌握好火候，恰逢其时地出面劝架。老崔爱面子，和我们家住得最近，平时关系也不错，见母亲来劝，这才喘着粗气罢了手。

我问过母亲，邻居们为什么总是装聋作哑躲在屋里不出来呢？母亲说，以前人家也劝架，可遇到老崔打孩子，邻居们来劝，他不仅不领情，还连劝架的邻居一起骂，觉得别人都是幸灾乐祸看笑话，一来二去，他们家的事没人敢参与。

老崔的火爆脾气和蛮横粗野是远近闻名的，时不时地就动手打人，除了孩子，也打老婆，也打他的小姨子。

“烟头儿”的老姨是一个充满神秘感的特殊女人，中等偏上的个头，白净微胖，长相姣好，穿着打扮整洁体面，与邋里邋遢肮脏污浊的老崔家里人绝不一样。

在我的印象中，下班回到家老姨就把自己锁在屋里不出来，从来也不见她和任何人说话，即便是老崔家的大人孩子她也从不搭理，她那时神经已经不太正常，有时自言自语，自说自话，只见嘴动而听不见声音，总是阴沉着脸，独来独往，不与任何人交往，也从来不喊不闹，似乎总是小心翼翼地躲避着什么。我不明白，三十多岁，端庄白净、体体面面的老姨为什么不出嫁，为什么独来独往单身生活在老崔他们家。直到十几年以后，我才知道了原因，据说老姨当初从农村到城里工作，没地方住，就投奔了姐夫老崔，一来二去他就把小姨子霸占了，只要老姨稍有不从，老崔就大打出手，后来老姨被逼疯了，变得神经兮兮，住在老崔后院加盖的一间四五平方米的小房里，靠墙仅能放一张单人床，老姨在小房里生活了几年，后来就不见踪影。

二

老崔家住的后院，门前是百八十平方米的小院，小院间隔出前后楼，本应是全院住户，至少是一楼住户的公用场所，因为厕所下水道都在一楼的后院，但是小院却被老崔一家独占着，成了他们一家的活动场地。后院养着一群鸡鸭，弄得又脏又味，老崔还在墙边加盖了一间小房。邻居们慑于老崔的淫威，没有一个人敢说一句话。

老崔在院里有着绝对的权威。俗话说："神鬼怕恶人"，院里的刁婆蛮汉对老崔都毕恭毕敬，有点什么事还爱找老崔拿个主意，老崔也当仁不让，院里的大事小情都由他说了算。虽然他们家在全院始终处于霸主地位，说一不二，横行霸道，似乎所有的人家都怕他，但奇怪的是，我没有见过他和谁家打过架，吵过嘴，他平时昂头挺胸，威风凛凛，但对邻居表面上大多客客气气。

全院之中，老崔只和一家人不说话，这就是前楼的老张家。

老张家是典型的买卖人，老实本分，新中国成立前有点钱，买下一楼院里所有的房子。后来公私合营，老张头的收入锐减，这才卖了后院一间房子贴补家用，这就是老崔他们家住的那间房。

老张家住着前楼一楼的四间房，后院卖给了老崔一间，另一间老张家用来堆放杂物。老崔后来添丁进口，七口人住一间十几平方米的房子转不开身，便找老张头商量要借那间房住人。新中国成立后老张日子也不宽裕，成分差，平时少言寡语夹着尾巴做人，院里的人谁也不敢得罪。房子哪有白住的道理，可他又不敢和老崔明说，便推脱说房子已经答应租给别人了。老崔明白这是拿话搪塞他，花钱租房他又拿不出钱，家里七张嘴就靠他一个人挣钱填补，每个月吃饭都成问题，稀汤寡水勉强度日，便说我也不是白住，你租给谁也是租，别人花多少钱我也花多少钱，我只是一时拿不出来，每年我写字据，先欠着，有了钱一准还上。老张头明白，欠着房钱，那不是肉包子打狗，一去不回了吗。便说咱们是多年的邻居，价钱上我可以便宜点，但这钱我指着它过日子用的，实在不能欠。

老崔没借成房，心里憋着一口气，时间不长就在后院老张家窗前盖了一间小房，把两个孩子放里边睡觉。小房遮挡了老张家的光线，老张敢怒不敢言，和老崔撕破了脸，这活阎王什么缺德事都能做出来，况且自己是资本家出身，专政的对象，没有说理的地方，只能忍气吞声任人欺负。老张开始紧锣密鼓把房子租了出去。租房的房客住了不到半个月就找老张头要求退房，说是这房子贵贱不能住。为什么？原因多了，一是夜里老崔家咚咚地砸墙；二是他们家在后院养了条狗，没事就叫，见人就扑；三是房子门口放着老崔家的土盆尿桶，恶臭难闻。人家见老崔一家人目露凶光，面带恶相，不敢招惹，所以赶快找房搬走了。

老张头知道这是老崔在故意刁难，让他租不成房子，房子租不出去只好就空着。没想到过了一阵，老崔又找来了，说是房钱照付，你说个价吧，这房子我是租定了。老张头没敢多犹豫，也清楚老崔知道了上一家的房租价格，这种人惹不得，惹了就别想安生，就把原来的房租五块减到了四块，但是前提条件是房租不能拖欠。

老崔一口答应着，连连道谢，两人和颜悦色，写好了字据，交了三个月房租。老崔家搬了进去。住了不到两个月，老崔找老张头要求换纱窗，说是天热了，纱窗太旧，透气差，得换新的。老实巴交的老张说房子你们住着，是不是你们得自己换，我租了房可不管这些。老崔说：房子是你的，我花钱租的，有问题你得负责修呀。住公产房，房租交了房管站，哪里坏了不是得找房管站修吗？我花的房钱里面，有一部分就包括了维修的费用。老张头知道自己遇上了滚刀肉，也怪当初没说明白，只好让老崔自己花钱换，费用从以后的房租里扣。

又过了半年，老崔的房租却始终没交，老张硬着头皮找到老崔讨要。

“怎么样，老崔，过了半年了，手头方便吗？咱是不是把房租结了，收条我已经打好了。”

老崔好像突然想起了什么：“你瞧，老张，我早就想找你说，一直不好意思开口，你上次不是说换纱窗的费用从房租里扣吗？费用多了点。是这么回事，窗纱的钱倒没多少，可是我不会干这活，找了个朋友干的，这纱窗年久失修，干了整整一下午，我一看过意不去，请人家吃了顿饭。这小子太能喝酒，我也拦不住，喝了一斤多酒，完事和客人打起来了，我还陪着人家去看病，里外里花了五十多块。我家里的日子你也清楚，哪禁得起这么折腾，可这钱也不能让你一个人担负，你掏四十，剩下的算我的。”

老张头听完立马傻眼了，他本来就笨嘴拙舌，为人老实，遇上这么个无赖，正不知如何应对，没想到老崔又接着说：“老张，我也觉着出了这档子事挺对不住你的，你看要不这么着行吗？房租里既然有维修这块费用，你减点房钱，去掉两块，以后房子漏了、刷个漆，修这补那的就不用找你了。”

老张心说，这世上真有这么不要脸的人，这不是讹诈吗？一个月四块钱的房租还要去掉两块钱，这明显不是要白住吗？

老张嗫嚅着说：“老崔，不能再少了，你也知道我对外租的都是五块，咱们街里街坊的，你的日子也紧，我已经让到最低了。你要真是不方便，就别住了，我知道这点钱对你也是个负担。”老张没敢说再租给别人。

老崔听了这话，脸立马拉了下来：“怎么着，老张，看不起我是不是，咱租房有合同，你不能想毁约就毁约，你要这么说，给人看病的钱我还一分不掏了。”

老崔从此以后，房钱时断时续，后来干脆就不交了。到了“文革”爆发，老张家的成分差，不敢多说多道，房租再也不敢提了。这么多年，老张一直为房子的事憋着气，房子要不回来，房租也收不上，但也不想白便宜了老崔，索性压缩房产时他把房子交给了房管站，成了公产房。

老崔白住了几年房，房子肯定是不会腾的，房管站收了房还得让他们一家住，只是每个月多了一点房租。从此以后，老崔始终记恨着老张，打头碰面连招呼也不打。

三

老崔除了动不动打家里人，和邻居好像也没有直接冲突过，但是院里的邻居没人敢招惹他，老崔的坏和狠人们早就领教过。

楼上前后楼之间靠一座木制的天桥连接，楼上的住户洗完衣服只能晾在前后楼的晾衣绳上，那时还没有洗衣机，人们洗完了衣服用手拧干，有时晾着的衣服从楼上滴水下来，洒在了后院，地上弄湿一片。老崔也不喊不闹，搬来一个做饭的破炉子放在后院中间，对准上面的衣服，点上湿刨花、潮劈柴，一股股浓烟熏到楼上，熏得人们睁不开眼，熏得衣服上都是烟尘，几次下来，楼上的人家再洗衣服不拧干了绝不敢往外晾。

老崔家住在后院，前楼的楼道是他们家的必经之地。后院他们家霸占着，全院的自行车就没地方放，放在后院，不是被扎了胎就是被偷了，所以后院的领地没人敢染指。

那时候的自行车相对贵重，家家都怕丢，前院离马路近不安全，后院又不敢放，只能放在楼道里。

楼道的后半部，一边是上二楼的楼梯，一边是通往后院的过道，放一排自行车还没有问题，放上两排车，通向后院的道就更加窄蹩。后院进出的基本上就是老崔一家人。院里邻居发现，只要楼道里放着两排自行车，靠外的一排车全被扎了胎，一辆不剩。刚开始还有人在楼道里嘀嘀咕咕、嘟嘟囔囔:“这是谁干的，太缺德了。”“干这种见不得人的事就不怕断子绝孙。”可是没人敢大声吵吵，人们心里明白，这种绝户事只有老崔他们家能干得出来，因为自行车影响他们家人的出入方便。人们毫无所指地谩骂完了，我行我素，自行车每天仍旧放在那，隔上几天，楼道里的自行车还会被扎，如是者再三再四，渐渐地便没人敢放自行车了。谁也没有证据说这件事是老崔家的人干的，可是按常理分析，按老崔的人品人性分析，这件事只有他们家能干得出来，况且干这种事根本不用老崔出头，他的两个儿子都是干才，这点事对于他们不在话下。

在家里，老崔更是说一不二，除了对女儿小妹和颜悦色以外，其他的人见了他都像耗子见了猫一样避之唯恐不及，大气都不敢出。

二胖本来还在院里又说又笑，一听见老崔推自行车进楼道的声音，立刻像是老太太吃柿子——闷了口了。崔娘捯着小碎步赶到炉灶前手忙脚乱地张罗晚饭，小妹不声不响地迎过去接过提包。老崔的脸要是晴的，一家人晚上能吃一顿安生饭；老崔的脸要是阴的，一家人赔着小心悄没声地度过一晚。

老崔家的日子始终是紧紧巴巴，每个人的平均生活费只有十块钱多一点，这点钱在当时勉强能够吃饱饭，饭菜质量不可能改善。即使是这一点生活费，老崔还要多占一点，每天他要喝一口酒，酒量不大，一两盅而已，但下酒菜是必须要有的。

每个月日子过不下来，崔娘就找邻居们借点钱续上。我们家之所以和老崔家关系不错，根本的原因是时常借给他们家钱，每个月二十五号是借粮的日子，到了这一天，老崔家大多是米面皆无，钱也没了，崔娘在前一天晚上必找母亲来借钱，不多不少每月借五块钱。崔娘虽然窝囊愚钝，但老实本分，很守信誉，下个月十号工厂一开支，当天晚上，五块钱立马还上，从不拖欠。但是到了下个月二十五号还得借钱，周而复始，循环不断，五块钱的缺口成了他们家难以为继的窟窿，直到“文革”后期大胖参加了工作，老崔家才停止了借钱度日的窘境。

大胖的变化也是在参加工作以后，好像是一九七〇年，那一届的毕业生全部留城，不用上山下乡了。

大胖参加工作之后，似乎突然之间长大了，开始变得心事重重，他很少有时间在街面上混了，每天早出晚归，行踪诡秘，据邻居小孩们说他在外面挂上了“货儿”。那年头，小玩闹交女朋友都这么称呼。所谓“货儿”，也说不上是什么正式的女朋友，正经的女孩儿是不会和小玩闹谈恋爱的，这些“货儿”基本上都不大规矩，随随便便找个人玩玩而已。那时的大胖已经二十多岁，又有了正式工作，拍婆子挂“货儿”也不足为奇。但奇怪的是他后来竟然陷入其中，出了一件轰动邻里的大事。

有一天深夜，门外突然传来一阵急促的敲门声，我们从梦中被惊醒。门外传来小妹带着哭腔急切的喊声：“张伯伯，张伯伯，您过来一趟，我哥出事了，出事了。”父亲穿好衣服赶忙奔向后院……

第二天，我才听说后院的大胖吃了安眠药试图自杀。当然被及时发现连夜送到医院救了回来。

那几天，大胖在后院的另一间屋里，门户紧闭，院子里气氛有些紧张，大伙都知道老崔家出了事，出了不光彩的事，人们问也不是，不问也不是，相互间见面便有些心照不宣，十分尴尬。

虽然家里出了事，但老崔却镇定自若，像是什么事也没发生过一样，每天推着自行车出出进进，铁青着脸，挺胸抬头，旁若无人。倒是别的邻居小心翼翼，谨小慎微，不知如何和他打招呼。

大胖自杀的原因很快就在邻居们中间传开了。

原因很简单：大胖参加了工作，年龄也大了，社会上混的小玩闹都成了后起之秀，大胖进入青春期，体内分泌的荷尔蒙促使他开始把心思放在交女朋友方面。据说他最后找了一个在百货商店当售货员的女朋友，搞了一段时间，对方对他的家庭和过去有所了解，人家最后提出了分手。这种打击让大胖受不了，一时想不开，便吃了安眠药打算殉情自杀。

大胖没有死成，从此却坏了名声，一个在街面上混的小玩闹，讲的是义气、信誉，讲的是白刀子进去，红刀子出来，为朋友两肋插刀。宁死不屈、宁折不弯、跺脚乱颤、威震一方的汉子，如今却为了一个姑娘要寻短见，这在一些小混混的眼里，实在是太丢人现眼了，实在是太让人看不起了。大胖的所作所为太不爷们儿了，太给小玩闹栽面丢脸了。从此，大胖在朋友圈子里已无任何威信可言，他的名声彻底臭了。

家里出了这样的大事，老崔似乎视而不见，他该怎么生活还怎么生活，好像闹自杀的不是他的儿子，好像自杀也不是什么了不起的丑事。

平时回到家，茶水就有人给他倒好了，他啜着茶，抽着劣质的烟，只要天气许可，他总是坐在院里。在家里，他只有对小妹有点笑脸，有时说笑着逗逗小妹开心，不知哪句话说得不当惹小妹不高兴了，老崔还得赔着小心哄上两句。这父女俩给人的感觉关系超乎寻常。

果然有一天，小妹便躺在了床上，脸色蜡黄，面带愁容，据说是身体不舒服。老崔家的气氛显得异常沉重而紧张。崔娘像老妈子一样小心翼翼地伺候着，端茶倒水，嘘寒问暖，无微不至。老崔也比平时回来得早了，手里还买些点心什么的好吃食。小妹理所当然地享受着家人的照顾，似乎还不太领情，对老崔也是连正眼都不瞧，爱理不搭的，故意冷淡。看得出，父女俩之间一定发生了什么不愉快的事情，到底是什么不愉快的事，别人就不得而知了。

后来传出了一点神秘的信息，小妹那几天的不舒服，据说是做了人工流产，她成天在家待着，泡病号躲避下乡，又没有任何工作。平时基本上大门不出二门不迈，和谁能弄出这种见不得人的事哪？人们猜来猜去，怀疑的对象只能是老崔。后来据可靠的信息传言，老崔长期霸占着自己的女儿，小妹成了她爸爸玩弄的女人。

出了这件事不久，老崔家突然间搬走的，似乎是一夜之间，他们家从院子里蒸发了。从此，邻居们再也没有关于他们家的任何信息。

时隔四十多年，如果老崔还活着，年龄应该在八十岁以上，但我更愿意相信他已经死了，像老崔这样的人，我以为，活着真不如死了！

玩伴小凤

小凤是老院邻居肖家的独子，当年十来岁，人长得浓眉大眼，中等个头，粗壮结实，算是比较漂亮的孩子。

老肖家住楼上左手阴面的一间房。一家三口，夫妻俩带一个孩子小凤，属于双职工独生子家庭，这样的家庭即使在四十年前的城市也不多见。

男主人肖伯伯在一家服装厂当工人，性格开朗，大大咧咧，爱说爱笑爱热闹，对邻里之间家长里短的闲事不怎么介入。

他没事爱喝两口酒，那年月人们的收入不高，平时能喝得起酒的人家不多，况且白酒只有在逢年过节的时候每户才能供应一瓶。肖伯伯平时常能抿上两口小酒，说明他们家的生活条件要强过一般人家。两口人上班供养一个孩子，相比之下，家庭负担不重。

肖伯伯待人和善宽厚，脾气温和，从来没见他着过急，红过脸，整天乐乐呵呵，院里的孩子都愿意上他们家去玩。

肖婶当年四十岁出头，瓜子脸，黑而瘦，个头不高，眼睛不大，而且白眼珠大，黑眼球小，让人见了觉得和一般人不一样。

肖婶的特点是爱说话，像个活蹦乱跳的小鸟成天叽叽喳喳说个没完。爱说话总得找诉说的对象，所以她爱串门子，在家里待不住，没事就到邻居家坐坐，谁家的事都打听，谁家的事都议论，谁家的事都掺和。院子里每一家人的大事小情没有她不知道的，张家长李家短，三个蛤蟆六只眼，说起来就像老太太的裹脚布，老头子撒出的尿，絮絮叨叨，没完没了。打听完了心里藏不住，没事就传老婆舌头，挑了东家挑西家，捕风捉影，添油加醋，唯恐天下不乱。

“你知道老郭家的儿子为什么被逮起来的吗？”

“张伯伯，老崔家的煤筐放在后院不是占你们家的地方吗？他就是欺软怕硬，你今天迁就他，明天人家会骑在你头上拉屎。你可不能不做声呀！”

“王婶，听说了吗？后院小妹做了人流，她肚子里的孩子你猜是谁的吗？说出来吓你一跳……”

肖婶每天的生活内容就是东家蹿西家挑，哪一家要是平平安安踏踏实实过日子，从她这就过不去。凭什么，凭什么他们家就不能出点乱子。

表面上肖婶和院里每一家的关系都不错，背地里哪一家的坏话她都说过，当然除了老崔家。老崔是院里的一霸，横行乡里，远近闻名，别管她心里服不服，至少表面上不敢得罪老崔家。院里的邻居都知道这个女人是刀子嘴蛇蝎心，谁也不敢得罪她，如果说老崔是大街上人见人怕的地头蛇，那肖婶就是小院里人人提防的女魔头。这个女人的厉害就在那张嘴上，能说会道，里挑外撅，心眼不好。

老肖家的独生儿子叫小凤，像个女孩的名字，后来才知道，敢情这凤古时候是雄性，传说中的百鸟之王。

小凤长得胖而壮，也许是家庭条件好，营养过剩造成的，那时候独生子女的家庭不多，父母挣钱养活一个孩子，条件相对比较优越，吃得自然比一般家庭要好。

小凤长我两岁，在老院门口的邻居孩子中，他明显要比我们生活得好。那时候供应紧张，许多食品要凭本凭条供应，即使是猪肉也是有定量的，小凤家供应的肉不够吃，就偶尔用红烧肉、午餐肉的罐头来补充，他还时不时地有饼干点心之类的好东西吃。这些东西，对我们一般家庭的孩子来说都是些可望不可即的奢侈品。就拿罐头来说，小时候我就听说过，在商店里也见过，但是从来没吃过。不过小凤算是个厚道孩子，基本上不在同伴面前故意炫耀。

由于是双职工家庭的独生子女，父母白天上班，小凤就得自己照顾自己，他的生活能力明显强于我们同龄的孩子，就像个家庭小妇男，能干各种家务，买菜做饭，洗洗涮涮，一般的家务活都不在话下。

那时候，父亲经常拿我跟小凤比："你看看人家小凤，多能干，多顾家，你也向人家学学，替家里干点活儿。"

学什么呢？学他成天在家里婆婆妈妈地干各种家务？幸亏我没向他学，我自信除了当老实孩子干家务以外，我哪一点都比他强，强出不少呢！

小凤虽然比我大两岁，但是有点娇生惯养，用现在的话说，有点"宅"，多数时间待在家里，或是在院子里，在外面疯玩的时候少，与同龄的孩子比，他接触的人不多，知道的事也有限。我那时常住姥姥家，一周只有到周末才回自己家住一两个晚上，在老院的邻居孩子之中，和小凤的接触应该是最多的，我们俩在一起玩，倒是他听我的时候多一些。

二十世纪七十年代，即使是在大城市，一般的家庭也都比较贫穷，很少有家长肯花钱给孩子买玩具的。我们娱乐的主要方式便是凑到一起在户外玩各种游戏，诸如弹球、拍毛片儿、砍柴儿、弹杏核儿、推铁环、砸娘娘、跳房子、捉迷藏等等。我接触的玩伴基本上都是普通家庭的孩子，踢球打弹、磕着撞着都没事，娇生惯养的孩子我们玩不到一块儿，也不敢带人家一起玩。相对而言，我们野惯了，但皮实坚韧，生冷不忌，耐热抗寒，水火不避，痛痒两便，就像地里疯长的野草，没人管没人问，但一样顽强地生长，自由而率性，健康而快乐。小凤不一样，小凤是独生子，家里像宝贝一样宠着惯着，生怕在外面受一点委屈，很少到街上玩。我和小凤能玩到一块儿，是因为人家总有新鲜的玩具和小人书，这是吸引我的主要原因。

当时，在计划经济的条件下，许多东西要凭票证购买，生活在大城市，温饱一般不会成为问题，至于其他的额外开销基本上就谈不到了。好多一般家庭没钱买的玩具、食品我都是从小凤那知道的，比如我们玩的手枪都是自己用木头做的，拿根小锯条一点点锯好，抹上黑墨，虽然不值什么钱，但我们玩得兴致勃勃。人家小凤当年就有一支铁制的打火石的小手枪，扣动扳机，不仅有响，而且还“突突突”地冒出小火星。这支枪不仅罕见，很可能还价格不菲，我们是连见都没见过。

小凤虽然有高级的铁制手枪，门口的孩子却不愿和他一起玩，以前玩完以后，小凤受了欺负，肖婶必定带着孩子到邻居家里告状。一来二去，小凤就成了孤家寡人，除了院子里有限的几个小孩儿，街上附近的伙伴很少有人再愿意和他在一起玩儿。

我一周才回去一趟，也许在大人们的眼里，还不算太野的孩子，而且在孩子中算是见多识广的吧。一回到家，小凤必到家里来找我，在我众多的玩伴中，小凤算是关系比较好的一个。

我第一次看见燃放烟花就是在小凤他们家。

那时候孩子过年时家长至多给买上一二百响的小鞭炮，烟花极为少见，别说市面上难得一见，就是有也买不起。

小凤他们家条件好，父母尽可能满足他的要求。烟花那年刚上市，老肖家就买来给孩子玩。人家花了钱，要与邻同乐，晚上把我们院里的几个孩子召集到他们家，关上灯，在木板地上点燃，不大一会儿工夫，几个烟花就放完了。记得有一辆纸做的小坦克礼花，喷着五彩缤纷的火焰前行了一两米，这种简易的烟花在当时看来真是神奇无比，不仅令人大开眼界，也让我们心生羡慕。放过的废烟花也不扔掉，留着还可以当一个简单的纸玩具。能让我们一睹烟花的燃放，小凤的得意与骄傲溢于言表。冲这一点，我当年就曾立志将来长大了结婚只要一个孩子，让他也享受独生子女的待遇，过年时可着劲地买烟花放爆竹，以弥补他爹小时候的遗憾。

小凤显得有些孤独，极少玩伴，从来没有学校的同学找过他，就像家里养的一只小猫小狗，守着那一亩三分地，整天闷在家里不出屋。只有我每周回到家的时候，他才找我玩一会儿，至于玩些什么内容我记不清了，只知道我接触的人多，比小凤的见识要广，他虽然大我两岁，却像个乡下老实孩子，对社会上街面上的许多事情都不知道，有些孤陋寡闻。

有一次说到照相，那时已经上了初中，我虽然对照相感兴趣，但是家里却买不起照相机，可是我有许多关系不错的同学朋友，你有相机，他有简单的冲洗设备，几个人没事就玩玩照相洗相。那年月也没有什么服装道具，我们最羡慕的老式军服，五十年代部队的衔服——大壳帽，带肩章的那种，穿在身上威风凛凛，气度不凡。这样的衔服当年在社会上基本绝迹了，除非家里过去有当军官的，一般人家根本不可能有这样的服装。能借到这样的服装照张相那是孩子们梦寐以求的幸事。

有一次小凤看见我拿着穿衔服照的相片，十分羡慕，希望也能借来照照相。他们家有一台相机，可是他没有朋友，借不来衔服，更不会自己洗相片。我们的关系不错，既然他张了口，我就一定要想办法满足他的要求。

我说："这样吧，我有个同学，他爸爸过去是军官，家里有衔服，上次就是找他借的，可是他们家没有相机。你从家里拿相机，他从家里拿衣服，胶卷、洗相片的钱大伙一起凑。咱们约个时间，找个风景好的地方去照相。"

小凤满心高兴地答应着，让我去和同学约好。

到了下一个周末，我见到小凤，两人约好了时间地点，到时候他带着相机来找我们，我约上同学，准备和他痛痛快快地玩一次。

小凤信誓旦旦地答应着：“没问题，没问题，周二下午两点，咱们在人民公园门口不见不散！”

到了那天约定好的时间，站在公园门口，我和几个同学左等他不来，右等他不来，直到快吃晚饭了也不见小凤的人影，我们白白等了他一下午。

这就是小凤，一个娇生惯养不讲信誉的家伙，这样的孩子怎么会有朋友，怎么能让人信服。

我猜想，也许是那天他突然有什么急事来不了了，也许是家里不让他拿那么贵重的相机？但是，十几岁的高中生了，既然答应好的事，既然还是你找的我，无论如何爽了约也得给我一个合理的解释吧。

然而没有，到了星期天我再回自己家的时候，我已经懒得理他了，我在等着他来找我，给我一个解释，但是他始终没有来找过我，好像没有发生这件事一样。他比我还大两岁，已经上了高中，却还幼稚得像个孩子，一点不靠谱。我相信他不会是忘了，只是不好意思再找我。后来过了好长时间，我们在院里碰见，该打招呼还是打招呼，但已经显得隔膜而客气。他自始至终没和我解释过一句为什么失约的事，我感觉他似乎心有愧意，看见我的眼神怪怪的，像是在躲闪着什么，但又不知该怎么解释。

从那以后，我开始从心里鄙视小凤，觉得他不够意思，不像个男子汉，言而无信，出尔反尔。这样的人在社会上怎么能交到朋友呢？我们以后再见面点点头而已，连话都很少说，也不知该说什么。相互之间心里都有了芥蒂，只是不挑明罢了。其实我本来就有些看不起他，再加上这件事窝在心里，更不可能像从前一样在一起玩了，他从邻居朋友中被我彻底抹去了。

从此以后，我很少回到老院，即使是周日也不愿回去，我的同学朋友都在姥姥家附近，那里才有我的快乐。而老院，随着年龄渐长，我开始对那里的人和事心生厌烦，极度厌烦，没有一个让我留恋和怀念的人，即使是曾经的玩伴小凤。

高中毕业后小凤顶替他母亲参加了工作，在一家商场当售货员，早早地过他平安而平淡的小日子！不久，我们也搬出了噩梦般的老院，和小凤失去了联系。

于家小杰

老于家住在楼上右手的一间阴面房，与老肖家对门。也是一个三口之家，夫妻俩的年龄与老肖两口子相仿，都是四十多岁，可是孩子却小很多，至少差上七八岁。

老于中等个头，国字脸，人长得白净，头发总是梳得整整齐齐，油光可鉴，穿着打扮利利索索，一看就是一个极爱干净的男人。和常人不一样的是，即使是夏天，他手上也戴着一双雪白的手套。

老于还有一个明显的特点，就是似乎天生不会笑，总像是和谁在赌气，在较劲，整天阴沉着脸，皱着眉，低着头，郁郁寡欢，下班无声无息地回家，碰到邻居多数情况下装作不认识，低头侧身而过。他的行为举止显得有些怪异，阴沉少言语，偶尔说句话，倔得人像是要打架。他每天回家必做的一件事是把他的自行车搬到楼上，那辆自行车至多也就是五成新，却总是擦得锃光瓦亮，一尘不染，老于戴着白手套，一手扶把，一手提着后车架，娴熟地搬上搬下。

每天除了早出晚归，院子里基本上见不到老于的身影，一年四季他都闷在家里，三伏天，奇热无比，邻居们晚上大多出来乘凉，拿个大蒲扇小板凳在院门口围坐在一起聊天，这里面从来没有老于的身影，院子里显示他存在的唯一信息大概就是他打孩子。

老于的老婆我们叫于婶，身量不高，身材粗胖，丰满的圆脸上布满横肉。于婶吸烟，似乎是除了吃东西，她的嘴上总是叼着一支烟，手指和牙齿也因此被熏得黑黄。也许是长年吸烟的缘故，她的嗓子有点沙哑，爱说爱笑，性格开朗，张开嘴一颗金牙灿烂夺目，走起路来抬头看天，趾高气扬，颇有男人气概。人们常说：昂头婆子低头汉，这两种人最难斗。老于家这两口子正是这样一对，男人阴气盛，女人阳气足，举世无双的绝配！

老于的孩子叫小杰，大锛头，小眼睛，奇丑无比，从他身上看不到父母的任何一点遗传基因。

小杰那时候上小学，不仅长得丑，而且还人嫌狗不爱，十分让人讨厌，按说这么大的孩子总该有几个玩伴，但是他在门口却连一个朋友也没有。院里的孩子大的大小的小，没有和他年龄相仿的，自然找不到玩伴，门口街坊差不多大的小孩倒是不少，可是小杰平时不敢出院子，出了院，附近的孩子就欺负他。

有一回，小杰出去打酱油的一会儿工夫，回来脑袋上就让人打了个包，包是被弹弓射出的泥球打的，谁干的？为什么？没人知道，肯定是有人躲在暗处琢磨他。

小杰捂着脑袋哭着回到家，气急败坏的于婶拎着孩子站在院门口破口大骂，爷爷奶奶祖宗八辈骂了个够，直骂得口干舌燥、精疲力竭，但就是没有人出来拾碴。但是没过几天，小杰在学校门口又让人打了。

说起于婶的骂功，那是十分了得，什么脏话、狠话、恶话、毒话，都能骂得出口，而且连续骂上一个钟头，内容不带重样的。

“你个挨千刀的小杂种，你个有人养没人教的王八蛋，有本事你逼养的站出来……”于婶找不到发泄的对象，只能漫无目标地开骂，她那沙哑的破锣嗓子这时候出奇地好，语言组织得丰富多彩，口吐莲花，妙语连珠，亢奋异常，无穷无尽脏话从她那满口黄牙的嘴里喷射出来。

于婶撒泼骂街成了老院门口的一大风景，但是骂归骂，不仅不见功效，儿子小杰反而更被人欺负。当然下的都是黑手，孩子们怕于婶，却不怕小杰，逮住机会暗地里就会收拾他。于婶的厉害让人们变本加厉地报复到孩子身上，而小杰本身也不是什么省油的灯，小小年纪，奸懒馋坏损哪一样都少不了他。举个例子吧，老院附近有一家幼儿园，幼儿园院里有一座水池子，夏天注上水供孩子玩水乘凉用，小杰有时候偷着到幼儿园去玩，有一次，竟然往里面扔了两个煤球，把一池子水弄得黑乎乎的，看门的大爷捉住他找到家里。

小杰不仅仅是淘气，而是坏，小小年纪你都不知道他是怎么想的。

院里的电闸装在楼门口的楼洞墙上，他个子矮够不到，有一回踩着一张小板凳居然把电闸拉了。一时间院里停了电，漆黑一片，人们慌作一团，打着手电查找原因，最后才发现是院里的电闸让人拉了，当人们在楼道里合上电闸时，就发现小杰站在一旁若无其事地看热闹，他手里竟然拎着一张小板凳，大冷的天，用不着在外边乘凉，他们家又住在楼上，没事拿个板凳干什么。人们嘴上不说，心里明镜似的，这个坏小子，一准是他干的。果然时间不长，楼上就传出了杀猪般的哭喊声，那是老于在打孩子。

老于打孩子和后院的老崔不一样，是另一种风景，雷声大雨点小。往往老于的手刚抬起来，小杰哭天喊地虚张声势的叫声就传遍全楼，干号不落泪，嗓门之大，有绕梁三日之功。伴随着哭叫声的是老于两口子的吵嘴声。于婶粗门大嗓尖叫着阻止老于，连骂带摔，时不时地他们家就传出这种鬼哭狼嚎的哭喊声。

老于家是后来搬到院里的，时间不长，爱传闲话的肖婶就向大家报告了一个秘密：老于家的孩子小杰不是他们亲生的，是抱养的，为了躲避知情的老邻居这才搬的家。

肖家和于家住对门，于家两口子吵架的内容肖婶听得一清二楚，每次吵架几乎都听不到老于的声音，基本上都是于婶在怒骂，其中出现频率最高的一个词就是“绝户”，既然称老于是“绝户”，可想而知，那孩子不会是亲生的。

那年月，独生子女的家庭不多，按理说小杰的生活条件应该比较优越，但是和别人相比，他似乎没有任何特殊之处，吃喝穿戴都很普通，甚至还不如一般人家的孩子。酷暑三伏，小杰连根冰棍都吃不上，这也许就应了那句老话，“绝户爱财，花子惜命”。小杰不是亲生的，是收养的，父母自然不舍得为他多花钱。

老于家的楼下就是我们家，租界地的老楼房大都是木制的地板，隔音效果差。我小的时候，楼上总是叮咚叮咚地发出各种响声，父母为人老实，谨小慎微，长年忍受着楼上杂音的干扰，不敢说一句话。有时候晚上楼上传出咚咚的拍球声，夜深人静，吵得人不得安宁。我几次要跑到楼上去制止，都被胆小怕事的父母拦下：“你别找麻烦了，谁家过日子没有点响动，住在这院里就得忍着，咱们谁也惹不起。”

的确，这院里的邻居极少善良之辈，极少正经人家，但是我不怕，我逐渐长大，目光中有时透出不屈的野性和敌意，这，已经让有些人感到了威胁。但是我不想让父母为难，在这个院里他们好像是异类，任何事不参与，任何人不得罪，即使这样仍然被人欺负。比如，后院的老崔家加盖了小房，遮挡了我们家的阳光；晒在前院的毛巾不见了，后来却在别人家被发现等等。

对付老于家只能是父母不在家的时候，再遇到楼上大声响动，我找过两次，不仅丝毫不见效，反而比找他们之前响的声音更大。后来我用木头棍绑上厚毛巾，不停地往房顶上撞，“咚咚咚、咚咚咚”，一次两次三次，终于有一天一脸横肉的于婶找到楼下：“干吗哪，干吗哪，有完没完，成心捣乱是不是？你们家大人在不在？”

我怒目斜视，一脸的不屑：“没事，撞着玩，练练肌肉。就许你们家折腾，就不许我练练。于婶，我告诉你，以后只要楼上有响动，影响我们家休息，别怪我不客气，咱们就互相折腾吧，谁也别想安生。”

“没想到，你小小年纪，心眼怎么这么坏，回来我找你爸妈理论。”

“我心眼坏都是跟你学的，欺负人欺负惯了是吧，告诉你，我爸我妈不敢惹你，我不怕！我告诉你，我忍了不是一天两天了，你们家再敢故意发出噪音，影响我们，我叫你们家一夜都别想睡觉，不信你就试试！”

说着，我把大门“砰”的一下摔上，想象得出，门外的于婶气得嘴都歪了。

于婶自然不肯罢休，事后找到母亲告状，说是你们孩子再捣乱就报告派出所警察。母亲也明白，这种邻里纠纷的小事，警察是不会管的，她只是告诉我，适可而止，差不多就得了，这院里的街坊邻居咱们谁也得罪不起。

我嘴上应着，心里却不服气。

楼上响动的频率果然少了，但有时还会持续地咚咚作响。我憋着火，趁父母不注意，拿出藏好的棍子咚咚地回应，有时候被父亲发现吓得赶忙拦住我。“你这是干吗，谁家过日子还能没点响动，这不是惹事吗？”

我不说话，父亲近乎窝囊的老实早就让我气愤难忍。人善被欺，马善被骑。父亲就像是一面镜子，我逐渐长大，绝不会像他那样忍气吞声。

我明白，虽然我的年纪还不够大，还不足以让那些恶邻感到威胁，但是从我的目光神态中，他们已经看出这是个叛逆的孩子，绝不会像他的父亲一样逆来顺受，任人欺负。

为了不惹父亲生气，我把报复的时间错后一天。转天，只要老于家白天有人在家，我就不停地撞房顶，像敲锣鼓点一样发出节奏，敲得他们不得安宁，敲得他们心烦意乱，我也让他们享受一下这种噪音是多么地难以忍受。

在我顽强不懈地努力下，老于家虽然恨得我牙根痛，但是极少再敢弄出大的响动了。从此，我见了老于家的人像不认识一样，大路朝天，各走一边，当然，人家也从不搭理我，知道这个孩子像个狼崽子，一旦长大很可能是一个祸害。

小杰不受待见，在院里和门口没有人和他玩。父母白天上班，他一个人待在家里或像耗子一样在院子里东张西望、蹿来蹿去。

有一段时间，母亲下班回来生火做饭，总是说好像家里的劈柴少了，劈柴筐像是被人动过。说一回我没理会，说得多了，我发现果然隔三岔五地家里总丢劈柴。那时候家家户户点煤球炉子烧水做饭，劈柴虽然值不了几个钱，但却是居家过日子必不可少的引火之物。我们家的劈柴筐就放在门口的楼梯下面，外面的小孩不可能进到院里这么深来偷几块劈柴，能干出这事的我分析只能是小杰，因为街上十来岁的孩子正时兴玩丢木柴的游戏，输赢的赌注就是小小的劈柴，院里的孩子正玩这种游戏的只有小杰。

我的分析应该不错，因为小杰还有手脚不干净的毛病，他偷过家里的钱买零食，被老于发现狠狠打过。在学校偷同学的铅笔橡皮也是常事。可是怀疑归怀疑，没有证据也拿他没办法。于是，我打算守株待兔，抓他的现行。

那时，我们家住在一楼，屋里比较潮，平时房门用一条铁链子锁上，门口敞开一条缝透透潮气。

有一天下午，我躲在屋子里，把铁链子挂在里面的门把手上，从外面看好像是锁上了，其实门一推就开。

听到楼上有人下楼的声音，我马上藏在门后，果然，就听有人走到我们家门口摸摸索索在翻腾什么东西，我一把把门撞开，出其不意地抓住了偷东西的手。

小偷果然就是小杰，他被这突如其来的动作吓傻了，不知所措，浑身发抖。我紧紧地抓住他，小声威胁道："小王八蛋，偷我们家木头，告诉你，我盯了你好长时间了，以后再敢偷，我就掐死你。滚！"我一脚把他踢开，小杰吓得一句话不敢说，立马跑了，从此以后，见了我大气都不敢出。

搬离老院以后，有一次遇到老邻居，问起老院的旧人，听说上了中学的小杰因为盗窃被关进了少年管教所，这是我最后一次听到有关他的消息。

发小柱子

晚上正在家里吃晚饭，突然接到电话，说是柱子刚刚走了，在朋友的聚会上，饭还没有吃，菜还没有上，他突然感觉难受，一下子滑到桌子底下，朋友叫来 120 救护车，在送往医院的路上，人就一命呜呼了。

听到这消息，我感到很惊讶，心里很不平静。人迟早是要走的，遗憾的是他走得有点早，才五十三岁。

在赶往医院的路上，我在想，柱子的状况，出点意外似乎也在情理之中，长期生活不规律，整天和一些狐朋狗友喝大酒，昼伏夜行，黑白颠倒，迟早是要出事的。

我和柱子，用北方话讲，属于“发儿小”——穿开裆裤一起长大的朋友。小时候，我们两家住得不远，上中学时还是一个班的同学。他的父母我很熟悉，都是老实本分讲理讲面的规矩人，一辈子没和人红过脸，与周围街坊邻居的关系处得都不错。柱子是家里的宝贝疙瘩，上面有四个姐姐，就他一个男孩儿。也许是孩子多的缘故，他的母亲没有工作，在家照顾孩子、料理家务，后来孩子们大了，就在家为一家工厂干点加工活，贴补家用。在我的印象里，柱子从小受母亲溺爱，任性调皮，娇生惯养。上了初中，我们同班的时候，他开始和社会上一些小玩闹混在一起，经常惹出点是非，渐渐地在周围街区有了点小名声，当然不是什么好名声，一提柱子的名字，周围的孩子没有不知道的。其实，从外表上看，柱子没有凶恶之相，白净斯文，见人客客气气，挺有礼貌，穿着打扮、言谈举止与那些晃着肩膀眸子不正的街头小混混截然不同。

据我的观察，柱子的父亲管教他很严厉，在父亲面前，柱子就像老鼠见了猫，谨小慎微，毕恭毕敬，连大气都不敢出。他的父亲面相和善，接人待物中规中矩，像过去的本分生意人，见了人十分客气，唯独对不争气的儿子，从来没有好声色。

初中的时候，我和柱子的关系不错，那时候学校开展“一帮一”结对子活动，实行就近组合，同桌或住家较近的所谓好学生与需要帮助的落后生结成对子。我和柱子结成了一对，具体帮助过他什么不记得了，辅导功课是免不了的，他经常抄我的作业。那是“文革”后期，功课不紧，学校上半天课，我们在一个学习小组，做完功课，经常在一起玩。他们家我经常去，他的父母从来都非常热情，也许在他们眼里，我算是他们信得过的规矩孩子，和柱子在一起他们放心，而社会上的人，他父亲是严禁他来往的，只要他父亲在家，柱子就像是被关了禁闭，不能出家门一步，只有一种例外，就是我们这样的同学去找他，柱子才有到外面放风的机会。

想起来不可思议，从小学到大学，我始终都当班干部，学习成绩、平时表现并不出色，也许是人缘好的缘故吧，尤其是和班里所谓的后进生的关系始终不错，那些成绩好、表现好、家庭条件优越的同学我倒不一定欣赏、亲近，这些所谓的差生虽然各有各的缺点，但身上普遍有一个特点：讲义气、不做作、不虚伪，相对的真诚豪爽，这，也许是我最看重的。柱子就是这样一个同学，不爱学习，自由散漫，调皮捣蛋，整天闲逛。在社会上结交了一些不三不四的朋友之后，有时出于哥们义气打架斗殴，惹是生非，但是他从来不欺负弱小老实的同学，也没有小偷小摸、贪恋女色的毛病，率性真诚，仗义豪爽，路见不平，拔刀相助，在学校的同学中有一点威望，有点像江湖上小老大的意思。听说他打起架来心狠手辣不要命，敢冲敢打不计后果，但具体有过哪些“战绩”，我不清楚，也许是“兔子不吃窝边草”，初中三年，柱子至少在学校没有打过架，没有什么大的过失，甚至连处分也没有过，只知道他在校外有一帮朋友，都是赫赫有名、跺脚乱颤的小混混。有时候，放了学，学校门口经常能看见三两个头戴军帽、嘴叼香烟、不三不四的小伙子在等着他。

我与柱子来往密切的时期是在四十年前的初中，印象比较深的是他犯了错误，在班上念的检查稿基本上都是由我代写的。他念完了检查，上去发言批判他的同学中同样有我，这种双重角色我不知扮演了多少回。

上了高中，柱子他们这些学习成绩不好的同学被分流到了一所普通中学，我那时也搬离了老院，从此和他的联系很少，一年难得见上一面。记不清是高一还是高二了，听说柱子因为聚众斗殴被抓了起来，判了刑，具体原因不清楚，只知道是用刀子捅伤了人。

在他进监狱的那几年，每年春节的初一我都带着几个同学到他们家去看望他的父母，年年例行拜年，从未中断，我们还没有世故到因为柱子入狱就断绝了来往的程度。

到了柱子家，我们好像也不大过问他的近况，免得他的父母伤心，我们大致只聊一些家常，礼节性地说一些拜年话。伯父伯母虽然情绪低落，神情木然，但是见到我们，还是发自内心地高兴。那时，我们大多上了大学，而柱子却在大墙之内，其父母的心情难过失落是可想而知的。看得出来，他的父母因为儿子有我们这几个同学而感到骄傲。印象最深的一次，有一年赶到柱子家拜年的时候，已经临近中午，他的父母非要留我们吃饭，其情之切，发自内心，绝不是虚情假意地客套，我们推脱不过，只得从命。他父亲说过一句话我至今牢记在心：“每年初一，我哪也不去，就等着你们几个同学。没别的，看见你们，打心里高兴。等柱子出来，你们一定要好好帮他！”

春节，家里的饭菜提前都做了准备，伯父又特意做了清蒸鱼，还让我们每人喝了一点酒。当年，供应紧张，鱼是罕见的贵重食物，除了年节，平时根本买不到，我们自小家里做的都是熬鱼，平生第一次吃清蒸鱼就是在柱子他们家。

柱子服刑的时间不长，三四年的样子，他从监狱出来的时候，我还没有大学毕业。记得他找过我，说是参加工作要补高中的文凭。我利用暑假给他辅导过功课，后来结果如何，不得而知。只知道柱子的父亲后来提前退休让他顶替上班。

时间一晃就过去了二十多年，这期间，柱子从来没有主动和我们联系过，后来又搬了家，渐渐地，我们就极少来往了。

再次见到他，是在前些年的同学会上。柱子明显地老了，一脸的沧桑，肤色晒黑了，头发稀疏凌乱，衣着普普通通，可想而知，他的生活并不顺遂，条件也很一般。聊天中我了解到，他早早地就下了岗，现在在一家驾校当教练，工作比较辛苦，收入也不高。

多年的老同学，我们一见如故，好像又回到了过去的时光，我调侃地问他：“那些年，我们年年去看你的父母，你出来了反而不和我们联系了，你做得太不对了。”

柱子不善言谈，嘿嘿地笑着说：“我从心里感激你们，爹妈前几年活着的时候经常念叨你们。可总觉得你们都混得不错，我活成这样，没脸见你们。”

他说的是心里话，三四十年前，知识还能改变命运，上没上大学，生活的境遇有很大的不同。和别的同学比起来，各方面条件不如人，心里有些自卑也是可以理解的。

我无所谓地说："都是老同学，什么混得好的坏的，你想得多了，我们谁也没有看低你。"我发现，多少年以后，一起长大的同学，脾气秉性都没有太大的变化，柱子还是原来那样，憨厚直爽，很讲义气。

有一次我张罗几个同学小范围聚会，把柱子叫来了。他显得特别高兴，特意带来了几包高档香烟，在座的一人一包。这几个同学，相对来说境遇都不错，对柱子始终尊重客气。他坐在那，不多说话，也插不上话，时不时地斟茶倒酒。饭局即将结束的时候，我喊服务员要结账，服务员说是柱子已经把账结了。我对柱子说："不能这么办，柱子，你的好意我心领了，但今天说好了我请客，账绝不能让你结。"柱子不会客套，憨憨地说："哥几个能想着叫我柱子来，我打心里高兴，说明你们看得起我，总得给我一次机会吧。"争执了半天，我最终还是把钱硬塞到了他手里。我清楚，柱子也想找这几个同学聚会，却总是猫齐狗不齐，始终没有聚成，柱子后来有了顾虑，以为有人推三阻四不出席是不愿意和他来往，最终打消了这个念头。

论收入，论条件，柱子都不是很宽裕，但是他好面子、讲义气的性格还和小时候一样。

这几年，我们来往得并不多，一年见上一两次面，基本都是在饭桌上。他的近况，我了解一些，父母去世了，一个儿子，学习成绩不好，在外地打工。多年前，因为他出轨，老婆和他分居，他一个人住在父母留下的老房子里。这种状况，生活怎么可能有规律，他本身烟酒无度，与社会上一些酒肉朋友厮混，成天浑浑噩噩地度日。

我们虽然联系不多，但看得出来，他还是把我当作知心的老同学。针对他家里的状况，我劝过两次，言辞很激烈，让他主动认错，痛改前非，征得媳妇的谅解，过正常人的稳定日子。他答应着，嘴上诺诺，似有难言之隐。事后听说，他们的夫妻关系丝毫没有改善，他还是形单影只，踽踽独行。我感觉，平时接触不多，交往不深，他不可能和我说一些细节，他的做法肯定已经让对方难以忍受。他的老婆孩子我都没有见过，但是从他嘴里听说，媳妇对老人孩子都不错，没有对不起他的地方，两人分居的原因是他在外边有了相好。

我们始终不远不近地保持着联系，几乎从不共事，他也极少麻烦老同学，始终保持着一定的距离。只有一次他找过我，说是为他儿子上学的事托托关系。我答应了他，孩子升学是家里的大事，他既然张了嘴，我一定会尽力而为。但是等到分数下来他找我的时候，我没有为他费什么心思，拒绝了带他去找朋友的要求。我实话实说，孩子上学的事我已经打电话托付好了，朋友说孩子的分数进那所高职学校应该没什么问题。我告诉他，希望很大，不用带你和朋友见面，真有了困难再去拜访也不迟，免得白搭一份人情。柱子当时很着急，可能对我的说法有误解，以为我借故推脱不愿意帮忙。虽然他嘴上没说什么，但是从表情上看得出有一些失望。我解释了半天，他也听不明白，怏怏而去。

得到朋友告知的录取消息，我在第一时间给他打了电话，柱子听了喜出望外："我说你不是那种人吧，肯定不会看着不管的。一半天我找你，怎么谢人家听你的。"

我说："真不用谢，我也没费什么力气，对方也是例行公事，是孩子自己考上的。当初不带你去面见朋友，就是为了让你省点钱。我知道你当时可能埋怨我，我真是为你着想。"

柱子在电话里很感激，连声说："明白，明白。"

我对柱子的印象，基本上停留在学生时期，对他的近况了解得并不多。在我看来，他有自己的生活圈子，自得其乐，我们互不介入，只要还保持着小时候那种纯真的友情就足够了。但是近一两年，我却听到有关他的一些议论，说他办事越来越不靠谱，为了钱，不管不顾，什么尊严、面子、情义都可以不要了。

他在驾校当教练，有一位同学找他为孩子联系学车，钱交了一年，车没学成，他甚至连名也没给报上，几千块的费用私自花了。这位同学追问了几次，柱子谎话连篇，今天拖明天，明天拖后天，三番五次就是还不上钱，最后甚至连电话都不接了。老同学气愤已极，迫于无奈，求我从中说情。在他们看来，我和柱子的面子足，从中斡旋，可能会起点作用。碍于情面，我给柱子打了个电话，问了问大致情况，说是如果一时手头紧，我可以给他先垫上。柱子答应得很痛快："不就是这点事嘛，没几个钱，你别管了，我最近太忙，三天之内就给他结了。"

柱子没有食言，总算把钱还上了。这件事出乎我的意料，改变了我对他的看法，柱子虽然收入不高，但当个教练，维持生活应该没有问题，即使经常在外面吃吃喝喝，花费也有限。再困难，也不能用这种手段花别人的钱。

个别老同学有和他联系多的，不知什么原因，后来偶尔提起柱子，都面露不屑之色。

在料理柱子丧事的那两天，我才知道更多的情况。几个老同学都说柱子找他们借过钱，少则几千，多则几万，没有一个还上的。这些年，柱子不满足窘迫的现状，也想折腾着做生意挣点钱，但几乎次次亏本。这还不是主要的，更要命的是他参与了赌博，手里没钱，就找同学朋友四处挪借。债主追得急了，他就借新账还旧账，拆东墙补西墙，终至窟窿越来越大堵不上了。据同学讲，这几年和他来往的人越来越少，借了钱长期还不上，他也不好意思再与债主见面，有时，为了躲债，他甚至连同学的电话都不敢接，惶惶不可终日。

这次意外身亡，据说是突发性脑出血，他平时生活没有规律，冷一口热一口，饥一顿饱一顿，经济压力又大，身患高血压、心脏病，却从来不看病吃药。他的突然暴亡，看似意料之外，也在情理之中。依我看，这种生活，不过也罢。以他的能力，除非奇迹，不可能再出现转机。人一旦沾上了赌博，和吸毒无异，沉溺其中，难以自拔。人的精神、情绪受债务的困扰发生变态，四处借贷，信誉受损，最终闹得众叛亲离，走投无路。柱子的死，对他来说，也是一种解脱，一了百了，再不用东躲西藏，再不用为一屁股账发愁了。

强　哥

强哥是我当年见过的最英俊的男人，那时还没有“帅哥”“型男”之类的词，如果有，用在他身上是再恰当不过了，一米八的个头，身材矫健，不胖不瘦，肌肉饱满，肤色稍黑，目光深沉，面相坚毅，浓眉皓齿……实在找不出合适的词来形容他的体貌特征，套用一句俗得不能再俗的话说，真是帅呆了、酷毙了。当年没有那么多歌星影星新星老星，论长相论气质论身材，无论哪一项，强哥比现在的明星一点也不逊色。

他们家搬到小街上来的时候，强哥的年龄已经二十大几，好像是下乡回城，病退在家，没有正式工作，他也没找什么活干，就待在家里，算是啃老的待业青年吧。

强哥闲着没事，却很少在街上露面，和门口年龄相仿的小伙子很少来往。见了街坊邻居，无论男女老幼，总是客客气气地打着招呼，张伯王婶二大妈叫得亲切，彬彬有礼，和和气气。他见了一些熟悉的孩子偶尔还开开玩笑，周围的街坊对强哥的印象都不错：“这孩子，懂事，有家教。和街上的那些胡臭不一样。”人长得帅，又懂礼貌，还不惹是生非，这样的小伙子谁不喜欢。

强哥从来不在门口玩，他经常骑着一辆破得快散了架的“凤头”车出去，去干什么？没人知道，肯定不是去上班，因为他出门、回家，或早或晚，时间不固定，没规律。有人传说，强哥是找老门口的朋友玩去了，他的那些“发儿小”、哥们儿，都在另一个区的老院附近，小街的新家初来乍到，人生地不熟，他反倒没什么朋友。据说，在他们家原来住的地方，强哥的名气很大，威望很高，属于呼风唤雨、跺脚乱颤的大哥级人物。小街附近的那些毛头小伙子、地痞流氓、混混玩闹本来是欺生的，但是见了新搬来的强哥，个个都是毕恭毕敬、点头哈腰的。

“出去呀，强哥。”

“忙呢，强哥。”

“有事言语呀，强哥。”

强哥见了他们也是客客气气地回应着，态度平和，举止得当，既不低三下四，也不傲慢无礼。他搬到小街，从来没和任何人发生过纠纷，不打架，不吵嘴，连和人红脸的时候都没有。

二十世纪七十年代初，城里的社会治安比较差，每个街区都有一些不三不四的小玩闹，往街角路口那一站，头戴军帽，身穿衔服，盯着过往的行人，普通居民、老实孩子，他们也不招惹，遇上穿着打扮流里流气的社会青年，便斜瞪着眼挑衅似的问一句：“看嘛？有什么好看的。”对方如果不搭碴，低头示弱走过去，也许风平浪静，什么事也不会发生。如果赶上不含糊的厉害主，就会站住脚目不转睛地盯住对方回一句：“看你怎么了，你想怎么着吧？”两句话不对付，街上站脚的几个小玩闹就会凑过来。

“呵，哥们儿，嘴够硬呀，哪玩的？”这是盘道，问明对方的底细，探一下虚实，以免大水冲了龙王庙，一家人不认一家人。有共同相识的朋友，都是圈子里混的人，或是遇上了更豪横的主儿，团和几句也就过去了。如果提的人不认识，或是遇上了刚出来混的生瓜蛋子愣头青，双方话不投机，很可能就动起手来。势均力敌互不相让的，也许定个时间地点方式约一场架，比画比画。北京人叫“碴架”，天津人叫“订架”。这架一打起来可就没了谱了，可能让人“花了”（打得头破血流），也可能让人“叉了”（用刀子捅伤），最严重的还可能让人“挂了”（丢了性命），后果不堪设想。那时候，小玩闹们在街上打架，聚众群殴也好，单挑独斗也好，时有发生，屁大点事，一句话不合，一个眼神不对，都有可能引起一场恶战。这些不管不顾的小玩闹，十个不含糊，八个不在乎，争强好胜，威震一方。

我住的小街坐落在过去的日租界，街上也有这么一伙人，和看家护院的狗一样时时站在路口处，拿眼睛巡视着路人，这是他们的地盘，他们的势力范围，外来的小混混不得染指，都得避让三分。这些家门口的小玩闹，唯独对强哥，一个外来户，一个看着也是在街面混过的场面人，不仅不欺负、不挤兑，反而像老鼠见了猫，大气都不敢出。人家强哥没动一根手指头，没说一句脏话，看着斯斯文文，本本分分，老实巴交，不说不道，如何让这些横行霸道、气焰嚣张的玩闹们心生敬畏呢？

街上有人传说，强哥在他们家老门口也是一个玩闹，大玩闹，名声之大，誉满全城，提到他的名字，圈子里的人没有不知道的，现在街面上混的那些人和他相比差着辈分。别看强哥当时才二十岁出头，可是在江湖上已经算是老人了，早过了打打杀杀斗狠好勇的年龄。

强哥下了乡，回了城，如今退出江湖，金盆洗手了。他在圈子中的地位、名声，肯定也经过了一番打拼，至于有什么战绩，打过什么架，伤过什么人，进没进过局子，组织过多大规模的群殴，以及单挑独斗时身手如何，一概没人清楚。强哥搬来以后，只和近邻的孩子们说说话，远一点的小孩儿小伙儿根本不搭理，连正眼都不瞧，和街上的那些小玩闹也概不来往，更不参与。强哥好像有他的原则，既然当过大哥、“老炮”，见过世面，和现在这些小屁孩儿搅和在一起，跌份儿！栽面儿！就算是和邻居们偶尔聊几句，也是些家常话，过去街面上的那些事如过往烟云，一句也不提，那么多年，强哥从没吹过一次牛，好像他是局外人，是一个规矩本分的老实孩子。越是这样，人们对强哥越是心存一份敬重，好汉不提当年勇，真人不露相，人家那叫一个低调！

强哥没有工作，用现在的话说，在家“啃老”。他们家好像也不富裕，除了他爹的那点工资，主要靠变卖家产维持生活。

强哥的衣服大多是拾他爸爸的，布料不错，可样式老旧，穿在他身上还真是别有味道，像什么？旧社会的小资或小知，那派头、那气质和街上小玩闹的打扮大相径庭。人们猜测，他们家很可能有些家底，何以见得？强哥那时戴着一块“欧米迦”手表，虽然已经旧得发黄，表壳子发乌，很可能时间也不准，可那毕竟是“欧米迦”，瑞士名表，一般人家根本买不起。他骑的那辆自行车，深绿色的漆斑驳陆离，破得快散了架，可牌子是英国的“凤头”，那年月，骑一辆“凤头”比现在开一辆“宝马”还要气派，还要风光。人们议论，强哥他们家“趁捞儿”，有家底，过去一定有钱，只是到了“文革”，几经折腾，家底已经掏空殆尽。我注意到，那时的强哥表面上硬撑着，其实很可能已经穷得叮当乱响了，有一次我发现，他脚上穿的旧皮鞋粗看是一双，细看竟然是一只一个样。即使穷到这份上，他也是倒驴不倒架，从来不穿小玩闹们时兴的懒汉布鞋或回力胶鞋。

那时候，像强哥这么大的小伙子，经常站在门口聊天打牌，仨一群五一伙，消遣解闷，这里面从来没有强哥的影子，他有自己的圈子，能量大小，威望如何，都是传说而已。只有一次，人们领教过强哥的厉害。

有一回，小街上最有名的玩闹大庆不知怎么惹上了麻烦，引来了外面的小玩闹在街上转悠，几个小流氓像鬼子进村搜寻八路，气势汹汹、满脸杀气地到处打听大庆和他的弟兄。那两天，小街上出奇地安静、紧张，平时站在路口的大庆那伙人早就闻风躲了起来。

当年，社会上的各路豪杰都好争个地盘，比个高低，各有势力范围，基本上都在自己的家门口附近站脚。每个地方、每个街区小玩闹的特点不一样，越是贫穷落后的地方，民风越彪悍，打架越不要命，玩闹的团伙越厉害。小街地处市中心和平区，过去的租界地，住户的成分相对比较高，这里的小玩闹花拳绣腿的多，耍嘴皮子还行，真要硬碰硬打起架来，不是外面的对手。不知道什么原因，大庆他们闯了祸，外面的小玩闹找上门来要寻衅报复，平时牛皮哄哄的大庆一伙人像猫避鼠一样躲在家里不敢出屋。

这天傍晚，正赶上强哥从外面回来，他慢悠悠地骑着车路过街口，被站在那的一帮外区的小玩闹叫住。

强哥停下来，一脚支地，一脚踩车，一个为首的秃头冲他喊：“强哥，强哥，您这是干吗去？老没见您了。”

强哥见是外区的几个小弟兄，随口说了句：“噢，是你呀，二秃子，怎么大老远的跑这来了？我住这门口。怎么着，看这架势是有事呀，这是和谁呀？什么过节？”

叫二秃子的小玩闹，跑上前给强哥让烟点火，一脸媚态：“强哥，小事，我的一个弟兄让人开了（打破脑袋），说是和这门口大庆一块儿玩的，我找了两天也没见着人影，敢和咱们中山门的叫板，真是活腻了？”

强哥笑了笑：“这门口是有叫大庆的，刚出道的雏儿，小毛孩子，得嘞，有事外面闹去，别在这给我添乱。小街不是打架的地方。”

二秃子唯唯诺诺，连连称是：“好嘞，强哥，不知道您搬到这门口来了，我这就带弟兄们撤。不打扰您，不打扰您。”

强哥不再废话，骑上车不紧不慢地走了。

街上外来的小玩闹闻风而动，全部撤离。消息马上传到了大庆的耳朵里。二秃子他们不敢在小街上滋事，可事情没有了结，早晚对方会报复他们。提心吊胆的大庆当晚就托人找到强哥，送了两条烟，买了一包茶，毕恭毕敬地央求他出面了事。

强哥看也不看，闷头抽烟听着事情的来龙去脉，最后说：“我早就叠了，不掺和道上的事。可既然是邻居，低头不见抬头见，我也不能不管。你们打了人家，也不问清楚是什么人。二秃子他们你们也敢惹，都是些不要命的生瓜蛋子，心狠手辣，你们伤了他弟兄，对方吃了哑巴亏，他不报复，这面子往哪搁？以后还怎么在道上混？好在有我在这门口，街面上打不起来，可你们既然开了人家弟兄，怎么着也得表示表示。你先派个人找二秃子他们递个话，就说我强子说了，你们掏点钱，赔人家的医药费、损失费。然后亲自道个歉，看我的面儿，这件事就算了吧。”

从头到尾，强哥面没露，腿没跑，只让人带了一句话，双方握手言和，不再言战。

当年有点势力有点身份的小玩闹，时兴拍婆子架货儿找女朋友，身边带着个漂亮风骚的女孩，那是一种地位和势力的象征。强哥英俊潇洒，行侠仗义，是街面上有头有脸的风云人物，在这方面却毫无斩获，一直是形单影只独来独往。

有一阵时间，强哥的父亲摔断了腿住进了附近的医院，他天天去陪护送饭，一来二去竟然和大夫搞上了。那女的细高身材，肤色白净，面容姣好，听说还是个独生女。一个医生，还不是护士，有份让人羡慕的职业，家庭条件也不错，却看上了游手好闲的强哥，这让人太不可理解了。更令人奇怪的是，好像是那女的上赶着死追强哥，三天两头往他们家跑。

强哥交了女朋友，还是老样子，不卑不亢，不说不笑，在人面前和那女的既不亲热，也不冷淡，显得很酷，泰然自若。过了一段时间，女的怀上了孩子，肚子已经显怀，据说后来两人结了婚，只是他们家无声无息，既没搞婚礼，也没摆婚宴，强哥神不知鬼不觉地把事就给办了，从此在街上更少露面了。

二　宝

二宝，当然是行二，他上面有个哥哥，不知其名，按习惯，应该叫大宝，这个也许叫大宝的哥哥大二宝好几岁，极少在家里出现，听说是上山下乡到东北当了知青，即使春节回家住几天，大宝也很少在小街上露面，几乎不与外人接触，悄无声息，行踪莫测，像是家里没有这个人一样，邻居们对他都没有什么印象。

二宝似乎成了独生子，和姥姥两个人生活。这就很奇怪，他的父母呢？为什么人们从来没见过？街坊们传说的版本不一样，有的说死了，有的说关在监狱里。这是个敏感的话题，谁也没问过二宝，这孩子从小心事就重，敏感多疑，嘴上像贴了封条，从来不说家里的事。但是据比较可靠的消息透露，他的父母在新疆的监狱里服刑，判的重罪，说是倒卖黄金，数额还挺大。我们不太相信，以他们家的条件，破屋烂舍，有吃没喝，屋里连一件像样的家具都没有，怎么可能和黄金这么贵重的东西联系到一块儿？我们只知道，他的父母即使活着，也从来没有回来过，他就像一个孤儿，与姥姥相依为命。

老太太缠足，邋遢，衣衫不整，蓬头垢面，如果不是住在楼里，如果拄上一根木棍，如果再挎上一只篮子，说她是沿街要饭的难民也有人相信，再加上老人说一口侉里侉气的河南话，更像是验证了她的身份。老太太是典型的家庭妇女，每天围着锅台转，捯着一双小脚在院里的厨房忙前忙后，烧水做饭，操持家务。其实两个人的饭菜很简单，二十世纪七十年代初，物质匮乏，供应紧张，家家户户只能混个温饱，做饭并不复杂。可是二宝他姥姥手脚慢，动作迟缓，脑子好像也不大灵光，经常丢三落四，忘东落西，两口人的饭菜能让她忙得脚心朝上。他们家的生活条件差，不会有什么好吃食，城里的白面定量供应，他们吃的却经常是白面掺上棒子面的两面馒头，菜多以自制的咸菜为主。姥姥嘴碎，爱唠叨，不停地数落他，二宝对姥姥的态度极不耐烦，说话从来没有好声气，他不愿意在家里待着，除了上学、吃饭、睡觉，剩下的时间大部分都在街上玩。

“二宝，吃饭喽。”“二宝，回家了！”每到饭口，小街上都会传来他姥姥那种特殊口音的招呼声。这时候的二宝，多数情况都在街上玩得正欢，踢球打弹、爬树上墙、拍毛片、弹杏核、砍劈柴、推铁环……玩得兴致勃勃，意犹未尽，听到姥姥的喊声，有时他嘴上应着，身子却不动，有时干脆装聋作哑，不理不睬。他姥姥也不着急，捯着一双小脚，像撵小鸡一样，边喊边四处寻摸，直到把他喊回去为止。

二宝成天在街上疯玩，玩得昏天黑地。那时候孩子们也没多少功课，有大把大把的时间玩各种游戏，不同的季节有不同的玩法，春天砍劈柴儿，夏天挑杏核儿，秋天“砸娘娘”，冬天弹玻璃球……一年四季穿插其中的各种游戏不下二三十种。这里面从来不缺二宝的身影，他是主角，是高手，是全才，玩一项爱一项，玩一项精一项。他的话不多，但是爱动脑子，爱琢磨事，用心，专注，不是傻玩傻淘的那种孩子，凡事他都能琢磨出些道理，找出些窍门，尤其是那些挂点彩头一赌输赢的游戏，更是专心致志，全身投入。比如说砍“材儿”（劈柴），以道边为界，手持木材把对方地上的“材儿”砍上（或砍下）便道，别人的“材儿”就算输给了你。二宝手里的“材儿”，堪称“宝材儿”，硬、重、薄。硬和重，有分量，砍别人木柴的时候力量大，别人却不易砍动他的“材儿”；薄是为了能贴在地面上，比较稳，对方从侧面接触“材儿”的面积较小，不易砍中，这是后来他告诉我的制胜秘诀。砍“材儿”这一项，二宝是小街上当之无愧的最大赢家，他们家烧火的劈柴几乎就不用花钱买，全是他赢来的。当年他狂到什么程度，玩的时候带一个小布袋子，赢一块劈柴往袋儿里装一块，一下午能把布袋装满。木柴除了拿回家点火，有时他也和小伙伴换零食吃，糖呀豆呀，甚至冰棍，有不少就是他用战利品换来的。他们家穷，二宝没有零花钱，只要是挂彩赌博的游戏，他就格外有兴趣，格外认真，赢得多了就换点吃食，这也许是他精于玩技的主要动力。

到了夏天，杏儿上市了，街上的孩子流行玩挑杏核儿。两三个孩子各出几枚杏核儿，藏在手里，出得多的先玩，往地上一撒，其他孩子指定难度最大的两个叫你挑，中间都隔着一个杏核儿，或者用指盖挑，或者用手指将杏核儿在地上弹出弧形，越过中间的那个杏核儿，使指定的两个碰到一起。

二宝挑杏核儿的功夫也是技高一筹，无人能比，手指的力度、角度、弧度掌握得恰到好处，他脸贴近地面，像如今的台球高手一样反复研究，轻轻一挑一弹，十有八九能挑中。

二宝手里的杏核儿，都是精心挑选好的，大小适中，打磨得油光瓦亮，每天他都能赢得盆满钵溢，两个口袋装得鼓鼓的，一个夏天能装满一箱子。立了秋，二宝将攒下的杏核儿砸开，取出里面的杏仁，把它们卖到中药房换钱，为自己挣一点零花钱。

当年街面上孩子玩的各种游戏，没有二宝不会的，没有二宝不精的。可以这么说，当年，他玩遍小街无敌手，保持着多项第一，无人能比，无人超越，而且声名远播，经常转战到别的街道上去玩。

别看二宝个子不高，又干又瘦，沉默寡言，性格内向，但是因为脑子活，心眼儿多，玩技高超，而且不耍赖，讲信誉，在小街的孩子中还挺有威望。他不光精于各种游戏，动手能力也超过常人。当年孩子们玩的“毛片儿”——用卡片纸单色印上简单粗糙的司令、工兵、地雷的图案，司令管工兵、工兵挖地雷、地雷炸司令，三者相互制约，循环往复，一赌输赢。这种东西只有小摊上卖，虽然不贵，麻将牌大小的“毛片”十张才卖一分钱，可是消耗量稍大，孩子们的零花钱有限，舍不得买。人家二宝瞅准了商机，用橡皮刻出图案自己印成“毛片”，卖给街上的小伙伴，一分钱十五张，用纸、色彩、图案与小摊上卖的相差无几，足以乱真。这么小的年纪，他就懂得经营，在玩的同时开动脑筋，获点小利。

七十年代初，社会上兴起了乒乓球热。小街附近有一家工厂，在马路边放着一块球案大小、半寸多厚的钢板，孩子们找块空地，用砖头垒成六个支柱，齐心协力将钢板抬到上面，搭成了简易的乒乓球台，台子中间用砖头隔开，权当球网。每天下学，我们都围在那打球。记得当时用的球拍都是处理的，没有海绵和胶粒的光板球拍三毛七分钱一个。即使这么便宜，二宝也买不起。但他有办法，找来一块五层的胶合板，照葫芦画瓢，自己动手做。球拍的板面锯好，做两个球拍把手前后粘上，然后用锉刀、砂纸打磨圆滑，球拍做得比商店卖的还要精致，我们看了，不由得心生敬意，暗暗佩服。这样的球拍他做过好多，低价卖给附近街道的小孩。

诸如此类的东西，二宝做过不少。印象最深的是他竟然做过一副象棋，用一根笔直的圆木棍，等距离画好，用锯条比好，一节一节地锯下来，然后将木头打磨平整，上面用红黑墨水写上“车马炮士相卒”，连棋盘都是用牛皮纸自己画的，楚河汉界，像模像样。几十个棋子做得相当漂亮，堪称手工制作的孤品，有钱都没地方买去。二宝的心灵手巧可见一斑。

中学毕业，二宝当了邮递员。街上不玩了，他玩起了自己的生意，时间不长，二宝就开始倒腾小报，先是送报卖报，后来干起了批发。那时候故事类、通俗类的报纸杂志销量很大，各种奇闻轶事、明星绯闻、凶杀大案、野史怪论，无奇不有。二宝心眼活泛，早早地下了海，先是干报贩子，然后做起了书商，雇人编书、买书号组织印刷，然后通过二渠道发行结款。当年他提着个密码箱全国各地到处跑，成年累月不回家。他姥姥那时患老年痴呆病在了床上，他的父母、哥哥始终也没露过面，都是二宝花钱雇人照顾，家里的吃穿用项从没有缺过。

有时候二宝回来看望姥姥，偶尔和街面上的朋友站在那聊天，撒一圈“555”烟，从来不倒牌子。有时候，遇到比较好的玩伴，他回家拿上一条烟，拆开了，一人手里塞上一两盒。仅从抽烟的档次上看，人们猜测，二宝一定是发了财。

问起他的生意，二宝总是那句话：“瞎混，瞎混，做点小买卖而已。”他不像有的人，穷人乍富，吹起牛来不着边际，天花乱坠，抑制不住有一种高人一头的优越感。人家二宝总是很低调，见了邻居比以前还客气、还礼貌、还周到，不停地谢谢大伙多年来关照他姥姥。

姥姥去世以后，二宝基本上从小街上消失了，他们家的房子一直空着。他在哪发财，还做不做书商，甚至在不在这座城市，人们都不清楚。偶尔提起他，老街坊们都说：“从小就觉得这孩子不一般，能干能闯，有脑子，好汉不挣有数的钱，像二宝这么机灵的人不发财才怪呢。”

二宝像是从人间蒸发，消失在人们的视线中。我最后得到他的消息是在二十年前，有一天晚上看电视，中央台的《新闻联播》报道端掉了一个制造假冒火车票的团伙，首犯的名字和画面竟然就是多年没有消息的二宝。电视中的他神情镇静，泰然自若，眼神还和小时候一样，坚毅自信、倔强果敢，眉宇间透着一股不服输的狠劲。这一回，二宝玩得有点大，可能是假书假报玩得不过瘾，竟然玩上了假车票。判了他多少年不记得了，既然上了《新闻联播》，而且是中央台，罪过应该不算轻。

二宝的结局，让我感叹，聪明终被聪明误，以他的才智和能力，如果走正道，绝对算是个人才，沦落至此，真是可惜了。

瘸　三

瘸三，当然是瘸子，在家排行老三。他的腿虽然瘸了，但不是很明显，很厉害，平时走路一条腿长一条腿短，身子有些歪斜，一扭一扭的，但绝不用拄拐，属于踮着脚走路的那种微残，像一只磕出伤疤的苹果，影响美观，但不影响食用。

瘸三的腿不是先天瘸的，小街上孩子们当初在一起玩的时候，他是活蹦乱跳跑得最快的一个，踢球打弹上树下河没有他不行的，街面上整天能看到他的身影。但那都是上初中三年级以前的事，这以后他就像一个退役的老队员，只有坐在一边看别人玩的份了。

瘸三的腿是他自己弄残的，缘于一场事故，一场轰动周边街区不大不小的事故。他也因此成了小街的新闻人物，家喻户晓，尽人皆知。瘸三被炸，传得沸沸扬扬，他付出了一条腿的代价，成为小街上所有孩子的反面教材、前车之鉴，其警示作用远远超过了任何老师和家长的说教。

事情是这样的，“文革”初期，备战备荒，城里要修一条地铁兼人防工事，以当年的技术条件、物质条件要修这样一个大工程，其难度不亚于神六登天，好在城里有一条人工墙子河，类似于过去许多古城都有的护城河，宽十几二十米，深不过五六米，市政部门决定旧物利用，把河水抽干，挖出淤泥，河床上盖盖儿，修成马路，下面建成一条宽阔的能通火车的地下铁道，战时可以作为防空洞，疏散城市人口，平时可以开通地铁，解决交通。

小街邻近墙子河，挖出的淤泥黑乎乎一片摊在岸边，经过自然风干再拉到郊区当作肥料。墙子河过去是一条排污河，沉积着这座城市上百年的屙尿粪便、生活垃圾，平时污浊不堪，臭气熏天，当然，淤泥中除了藏污纳垢，也夹杂着少许破碗残罐废铜烂铁之类的东西，据说有人甚至从烂泥里捡到过一块金条和其他值钱的东西，当然，即使真有人捡到了，那也是沙里淘金，难上加难，几率应该不超过中彩。小街地处过去的租界，住户当中有钱的人家不少。赶上“文革”，人人自危，如惊弓之鸟，为求自保，胆小怕事的人家趁着夜深人静往河里扔点值钱的东西也是司空见惯的事。每天墙子河边的大铲车从河里挖出淤泥，周围就会有人等着，用棍子、杆子在泥里拨拉翻弄，看看有没有什么值钱的东西，即使捡不到什么值钱的物件，废铜烂铁总是有的，卖个块儿八毛的，也不枉费一番等候的工夫。

在河边淤泥旁等候的人之中，瘸三是必不可少的一个，他每天准时随着铲车转移阵地，比背着书包到学校上课还准时。当时正赶上放暑假，他有的是时间，更没有缺勤的理由了。

瘸三他们家孩子多，生活困难，一年四季，家里除了能让他不饿肚子不冻着之外，不可能再给他零用钱，即使是上学的学杂费都是免费的。上到初三，长到十几岁，他兜里从来没有超过一毛钱的时候，大热的天他甚至买不起一根冰棍，更要命的是，他最近有了新的梦想，这个梦想对他有点遥不可及。瘸三迷上了打乒乓球，自以为打得还不错，水平几乎与那些校队的运动员不相上下。可惜他只有一个光板的球拍，不够档次，影响发挥，如果能有一个带胶粒的球拍，他觉得打球的技术会突飞猛进，大幅度提高。为此，他已经在商场柜台前反复看过好多次，这种球拍最便宜的也要三块多钱，这笔钱对于他无异于天文数字，无论如何父母是不可能给他买的，唯一的希望就是自己从河泥里捡点破烂换钱积攒着。

瘸三怀揣着梦想，把希望寄托在河边的一摊摊烂泥上，他手持一根竹竿，前面绑着个铁钩子，蹲在地上，在一堆烂泥中认真地翻弄着，不放过每一个自认为值点钱的东西。当然，烂泥里混杂的都是些垃圾，想找出点能变卖点钱的东西无异于大海里捞针，但这并不影响瘸三的执着不懈，希望总是有的，曙光就在前面，河边捡到金条的传说诱惑着他，别人能捡到金条，他就不信自己连个金戒指也捡不到。瘸三坚信，只要功夫深，铁杵磨成针，墙子河两岸住着许多有钱人，风声又紧，抄家成风，为求自保，什么东西都往河里扔，从烂泥中捡出个金元宝也是说不定的事。

功夫不负有心人，果然有一天瘸三的努力得到了回报，他从一堆烂泥里拨弄出一根尺把长的金属棍儿，形状类似于擀面杖。那是一个酷暑炎热的伏天，阳光曝晒，溽热难耐，空气中散发出一股股呛鼻的臭气，但这丝毫不影响瘸三亢奋的情绪。

他从烂泥中捡起那根锈迹斑斑的棍子，用两个手指捏住，掂了掂，挺沉，不知是铜的还是铁的，但肯定是金属的无疑。是什么东西？他不清楚，就算是一个机器零部件，卖废品也能换回一点钱，如果是铜质的，无论是黄铜还是紫铜，价格还要翻上几番，说不定能卖个三五块钱。想到这，他心里涌上一种莫名的激动，仿佛那个渴望已久的球拍就要到手了。

瘸三到附近的院子里用自来水冲了冲，把金属棍上面附着的脏泥洗掉，两手不停地搓，直到冲得干干净净，他也没搞清这截棍子到底是什么材质。年深日久，棍子在河水里浸泡的时间太长，早就锈迹斑斑，看不出本来面目。瘸三在没搞清楚金属材质的前提下，是绝对不会轻易将东西出手的，收废品的老头经常低买高卖，糊弄他们这些不懂行的孩子，如果熟铜卖了个生铁的价钱，那才叫冤大头呢。

瘸三有办法，为了弄清金属的材质，去掉表面的锈蚀，他坐在马路边上，在水泥的台阶上不停地打磨手下的金属棒，一下、两下、三下……果然，磨了几十个来回，金属棒的一头磨去了锈层，露出了里面的本来面目，是黄铜做成的，这让他心里有点了惊喜，一块这么大的废铜少说能卖好几块钱。当然，镀铜的比不了纯铜的，为了能证实它是否通体是铜制的，他打算多磨一会儿，磨到一定深度，以便卖废品时证实给老头看，免得多费口舌。

瘸三使劲在地上按住金属棒来回磨着，磨得铜棒一头热得发烫手里握不住，他干脆把棒子放在地上用脚踩住快速地摩擦，一下两下，三十五十，速度越来越快，不住地在地上反复摩擦，正当他兴高采烈、以为大功告成的当口，意想不到的悲剧发生了，就听脚下一声巨响，铜棒突然爆炸了，瘸三被炸出了好远，一条腿已经变得血肉模糊，像断了线的风筝。

后来才弄清楚，瘸三从烂泥中捡到的不是什么铜棒，而是一只废弃的雷管，在他快速的反复摩擦下，雷管受热引发了炸药，酿成惨祸。万幸的是，鬼使神差，瘸三最后用的是脚，如果低着头用手来完成这个过程，他的小命难保，小街上从此也不会出现一个走路摇摇晃晃的瘸三了。

谁能想到，瘸三为了几块钱的废铜折了一条腿，后来却因祸得福，他们那届学生上山下乡全锅端，一个不留，都到农村大有作为去了，只有瘸三，因为腿有残疾被留在城里当了售货员。

郭 大 头

大头姓郭，但小街附近的孩子都将其姓省掉，直呼其为大头。

大头无疑是说一个人脑袋大，四十年前，他那时十四五岁，不仔细看，也不觉得他的脑袋比别人大多少。为什么给他而不是给别人起这么个绰号，不得而知，无证可考。只记得当年街上的孩子和大头起纠纷打闹时，都爱念两句歌谣："大头大头，下雨不愁；人家有伞，他有大头。"大头也许不觉得自己脑袋真的大，好像对这个绰号并不介意。

大头在小街的孩子中不太合群，没人愿意和他一起玩。那时，学校里停课闹革命，即使复了学也没有什么功课。空闲的时候多，孩子们没事就在门口的马路上玩各种游戏，什么弹玻璃球、拍毛片儿、挑杏核儿、推铁环、砍劈柴等等，花样繁多，数不胜数，仨一群，五一伙，随便找块空地就能玩上半天，这里面基本上见不到大头的影子，他属于人嫌狗不爱、处处讨人厌的主儿，没人愿意搭理他，多数情况下大头都是一个人独来独往，茕茕孑立。他形单影只地在小街周围摇来晃去。

人们不待见大头是有原因的，据说他的手脚不干净，爱偷东摸西占点小便宜。二十世纪七十年代，家家户户都比较穷，也没什么值钱的东西可偷，无非是院里楼里少棵葱缺头蒜、冬天储存的大白菜少了两棵等等，街坊们怀疑的对象基本上都集中在大头身上，理由很简单，他有前科，有劣迹，虽然够不上小偷的等级，既没被刑拘也没进过少管所什么的，但是在人们的印象里，他不是个老实孩子，疑似为“白道”（小偷）中人。证据之一，大头在学校偷过同学的东西，诸如铅笔、橡皮、小人书之类的，都是些无关紧要的小物件，好像也没有现场捉赃的真凭实据，只是名声不好而已。有案可稽的实例只发生过一次，仅这一次就足以让他臭名远扬。

有一天放学，大头在学校门口的副食店转悠，趁售货员不注意，从水果摊上偷偷拿了个苹果，就在他刚跑出几米远的时候，让售货员从后面抓了个正着。当时大头无可狡辩，赃物就在他手里，无处可藏。大头偷的是个大苹果，口袋里放不下，只好用手拿着，如果换个小一点的放在兜里，说是从家里带来的，也许会逃过一劫，反正当年的副食店也没有监控摄像头，苹果是家里的还是店里的谁也说不清楚。也许是大头没有经验，也许是他太贪心，偷了个大苹果，被人抓住，呵斥辱骂一顿，然后扭送到学校。事情是如何解决的，不得而知，反正大头的名声是彻底坏了，学校门口的副食店，来来往往的都是些学生，一传十十传百，大头偷苹果的事件一时间在孩子们中间疯传。身上有这样的劣迹，可想而知，大头弄得灰头土脸，没有人愿意接近他。

大头就连走路都和别人不一样，别人走路两眼看前方，大头走路脑袋左右乱晃，眼睛滴溜乱转，像是四处寻摸什么东西，“胸中不正，眸子眊焉”，他的眼睛似乎印证了这句古语，白眼底大，黑眼珠小，不时冒出一股股贼气。

大头平时干什么，和谁在一起玩，没有人关心，没有人理会，他就像一个孤独的游魂，来无踪去无影，整天一个人在街上闲逛。

大头再次名扬小街是源于一场事故，他喝了几口火碱水，差一点成了废人。

小街的尽头临近墙子河边有一家工厂，生产自行车外胎。到了夏天，工厂因为属于高温作业，时常为职工准备一些降温的清凉饮料，山楂汁、橘子汁等等加上冰块。工人在车间干一会儿活，出来接一杯饮料喝两口，歇一会儿落落汗。铃声一响，工人们再进去接着干。那时候也没有空调冰箱之类的降温设备，清凉饮料似乎是最好的饮品了。住在工厂周围的孩子，有的和工人们混熟了，时常能得到点冰镇的饮料喝。师傅们没事就坐在厂门口乘凉，缺东少西的偶尔也找临近的街坊们挪借，下雨了借把伞，吃饺子要点醋之类的小事经常麻烦周围的邻居。作为回报，有时偷偷地给孩子们倒点饮料喝也是情理之中的事。

“去，小二，回家拿锅去，别太大呀。”张三趁班组长不在的机会，给小二盛满一锅饮料端回去。

“来，小三，喝吧，慢着点，小心别呛着。”李四端着大号的茶缸子让小三一顿痛饮。

当然，小二、小三都是周围邻居中和工人们熟识的孩子，不认识的孩子不可能享有这种待遇。那时候，人们普遍贫穷，夏天，市面上只有一种山海关汽水可买，小瓶的也要一毛五分钱一瓶，一般家庭的孩子平时根本喝不起，天热了，孩子们最多买根冰棍解解馋。冰镇的清凉饮料又酸又甜又凉又爽，大热天喝下去，从头凉到脚，那叫一个痛快。

到了夏天，工厂车间门口附近，常有左邻右舍的孩子站在不远处，眼巴巴地等着，能免费喝点饮料是他们渴望至极的幸事。

大头虽然住得不远，但是和工人们都不熟悉，够不上享受免费饮料的交情，他又不能站在街角处等着，街上的孩子们都讨厌他，不搭理他，遇上厉害的大孩子还很可能欺负他，蹦个脑门，端个下巴，打个脖溜什么的，所以他也从来不往人群中凑合。但是大头有自己的办法，他在马路另一侧更远点的地方张望，鬼鬼祟祟地往车间门口这边张望，坐在马路边上，假装系个鞋带、拨个石头子什么的，一副漫不经心若无其事的样子。等到车间的铃声一响，工人们进车间干活的当口，只要周围没有人，他立马像箭一般冲过来，端起工人放在凳子上的水杯猛喝几口，然后迅速跑开。利用这种方法，大头时常能偷喝点饮料，屡试不爽，从不失手。他自认为比别人聪明，凭着这点聪明他占过不少小便宜，偷喝清凉饮料只是其中微不足道的一件而已。

有一天下午，天气闷热，热得人头脑发胀，昏昏沉沉。大头路过车间门口，放慢了脚步，毒辣辣的太阳照在地上，人像进了烤箱一样炙热难忍。四下观瞧，街上除了厂门口坐着十几个工人外，再没有其他人。机会难得，大头不想错过，他慢慢地往前蹭，走得很慢，他心里清楚，每隔一刻钟，最多半小时，工人们就得进车间干活，只要铃声一响，门口没有人，他就能痛痛快快地狂饮一番。

铃声终于响了，工人们陆陆续续地进了车间，这时候的大头如同脱兔一般飞奔过来。与往常不同的是，他这次没喝放在凳子上的水杯，而是直奔最近处，连腰都没弯，直接端起窗台上放着的一个大茶缸子，张口就往嘴里灌，刹那间，他感到不对劲，五内俱焚，一股火辣辣的感觉从嗓子眼儿奔出，这时，他才发现喝错了东西，是什么东西他不清楚，但绝对不是清凉饮料。

“救命呀，救命！”大头拼命地喊，把茶缸扔在了地上。里面的工人听见动静，不由分说，马上把他送到了医院。

后来知道，大头这一次喝的不是饮料，而是火碱水。工人们休息时用火碱水冲刷模具，用完了将盛有火碱水的茶缸放在了窗台上。没有人故意要害他，大头每次偷喝饮料都做得十分迅速谨慎，从没有让工人发现过。

大头算是命大，火碱水的浓度不高，虽然食道肠胃被烧伤，但经过抢救，总算拣了一条命，从那以后，小街上再也见不到他的身影。据说，出了医院，他们一家就搬走了。

江 小 勇

江小勇是我小学同学中最倒霉的一个，始终灰溜溜地抬不起头来，直到小学毕业他也没有加入红小兵。本来，他的出身不错，父亲是工人，母亲是街道代表，只要遵纪守法，不出大格，就算调皮捣蛋，就算学习成绩差，早早晚晚都会让他加入组织。那时候，红小兵是全民性的群众团体，小学生没加入的凤毛麟角。

江小勇上面有两个姐姐，家里宠着惯着，有些任性淘气，再加上他长得人高马大，在同学当中就有些说一不二，霸道成性。

二十世纪七十年代，那时候社会上时兴戴毛主席像章。像章的材质、大小不一，有金属的、陶瓷的、塑料的；大的有盘子那么大，小的像分币那么小；圆的、方的、长条的，造型各异，内容相同，都是毛主席的画像。当年的像章可以说炙手可热、风靡一时、家家必有、人人必戴。

小学生更是别出心裁，我们戴的像章有大号碗口那么大，都是家里特制的。前面是圆玻璃片，中间夹着毛主席的彩色画像，后面由薄海绵和硬纸夹子做底衬，四周用塑料管裁开了封住玻璃的边框。这种像章如同一面圆镜子，同学们几乎人人都有，不过它不是别在上衣的胸前，而是用绳子穿好了挂在脖子上。我们每天戴着它上学下学，比贾二爷随身佩戴的那块通灵宝玉还要珍惜，还要神气。

记得是上小学三四年级，有一天做完广播操，老师突然宣布我们班的同学在操场上跑步。胸前戴的像章怎么办？老师让摘下来放在体操台上。同学们摘下脖子上的像章，一一放好，然后开始围着操场跑圈。跑了一圈又一圈，跑得大伙气喘吁吁、大汗淋漓，然后跑步结束，同学们回到原处去取各自的像章。

几十个同学围在那你挑我拣，乱乱哄哄。江小勇人高马大，拨开人群，冲到里面，找来找去没找到自己的那一枚像章。他的像章，上面是毛主席去安源的彩色油画，伟大领袖身穿长袍，手持一把油布雨伞，用红色塑料封边。这里面是有这样一枚像章，图案大小基本上和自己的一样，可是带子的颜色略有不同，他是红色的，而这个是紫色的。肯定是谁粗心大意拿错了。

江小勇转过身，拉住同学，逐个往同学的胸前观瞧，如果是别人拿错了也就算了，偏偏他发现自己的像章戴在了另一个同学魏大朋的脖子上，而这个魏大朋平时又与他有些矛盾，两人都是膀大腰圆，谁也不含糊谁。

江小勇走过去一把抓住他:“哎，你眼睛瞎了，戴我的像章干吗？摘下来，还我!”

本来魏大朋就憋着火要和他打一架，见江小勇用这种口气说话，岂能认输服软，他一把拨开江小勇的手，低头看了看胸前，是自己的像章，没错呀，图案就是毛主席去安源，至于带子的颜色他根本就没注意。江小勇这是要找碴打架，魏大朋当然不会给他，如果换了别人也许就换过来了，但江小勇要，口气还这么硬，他就不服这个软。

“还你，凭什么还你？你说是你的，怎么证明？我还说是我的呢。”两句话不对付，两人争执起来。

“不给是吧？不给你也别戴!”江小勇仗着身强力壮，上去就夺，一把就将像章从对方的脖子上扯下来。魏大朋当然也不是吃素的，冲过来就抢。

三扯两拽，两人扭在一起，江小勇一气之下，背过身把像章狠狠地摔在了地上，然后用脚踩了踩，“让你抢，让你抢，谁也别想戴！”只见像章被摔得粉碎，伟人的头像也被踩得破烂不堪。

见此情形，魏大朋拼命抓住了江小勇的胳膊，大声喊道：“好呀，你敢摔毛主席，还用脚踩，你反革命！反革命！”

魏大朋这么一说，江小勇彻底傻了眼，支支吾吾不知怎么解释。一时冲动，闯下大祸，证据确凿，不容抵赖。

学校的领导、老师、工宣队闻讯赶来，问明了原因，不知如何处理，找来了民警，江小勇被扣在学校接受审查。好在他年岁小，家庭成分不错，又事出有因。虽然没有被劳教收监，但在学校的大会小会上检讨了无数次，从此和红小兵组织无缘，直到毕业，他都是白牌一个，在同学中弄得灰头土脸，再也不敢趾高气扬了。

房客田老蔫

田老蔫，本姓田，不知其名，老蔫是他的外号，是说他不爱说话，性格懦弱、内向，不善交际，属于三脚踹不出屁来的主儿。这样一个老实人，后来的变化却导致了悲催的后果。田老蔫直到离开小街也没有自己的房子，仍然是一个靠租房住的房客。

小街最早拆除的房子是马家大院，那是改革开放刚刚开始、城市第一批修建新楼的四十年前。

马家大院不是平房，是前后带院的两座二层老楼。主人姓马，楼下一层六间都是他们家的房子，楼上住着四五户杂姓。

为什么叫马家大院？因为当初这座院子都是他们老马家的，可见过去马家是有钱的剥削阶级。新中国成立，老马的风光不再，买卖充公，收入大减，一家人靠变卖家产维持生活。老马将家里的房子先租后卖，只留下了一楼一底的一层几间房。周围的街坊叫顺了口，延续原来的名称，马家大院在小街上尽人皆知。

田老蔫就住在马家大院里，与别的住户不同，他住的不是自己的房子，他是这里的房客，租的是老马家的房子。房子在后楼的一楼，十几平方米，阴暗潮湿不通风，原来是老马家堆放杂物的储物间。老马过去经营茶叶，生意火爆，买房置地，家道殷实，新中国成立后买卖每况愈下，公私合营时，店铺归了国家，老马也由老板变成了职工。家里人口多，就他一个人养家，入不敷出，坐吃山空，卖了房子维持了几年，然后又将家里多余的房子租出去，以贴补家用。这样，田老蔫就搬了进来。

田老蔫结婚生子都是在这间租来的房子里，他在一家集体小厂上班，生产纸盒箱子。单位小而穷，根本没有能力为职工解决福利住房，他的收入也不高，老婆接连生了两个孩子，工资勉强用于糊口，夫妻俩也没有富余的钱买房，一直靠租房生活。好在老婆长年带着孩子住娘家，只在周末才回来和他团聚。田老蔫得过且过，不以为意。平时就经常在单位值班，单位有食堂，有床位，喝水用电住宿还不用花自己一分钱，何乐而不为。所以老婆不回来的时候，他就把家当成了旅馆，偶尔住一两天。久而久之，他也习惯了这种“单身”的生活。除了经济原因，房子的使用率不高，也许是他长期租房不买房子的原因之一。

田老蔫人很老实，本本分分，没有任何不良嗜好，不抽烟，不喝酒，在外面连个亲戚朋友也没有。在单位，每天除了干活，他脑子里就不想别的事，他甚至连打牌下棋都不会，生活平淡得像一杯白开水，少滋寡味，无趣至极。小时候，他们家极其贫困，经常饿肚子，如今不仅解决了温饱，而且娶妻生子，有一个安身睡觉的地方，田老蔫已经很满足了。

在单位，老蔫工作兢兢业业，认认真真，从不会偷奸耍滑，厂里又脏又累的活，人们第一个想到的就是老蔫。领导为了安抚他，还让他负责记考勤，说是对他的信任。田老蔫听了，心里十分高兴，几十号人的企业，领导偏偏选中了自己，这不就是重用吗？这份工作虽然权力不大，好歹也算是管理岗位，干好了说不定就有转干的希望。田老蔫信心十足，就像忠于职守的看门狗一样，一丝不苟，铁面无私，盯着每一个人的动静，一笔一笔地记在本上，谁迟到了早退了，都记得清清楚楚。有人编一些理由或给他一点小好处，想让他睁只眼闭只眼，记考勤时能放过一马，老蔫却毫不通融，秉公办事，照记不误。那时候值班没有值班费，老蔫都是自愿替别人的，大部分时间吃住在厂里，别人不愿意干的脏活累活交给他，干起来毫无怨言，即使这样，他也没混出个好人缘，死性、固执，抵消了他的老实厚道。受累不讨好，说的就是他这种人。他公正无私，忠于职守，傻干实干，监督着每一个人的出勤动向，得罪了厂里不少职工，活干了不少，却没有一个人说他的好话。

领导对老蔫这样的人也只是使用，并不真心待见。有一次，他在值班时巡夜，看见厂长屋里的灯亮着，老蔫心疼领导，心想这么晚了还在工作，我得关心关心。他提着一壶开水拿着个馒头给厂长送去。走到屋外，听见里面传来一个女工的呻吟声，那声音结了婚的老蔫能想象出里面发生了什么。夜深人静，孤男寡女，两人在屋里能干什么？他心里一清二楚。田老蔫先惊出了一身冷汗，厂长平时不苟言笑，一本正经，这个女工却风骚轻浮，不太检点，这不是腐蚀干部吗？遇到这种情况，聪明人假装没撞见悄悄走了也就算，偏偏老蔫是个死心眼，不仅偷听了好一会儿，最后还轻轻敲了敲门，把开水放在门口走了。

这件事，老蔫事后和厂长信誓旦旦地表示：“我那天什么也没看见，绝对没和任何人讲过，您放心，保证不讲……”

话没说完，厂长板着脸没好气地数落道：“你讲什么讲，你看见什么了？我们就是正常的谈心，做思想工作，你要是敢造谣生事，诬陷领导，小心我告你……”老蔫没想到好心被当成了驴肝肺，厂长不仅不领情，还记恨自己，最后把考勤员的职位给撸了，让他去干又脏又累的搬运工。

田老蔫在厂里没人待见，在家里也不受重视。他爱人在街办幼儿园当阿姨，身体弱，常住娘家。每到周末，老蔫都到老丈人家去接老婆孩子，岳父岳母跟随大女儿生活，每次见了他都没有好脸子，吃饭时，岳父和大女婿在那喝酒，岳母不停地给大女婿搛菜，老蔫就像受气的小媳妇，没人搭理，不受待见。老婆每周末回来住一天，也像是极勉强，恩赐一样老大的不情愿。老蔫无能为力，心里有火，不敢发泄，只能强忍着。一周就团圆一天，两口子还时常拌嘴，两句话不对付就吵上一架，盼了一周的好日子经常被一些琐事搅得昏天黑地。老蔫有时一个人生闷气，老婆孩子是有了，可自己的日子还过得像个光棍一样恓惶。

自打结婚就没有自己的房子，老蔫受着娘家人的数落："没本事的东西，娶妻生子，连个窝都没有，干什么吃的！"他当然想有一间属于自己的房子，可是钱呢？几百上千块钱，当年都是个大数目，两口子每月几十块钱工资，除了吃饭穿衣，所剩不多。他也没有买房的能力，时间长了也就无心再改变现状，虽然每个月五块钱的房租交得有点不值，但至少让他有了家的感觉。

房东老马是规矩本分的老实人，胆小怕事，唯唯诺诺，出来进去连头都很少抬。过去老马怎么有钱，怎么风光，人们不清楚，自打新中国成立以后老马就没过过一天好日子，整天心惊胆战，谨小慎微，见了谁都是客客气气，低三下四。相对而言，女主人马婶倒是性格开朗一些，为人热情，对老蔫一家不错。房子租了几年，房钱一分钱也没涨过，好在当年的物价也没涨，工资更是没涨，一切都好像是原地踏步，停滞不前。偶尔，老蔫回家住两晚上，热饭烧水用的都是房东的炉子，尤其是到了周末，马婶知道他们夫妻晚上带着孩子回来住，两瓶开水早早地放在他们家的门口。那年月，家家户户用的都是煤球炉子，点炉子烧水很麻烦。

两家人，一户房东，一户房客，相安无事，相处和谐，多少年没红过脸。老蔫虽然节俭仔细，从不浪费一分钱，但是到日子准把房租交过来，从不拖欠，两家人一直都是和和气气的。老蔫不爱说话，老马不敢说话，各自心安，少惹麻烦。

说话就到了"文革"，老蔫出身红五类，是造反派倚重的对象，他原本无心掺和派性斗争，可是在一次批斗厂长的会上，人人都要表态揭发，都要表明立场。老蔫被逼无奈，想了半天，在别人的挑唆下，就说出了撞见厂长与女工偷情的那件事。这消息就像往滚烫的油锅里浇了一碗水，立即就炸了。厂长竟然还乱搞破鞋，竟然就在厂里，竟然敢打击报复，竟然……本来厂长就被批倒批臭、打翻在地了，老蔫踏上的这只脚，让他罪上加罪，一顿拳脚立时把他打得满地找牙。

田老蔫举报有功，成了单位里造反派依靠的骨干力量，他就像坐上了一辆没有闸的战车，一路狂奔停不下脚来，压抑多年的性格一下子得到了释放。老蔫那时就像是变了一个人，浑身有使不完的劲，整天出来进去戴着红袖标，昂首挺胸，趾高气扬。

小街上的邻居都心生好奇，真是世道变了，一向老实巴交不说不道的老蔫怎么如同打了鸡血一样亢奋异常。倒是房东老马一家像患了鸡瘟，低眉顺眼打不起精神，成天龟缩在屋里连大气都不敢出。到了月底，老蔫的房租没有交，忍了三个月，马婶这才小心翼翼地试探着问过一回，老蔫心里早有准备，理直气壮地说："你们的房子都是靠剥削得来的，一块砖、一片瓦，都是劳动人民的血汗，早就应该物归原主了。这个时候你还敢提房租，还想不劳而获，还想继续剥削我呀？"马婶碰了一鼻子灰，吓得目瞪口呆，不敢再言语。

拒交房租，两家的关系骤然紧张，老马家大人孩子都敢怒不敢言，心里有怨气但又不敢发作。老蔫的老婆看不过去，劝他道："住人家的房子哪有不交房钱的道理，你亏心不亏心呀，这么住着我心里不踏实，要不你就和老马商量商量，咱们干脆买下来得了。"这时候的老蔫脾气见长，顶撞媳妇道："你懂什么？现在到处都在压缩房产，多余的房子老马就得交出来，让我这时候花钱买，门都没有！"

老蔫一不做二不休，很快找到房管站，逼着老马交出所有的房地契，办理相关手续，从此以后，他把房租交到房管站，以为住上了国家的公产房。

老蔫在单位表现积极，又是多年的无房户，有一年赶上分房，论条件他可以分到一间远一点的房子，但前提是得交出现有的住房。老蔫考虑来考虑去，分的房子还是一间，地点又远，孩子上学不方便，不如放弃，等待下一次机会。就这样，他继续住在马家大院。

让他没想到的是，“文革”结束，开始落实政策，老马家的孩子都已长大成人，谈婚论嫁，自然想要回属于自己家的房子。为此马家的孩子和老蔫发生过几次冲突，连吵带闹，赶他不走，最后竟动了武。老蔫势单力薄，被打得鼻青脸肿。事情最后闹到了法院，几经审理，判决下来了，房子确系是被强占的“文革产”。国家有明文规定，房子应该无条件地退还原房主，但是考虑到老蔫一家又无处可去，经协商，每个月他必须付给老马家房租，直到找到住房为止。

老蔫立时就傻了，“文革产”？折腾了半天，敢情房子还是人家马家的。转来转去，生活又回到了原点，他年过四十，房无一间，地无一垄，还得继续当他的房客。在单位，田老蔫成了被清理的“三种人”，分房的机会错过了一次，永远没有了第二次，本来收入就不多，每个月还要交一笔可观的房租，老蔫这一回算是彻底蔫巴了。

老话说得好：“屋漏偏逢连阴雨，行船又遇顶头风”，老蔫命运不济，倒霉事一件接一件，法院的官司判下来没两年，旧城区改造危旧楼房，马家大院被列为拆除的第一批。那时候还没有商品房，旧地重起盖新楼，老住户按房本面积登记，老蔫没有任何手续，成了无房户。他找遍了所有相关的单位申诉反映，但是毫无结果，房子本来就是人家老马家的，他始终都是租住的房客，还迁房根本就没有他这一号，没办法，他只能卷铺盖走人。

老蔫虽然也疯狂过一小段时间，但说到底骨子里还是个老实人，他不会无理取闹赖着不走，他当不了“坐地炮”“钉子户”，唯一的办法就是接着再租房子。

马家大院还没拆迁，老蔫就早早地搬走了。临走时，他像是落荒而逃，和任何邻居都没打招呼。

算　盘　王

算盘王住在我们家楼上，原来一层楼的五间房子都是他们家的，新中国成立后家境败落，卖了两间，租出去一间，自己住两间。

四十多年前，算盘王已经是六十多岁的老人了，中等个头，身材粗壮，一头的白发像秋天里的芦花。他的眼睛大而黑，再戴上一副瓶底一样厚的高度近视镜，显得眼睛黑亮无比，炯炯有神。胖嘟嘟的脸，肤白细嫩，时常堆满笑容，显得和善可亲。

他爱说爱笑，粗门大嗓，见了谁都爱乐呵呵地聊两句，自来熟，人来疯。邻居们都说，这老头，心宽体胖，没见人家有发愁的时候。

算盘王喜欢孩子，给我印象最深的是，他身上好像永远都装着糖块，见了邻居家熟悉的孩子，逗逗笑笑，就像变戏法似的随手拿出一块糖，大白兔、黄油球、高粱饴什么的。

“来来，让爷爷抱抱，握握爷爷手，活到九十九。”然后递过一块糖，大人孩子都喜欢他。

他为什么叫算盘王？据我所知，他除了姓王，前面之所以冠以“算盘”两字，是因为他打得一手好算盘，又快又准。新中国成立前他在全市的一次珠算比赛中拿过大奖，号称全城的三把铁算盘之一。过去年轻人学买卖，打一手好算盘，是最基本的看家本领。算盘王得此绰号，可见他打算盘的功夫十分了得。

算盘王爱说爱笑，也许和他过去的职业有关。新中国成立前他是一家布店的老板，每天招揽生意，迎来送往，能说会道，见什么人说什么话。那双拨拉算盘珠子的胖手挣下了不小的家业，当然后来也给他带来了不小的麻烦，不仅家产被没收，很可能还免不了受几顿皮肉之苦。可是算盘王很乐观，每天乐乐呵呵，爱说爱笑，声音洪亮，底气十足，从没见他有愁眉苦脸的时候。

他的爱人我们叫王婶，是个不言不语、秀气沉稳的中年妇女。据说是算盘王的小老婆，大老婆也住在隔几个路口的小街上。算盘王新中国成立前在外面置了外宅，一条街上住着的大老婆居然好多年被蒙在鼓里，可见他的精明周密有心计，非一般人可比。当然，纸里包不住火，时间长了，外面养着个女人，原配大老婆最后还是知道了。让人想不到的是，大老婆并没有因此和他闹翻，睁只眼闭只眼，任由算盘王两头跑，排班住。大小老婆之间好像也没有什么纠纷，两家相安无事，和谐共处。有时，他还带着大小老婆一起逛街下馆子，其乐融融，自由自在。直到新中国成立了，实行一夫一妻制，算盘王必须做出二选一的决定，出于无奈，他这才和缠小脚的原配大老婆离了婚，光明正大地和小老婆一起生活。但是他和大老婆离婚不离家，隔三岔五像走亲戚一样过去看看，经济上自然也多有关照。

王婶据说是从堂子里接出来的，尽管那时候我们还小，又处在禁锢年代，但堂子里出来的人是干什么的我们一清二楚，出卖肉体和男人乱搞，反正不是什么好东西。王婶却怎么看怎么不像这种人，她的穿着打扮、举止言谈一点也没有风月场中的痕迹，慈眉善目，稳重端庄，丝毫没有妖冶媚艳之气，几乎听不见她说话，即使偶尔说两句，声音也小得像蚊子叫一样。这和我们想象中的那种人根本对不上号，倒像是知书达理大宅门里出来的大家闺秀。

算盘王两口子带着一个上初中的独生子生活，从没见他们工作过，日子倒比许多人家过得滋润、惬意。何以见得？他们的宝贝儿子还在上学，手腕上就戴着一块劳力士手表，那年月，中学生戴手表的极为罕见，何况还是外国名表，他平时骑着一辆英国的“莱利”自行车，那年头，“莱利”牌进口车可以变速变挡，号称自行车中的劳斯莱斯。

俗话说“瘦死的骆驼比马大”，算盘王虽说新中国成立后被没收了财产，可毕竟家底厚实，衣食无虞。

“文革”爆发后，他们家被抄过两次，有一次我看见门口停着一辆大卡车，有几个穿着绿军装的学生从楼上大件小件地往外搬东西，成匹的布装了一垛，箱子柜子、衣服鞋帽，满满一汽车……那一阵，小街上抄家的场景经常再现。抄家的车刚要开走，正赶上他儿子骑着车回来，小伙子好奇地向邻居打探：“今天抄的谁家？前楼的还是后楼的？”

旁边一位身穿军装臂戴袖标的红卫兵一把抓住了他：“你是二楼姓王的？楼梯口站着的那是你爸爸吧？”

小伙子茫然无措地点点头：“是呀，怎么啦？”

红卫兵二话没说把他的“莱利”搬到了车上。

楼道里几个人押着算盘王，按着头，两只胳膊高高翘起，俗称“喷气式”，有人高呼口号：“打倒王某某，打倒资本家！”算盘王低着头，大声喊着自己的名字：“打倒王某某，打倒资本家，打倒……”声音比红卫兵喊得还响亮，神态表情若无其事，好像看热闹的观众，好像批斗的不是自己，是别人。

算盘王被抄了两次家，若无其事，像什么也没发生过一样，见了邻居该打招呼打招呼，该说笑说笑，处变不惊，无动于衷，我行我素，出来进去还是乐乐呵呵。租房户借这个机会不再交他房钱，算盘王也不急不恼，不打不闹，两家相安无事。一家三口没什么经济来源，不知靠什么生活。

人们发现，他们家被抄了两次，可是吃的穿的用的一点不比别人家差，算盘王有时候晚上端着土盆到远处的垃圾箱去倒，怕被人发现惹来麻烦，那里面经常有扔掉的空罐头盒。据说，算盘王那么胖的身子，一天也离不开肉，定量供应的肉票不够用，便时常买高价的罐头补充。人们私下里议论，他们家被抄了两回，还敢偷着吃罐头，哪来的那么多钱？肯定是还藏着金银财宝没被发现。

算盘王多精明的一个人，一条街上娶个小老婆能瞒着好几年，那些乳臭未干的红卫兵根本玩不过他。

眼　镜　张

眼镜张是单身，一个人住在小街上。他长得丑，一米六几的矮个头，大脑壳，金鱼眼，还高度近视，戴着一副瓶底一样厚的黑边眼镜，头发稀疏散乱，像是没拔净的野草，隐约可见油亮的头顶。

眼镜张其实有老婆孩子，只是老婆孩子不在身边，在农村，二十世纪七十年代那会儿，城乡差别很大，别的不说，单是解决不了户口就让他们难以团聚。没有城市户口，就没有粮票、布票、油票等等一大堆票证，享受不了城市居民的种种待遇，一个农村人那时候在城市根本无法生存。眼镜张娶了个农村老婆，说明他实在是无奈，但凡条件好一点的找个城市的姑娘，即使不挣钱，吃饭总不是问题。眼镜张人丑家穷条件差，父母死得早，一晃三十大几了也没找到老婆。好在他的优势是城里人，有城市户口，有固定工作，吃商品粮，挣工资，仅凭这一点，找个农村的老婆还是不费难的。那时候农村吃不饱饭的人有的是，为了活命，有的姑娘只好屈尊在城里找个条件差的男人下嫁，他的媳妇就是农村的。

眼镜张的老婆我们都见过，中等个头，长得细眉细眼，很受看，和眼镜张相比，用句俗得不能再俗的话说，那叫鲜花插在牛粪上，没办法，谁让眼镜张这堆牛粪有营养呢。

眼镜张的老婆偶尔来住过，低眉顺目，极少说话，出来进去都低着头，像欠了人钱似的躲躲闪闪的。眼镜张对老婆很好，干这干那，忙前忙后，像打了鸡血一样整天围着老婆转，走在街上甚至还牵着手，唯恐老婆让人拐跑似的。农村媳妇保守封闭，红着脸，羞答答地低着头跟在后面。后来，他们有了一个女孩，随母亲，也是农村户口。三张嘴吃一个人的商品粮显然是不够的，眼镜张养活不起母女俩，只好让他们在娘家生活，农村好歹有房住，粮食不够吃，眼镜张想办法解决。一家三口离多聚少，逢年过节都是他回去探亲，平时寄钱寄粮养家。当时眼镜张的工资也不多，年近四十熬到三级工，每个月挣四十二块五，他们那种年龄的人当年基本上都挣这份工资，不多也不少。如果夫妻俩都是城里人，都有固定工作，两人挣七八十块钱勉强可以养家，问题是眼镜张一个人挣钱全家人花，日子就显然捉襟见肘，紧紧巴巴，况且后来又添了个孩子，还是个女孩，老婆就基本上不来城里住，来了也住不开，他那间小房才七八平方米。

眼镜张一个人生活，日子很节俭，不抽烟不喝酒，在家的时候连开火做饭的时候都少，多数情况他吃两个馍馍泡碗汤喝，菜是自制的咸菜。我们那时候经常到他们家去玩，清楚地记得，眼镜张家里常备有炸好的酱油，吃饭时舀上两勺，再盛上一点猪油，用开水沏上，一碗热腾腾的汤就兑好了，然后将干粮掰开了泡在里面，就点咸菜就算是一顿晚饭，他将这种酱油汤美其名曰“幸福汤”，吃得有滋有味，大汗淋漓，相当一段时间，他每天就是喝这种自制的“幸福汤”。

平时一个人，闲工夫多，眼镜张没别的爱好，喜欢看书，记忆力好，什么《三侠剑》《小五义》《隋唐演义》《岳飞传》等等，他都记得清清楚楚。他能讲故事，这是吸引我们到他那小屋的主要原因。吃完晚饭，没事可做，孩子们三三两两地聚到他屋里，看来的人差不多了，眼镜张开始讲故事，每天一段，像在书场说书一样。他那时讲的故事已经没有武侠内容，可能是怕别人说他宣传封建迷信，主要是讲《三国》《水浒》的零星片段，甚至还有现代的《烈火金刚》《林海雪原》，他讲得绘声绘色，眉飞色舞，印象最深的一段《肖飞卖药》，堪称经典，他聚精会神，连比画带说，唾沫星子乱飞，说书的水平不亚于专业的评书演员。当然，到他那听书也不是白听，我们得替他干活，一边干一边听。他家里困难，不知从哪揽来了拆棉纱的加工活，服装厂做衣服的边角下料，一箱箱的碎布头拉回来，我们用一种特制的篦子把碎布拆成棉纱棉线，这种东西属于废物利用，当年用来擦机器，用量大，价钱低。拆棉纱用不着什么技术，只要拆得蓬松，别出现死结就行，可是这种活费工夫，枯燥乏味，一个人干极容易犯困，拆着拆着就会打盹。

眼镜张揽了这种外加工活，无非就是赚点外快，贴补家用。拆下的棉纱按斤称，一斤也值不了几分钱。要是他一个人干，一个月也挣不了三五块，发动周围邻居的孩子帮他干，人多力量大，一晚上，拆的棉纱能堆成小山一样。每天晚上七点一过，孩子们陆陆续续来到他们家，眼镜张看来的人差不多了，布置大伙干活，然后开讲。他自己手里并不干活，说是一心不能二用，手里干着活，分散注意力，故事就讲不好。当然，他也有监督别人的意思。有时候讲到精彩处，孩子们听得全神贯注，如醉如痴，手里停止了工作，眼镜张会提醒道："小二，手别停呀，边干边听，要不我也歇一会儿？"

大伙正听得兴致勃勃，小二的怠工会立刻引来别人的不满："你干不干，不干别在这屋待着。外面去！"然后央求着眼镜张："后来呢？后来怎么了？小二，快干！麻利点。"

眼镜张讲故事和说书的有一点不一样，孩子们和他能交流，讲着讲着，有不明白的，可以提问："吕布怎么那么牛，刘备哥仨都打不过他，他怎么最后还被捉住了？"眼镜张会耐心地解释。他讲的《三国》《水浒》都是一个人一段故事，打乱了书上的情节。有时候，孩子们听腻了历史故事，让他讲点时髦的、刺激的，眼镜张偶尔也会来一段《梅花党》《绿色尸体》之类的惊险故事。那时候，我们都十分佩服他，怎么知道得这么多？难怪他的脑袋比别人大一号，这些故事，光看书不行，看了得记住，记住了得说出来，说出来还得精彩吸引人，这才是本事。别看眼镜张五短身材、其貌不扬，可是人家有才，肚子里有货，让他当工人真是耽误材料了。

小屋地方小，听他讲故事的人越来越多，屋子里挤不下，有时甚至坐在了楼道里。眼镜张想出了一个办法，每天散场的时候，每个孩子带一包布头回去，转天来的时候交上拆好的棉纱，谁拆得多谁能享受坐到屋里的特权。那时候家长不太管孩子，只要不在街上乱跑惹祸就行，眼镜张廉价使用劳动力，让孩子为他干活，可毕竟孩子晚上不到处乱跑，就坐在屋里听故事，他讲的故事又没有诲淫诲盗毒害青少年的内容，替他干点活也就没人计较。眼镜张用讲故事的方式增加了产量，上交的棉纱数量应该不少，实话实说，他也挣不了太多的钱，如果这种活足以养家糊口，他会把老婆孩子接回来一起住。

听眼镜张讲故事成了我们当年必不可少的生活内容，每天，吃过晚饭，丢下饭碗我们就火急火燎地往他屋里跑。他就像一块巨大的吸铁石，将我们这些铁钉铁屑吸引到他身边。我们来的时候，多半时间，他正躺在床上戴着耳机在听收音机。他的家虽然没什么像样的家具，但是有一件东西让人刮目相看，一台漂亮精致的收音机，比砖头大两圈，带着黑色的皮套，天线抻出来足有半米长。回到家，眼镜张除了看书说书，就是听收音机。我们心想，难怪人家脑子好，知道那么多东西，平时不闲着，在不停地补充知识。

有一回，我们来早了，门没锁，进屋的时候，他却不在，可能是到楼道上厕所去了。只见他的床上放着一台收音机，暗红色的指示灯还在一闪一闪地亮着。这玩意儿当年也算是一件稀罕物，不是家家都买得起用得起的，况且眼镜张的还是带天线的那种高档收音机。不知是谁手欠，拿起了收音机，拔下了耳机上的插头，只听里面传来柔美悦耳的声音：“这里是自由中国之声，在中华民国台湾台北播音……”很明显，这是敌台，台湾对大陆的广播。我们几个人吓得面面相觑，不知所措。谁都清楚，偷听敌台是犯法的，重者被抓坐牢，轻者接受审查。眼镜张胆大包天，竟敢偷听敌台。这么高级的收音机我们谁家也没有，也不敢随便乱动，就那么愣着等着，一动不动，心惊胆战，心慌意乱，好在收音机的声音不大，不至于传到楼道。

眼镜张进到屋子，见我们听着广播，脸色变得煞白，赶忙上前把它关掉。片刻，他转过身来说：“倒霉孩子，谁动的，怎么我听着新闻，你们拨到短波上了，那是敌台，不能瞎听！知道不？”毕竟是老奸巨猾，他一下子把责任推到了别人身上，“警告你们，到外面可别瞎说，反正我没听，不定是你们谁拨弄错了。记住了，谁也别说！反正我去厕所了，你们几个可都听见了，让别人知道了，追究起来，你们一个也跑不了！”我们连连答应着，心里扑腾腾地乱跳。

这件事过去以后，大伙心照不宣，都明白眼镜张晚上在听什么，没有证据，和他也没有过节，谁也没有去举报，可是心里害怕，谁也不敢再找他听故事了，偶尔碰面的时候相互间都有些尴尬、异样。当然，不听故事，棉纱也不拆了，眼镜张小屋的门从此关得紧紧的。

大 毛 笔

大毛笔不是物件，不是写字的工具，而是一个人的外号。他姓甚名谁，小街上没有几个人知道，周围的邻居背后都叫他大毛笔，蔫坏阴损的淘气孩子故意把声调降低，“笔”读作“逼”，“大毛笔”读成了“大毛逼”，私下里取笑他。当然，大毛笔并不知情，既然知道有人叫他大毛笔，以他的性格脾气也不会着急上火，这外号没有什么贬义，他没有和人翻脸的道理。

其实，人们叫他大毛笔，是有来由的，一是他长得又高又瘦，一米八的个头，细胳膊细腿细身板，像一支细长的毛笔；二是他的毛笔字写得好，远近闻名，誉满小街。每到春节，亲朋好友、同事邻居都求他写一副对联，“忠厚传家远，诗书继世长”“人勤百业旺，家和万事兴”之类的喜庆话。到了“文革”，顺应时事，他写的多是一些时髦的流行词语，“幸福感谢毛主席，翻身不忘共产党”“春风杨柳万千条，六亿神州尽舜尧”等等等等。写得多了、熟了，那几个字果然越加遒劲有力、雄健洒脱，他当年是书协的理事，在人们的眼里，这无疑就是书法家。大毛笔在街坊当中人缘不错，凡是求他写字的事一概应允，从不拒绝，关系不错的街坊邻居，到了年节他甚至会主动送上一副字联。

大毛笔当年四十岁左右，却没成家，和老娘两个人相依为命。他的娘有残疾，驼背，腰弯得厉害，走路像只大猩猩，直不起腰，但生活能自理，买菜做饭，料理家务，力所能及的家务活都不耽误。大毛笔对老娘很孝顺，特意买了一辆轮椅车，天气好的时候，有时便推着老娘四处转转，邻居们都说，大毛笔为了让母亲享两年清福，竟然连媳妇都没娶，这孩子孝顺。

大毛笔不善交际，没什么朋友，下了班准点回家，大门不出，二门不迈，和老娘过着平淡而温馨的小日子。除了每天写写毛笔字，他好像也没有别的爱好，就是喜欢喝两口小酒。酒量不大，但是喜欢，每天小酌，成了习惯。二十世纪七十年代前后，供应紧张，整瓶的白酒只有年节每户才凭本供应一瓶，这点酒根本满足不了他的需求，好在当年街上有卖零酒的小店铺，质量差，价钱高，“没有朱砂，黄土为贵”，能将就地喝上酒就不错了。大毛笔喝的便多是街上卖的这些零酒，有时在家里自斟自饮，有时忍不住，在下班的路上站在小酒铺前喝上二两零酒，过过酒瘾，然后晕晕乎乎地踱回家。他在不远处的新华书店上班，每天走着去，既能在路上喝两口小酒，也能替行动不便的母亲买点东西。

大毛笔所在的书店是全市最大的一家，营业面积大，书的品种多，他除了当售货员，还兼着书店的美工，负责布置橱窗，画一些宣传画什么的。因为字写得好，大毛笔在单位一度还很受重视，运动开始以后，抄大字报成了他的主要工作。他对政治没兴趣，也不参加任何组织，既不造反，也不保皇，属于冷眼旁观瞧热闹的逍遥派。单位里对立的两派都想拉他入伙，没别的原因，他的毛笔字实在是好，是人所公认的写手，远近闻名，不少人看大字报就是为了欣赏他那两笔漂亮的好字，指指点点，赞不绝口。大毛笔为人谨慎，自由惯了，散漫惯了，和两边的造反派都保持着不远不近的关系，等距离交往，谁让他写字都认认真真地完成，有求必应，两不得罪。对立的两派，既离不开他，又拉不住他，渐渐地都把他视为貌合神离的异己，利用但不重用。大毛笔并不介意，与世无争，无欲无求，当一天和尚撞一天钟，不掺和事，不得罪人，只要能把老娘照顾好，只要三饱一倒有点小酒喝，逍遥自在过自己的小日子。他觉得挺好。

有一天，晚上加班，领导让他抄写大字报。大毛笔在去单位的路上又闻到了酒香，身子像铁屑一般情不自禁地被吸引过去，站在路边又喝了二两。到了单位，借着酒劲，泼墨挥笔，他的字更加潇洒自如，俊秀多姿，一晚上，笔走龙蛇，十几页的大字报一挥而就。

第二天一早，大毛笔晚起了一会儿，晚上经常加班，早上睡个懒觉，已经习以为常。单位的领导、同事见惯不怪。大毛笔有特长，毛笔字写得好，在单位显得有点特殊。昨天加班，今天迟到，在他看来，理所应当，没有人会指责他，也许还会得到领导的表扬，他自由散漫惯了，无欲无求，与世无争，上班挣钱，下班喝酒，其他的概不多想。

像往常一样，大毛笔不紧不慢地走到单位，让他没想到的是，一进店门，他便被人不由分说地押了起来："你这个反革命分子！隐藏得够深的，把他捆起来"!

大毛笔莫名其妙，不知道犯了什么错，一边挣扎一边申辩道："怎么了，怎么了？你们搞错了吧，我什么时候反革命了……"

造反派头子二话不说，把撕下来的一张大字报摔在他面前："白纸黑字，你还想抵赖，早就看你小子心怀不满。现在露馅了吧！"

大毛笔低头一看，立时傻了眼，昨晚写的大字报，第一页的标题竟然是，"千万要忘记阶级斗争"!忙中出错，昨晚酒劲之下竟然少写了一个"不"字，更要命的是，心急求成，他连夜就把写好的大字报贴在了门口，一字之差让他戴上了现行反革命的帽子。

陈 老 师

陈老师住我们斜对的小楼里，外面是一堵院墙，里面是一座二层小楼，住着三五户人家。他没当过我的老师，我那时读小学，他在一所中学当老师，据说是教数学。不知为什么，他每天走路上下班，连自行车也不骑。学校坐落在几个路口以外的一条马路上，骑车不远，走路不近。

小街的人时常看见他歪歪斜斜晃着身子向小楼走来，人们看不清他的脸色，他每天回家的时候，基本上天色已晚，如果是白天，你会发现，他的脸色接近酱紫，眼睛里布满血丝。人们知道，这当然不是熬夜备课判作业熬红了双眼，而是他经常喝酒的缘故。不错，您猜对了，陈老师是个酒鬼，几乎是每天，或者确切地说，只要是他兜里有点钱，他一定用来买酒喝。

四十多年前，酒还是相当紧俏的商品，城市居民逢年过节凭副食本每家才供应一瓶。酒是本地产的直沽高粱酒，一块八毛五一瓶。这点酒，别说贵贱，即使兑上一缸水也不够陈老师喝的。好在拾遗补阙，街上还有食品店、小酒铺卖点零酒，以满足那些嗜酒如命的高阳之徒。

陈老师下班的路上，从鞍山道拐进林西路，三十米处就有一家小酒铺。敞开式的窗口柜台，上面放两个黑紫色的酒坛子，三两个白铁制的打酒勺子躺在盘子里，旁边是几个玻璃杯。好多次，我看见陈老师站在墙边，红头涨脸面无表情地端着杯在那喝酒。小酒铺门脸很小，没有店堂，没有座位，外面连凳子也不准备，三三两两的酒徒都是站在门口或路边喝酒，下酒的食品只有一样，油炸老虎豆，酒当然不是什么好酒，一两块钱一斤的地瓜烧、老白干、二锅头什么的。多数人都是沽二两小酒站着干喝，能就着老虎豆下酒的寥寥无几。

俗话说烟酒不分家，陈老师除了喝，烟也不离手，一般情况，他抽一毛四一盒的“绿叶”，偶尔也抽一毛九的“战斗”，最好不过是两毛二的“永红”。又抽烟又喝酒，毕竟是一笔不小的花销，陈老师那时候应该挣五六十块钱，工资不算少，可是家里还有五个孩子，那时候又不能兼课挣外快，这点工资一家人连吃饭穿衣都不富裕，每天烟不离手酒不离口显然难以满足。至于他们两口子为此打不打架，拌不拌嘴，我们不得而知，隔着几幢楼，又有院墙围着，再大的动静街上也听不见。我们只知道，他们的几个孩子看见陈老师晃晃荡荡从远处走来，一脸的厌恶，连话也不说，躲得远远的。

毕竟是学校老师，毕竟是知识分子，小街上的邻居见到陈老师都会打个招呼，客客气气、恭恭敬敬。陈老师如果不喝酒，在街上碰到熟人，定会站住脚，面带微笑，点头示意。人们都知道，陈老师除了爱喝酒，是个挺不错的人，文质彬彬，温文尔雅。人们不可理解的是，作为一个教师，陈老师为什么不会节制一点，他的酒越喝越多，竟然成了嗜酒如命的酒鬼。渐渐地，人们对他敬而远之，甚至有点唯恐避之不及了。陈老师后来发展到见到熟人就借钱买酒的地步，每次借的数目都不大，一块两块，三块五块，但从来是有借无还。时间长了，人们都知道借给他的钱是肉包子打狗——有去无回，一个酒鬼，借的钱数目不多，都是街坊邻居，人们极少和他认真，向他讨要，只好躲着他。一来二去，陈老师因为喝酒，在小街上坏了名声，一传十，十传百，他很难再借到钱了。

有一天，小街上出现了一件怪事，陈老师他们楼的院门一夜之间不见了。那扇大门，虽然漆面剥落，布满划痕，却是厚实沉重，经久耐用，风吹日晒几十年，不变形，不腐烂，想必是上等的木料。人们纳闷，议论纷纷，好好的大门怎么说不见就不见了。

三天以后的一个傍晚，两个农村模样的汉子到他们楼里来找陈老师，说是路过来拿那天夜里忘了的门闩,原来是陈老师偷偷把大门卸了买酒喝。

时间不长，陈老师一家神不知鬼不觉地搬走了，街上再也看不见他醉醺醺的身影，人们心里好像缺了点什么，时常想起他，说起他。

铁 匠 刘

小街两侧都是些样式各异的小洋楼，间或也点缀着几处不起眼的小平房，铁匠刘一家就住在小街对面的一处平房里，据说这样的房子过去是公寓楼的门房，是给看门的下人们住的。我以为不尽然，因为这房子的面积并不小，总有二十个平方米吧。

这么大的房子，铁匠刘一家却住得相当拥挤。为什么？原因无它，他们家孩子太多，大大小小、男男女女，铁匠刘一共生了八个孩子，加上他们夫妻两人，总共十口人，差不多一个班的建制。十口人生活在这么大的空间里，床铺就占了大半间，好在他们家也没有什么家具，地上只摆着一些吃饭的桌椅罢了。

四十多年前，铁匠刘有多大年龄？从外表上实在看不出来，也许是过于操劳，也许是爱喝酒的缘故，他的脸永远是酱紫色的，上面布满了皱纹，刀砍斧刻一般，再加上穿得破衣烂衫，长年不洗脸，他的形象比实际年龄至少要老上二十岁。在我的印象里，他好像一直都是一个七八十岁的小老头，当年五六十岁时就像，后来的变化反而不大。

铁匠刘的老婆长得不像他那样着急，看着要年轻许多，当然也不是利索人，眼角经常挂着眼屎，也许是她忙得连洗脸的工夫都没有。夫妻俩都没有正式工作，一家人靠什么生活？城市不像农村，土里刨食，有块地种好歹有口吃食饿不死。城里人生活处处都要花钱，一睁眼就要花钱，喝水要钱、住房要钱、点灯要钱、烧煤要钱……当然还有吃穿，哪一项都离不开钱，铁匠刘全家十口能吃饱穿暖，也算是奇迹。

铁匠刘没有工作，是说他没有正式工作，但他有职业，有收入。他自己单干——靠打铁活为生，要不怎么能叫他铁匠刘呢。据说他原来是有工作的，可是挣的钱太少，喂不饱嗷嗷待哺的八张嘴，铁匠刘干脆辞了职，自己单干。那时候没有“下海”这个词，如果有，铁匠刘肯定是元老级的人物。

铁匠刘的职业就是打铁，一没店铺，二没员工，连个固定的场地也没有，就在家门口找块空地做些烟囱炉子、土簸箕之类的铁活。这种活有季节性，入秋以后，家家要生火取暖，烟囱炉子是必备的，公家的土产店只有铸铁的那种炉子，不能随意购买，凭购煤本几年才供应一个。炉子坏了或是愿意用铁皮炉子，烟囱漏了要换新的，只能找铁匠刘这样的手艺人制作。至于他的手艺如何，不得而知，也没人讲究这些，砸铁活的匠人那时已经消失殆尽了，铁匠刘没有竞争对手，在小街附近的街区独此一家，别无分号，做些烟囱炉子铁皮类的活非得找他不可，他一个人靠打铁活养活全家十口人，可见收益比上班要强不少。

他长年系着一件又脏又破的围裙，在门口叮当叮当地敲打铁皮，像一条耕地的老牛，低首无言，表情木然，整天就知道干活，也不说话。“文革”期间，城市严禁一切个体私营，铁匠刘这个资本主义的尾巴能在小街上独存，明目张胆心安理得地坐在那打铁干私活，不能不说是一个奇迹。公安的、街道的，方方面面管事的，没有一个人管过问过。那是什么年代？人人都被管得服服帖帖，不敢说不敢动，铁匠刘能够一枝独秀，成为硕果仅存的个体户，有他的原因。除了他们家穷，除了他蛮横不讲理，最根本的原因，据说他是党员，老党员，新中国成立前就加入了地下党。是真是假，没人清楚，只知道他在街面上是个没人敢惹的人物，警察不管，派出所不问，街道大娘避之不及，铁匠刘成了自由自在的化外之民。

四十多年前的铁匠刘瘦小枯干，个头一米六多一点，这样的小身板却蕴含着极大的能量，他一连生了八个孩子，四男四女，楼梯式地站成一排。孩子的名字起得简洁明了，老大老二到老八，不分男女，以数代名，省事好记。最小的儿子老八和我同龄，小时候经常吹嘘说天津解放时就是他爸爸铁匠刘打开的城门，里应外合，解放军一拥而进，天津人民这才获得了解放。我们那时听了佩服得五体投地，肃然起敬，铁匠刘是潜伏在城里的地下党，打开城门放解放军进城，那肯定是大大的功臣，老革命了。这样的人搞点特殊，理所当然。后来我们才知道，天津根本就没有了城门，八国联军的时候早就拆除了。至于铁匠刘还有没有其他的功绩，人们不得而知。

他们一家在小街上引人注目，除了传说他是地下党员，更因为他们家太穷，穷得家徒四壁，叮当乱响。几个孩子穿得破衣烂衫，蓬头垢面，还不如街上逃难的难民。那时候干个体的也挣不了几个钱，收入不稳定，铁匠刘一家当年连吃饭都成问题，没饿死已经很不容易了。他的老婆倒还算是个精明人，日子过不下来就时常向邻居们借钱，钱借得不多，三块五块、十块八块的，仅够买粮食而已。蔬菜基本上不用买，到副食店捡点剩菜烂菜对付着下锅。他们家除了吃穿这种最低消费，其实也花不了太多的钱，多少年了，煤水电从来没花过钱。小街不远处有一家工厂，在马路边堆着煤堆，有专人看管，换了别人偷煤，值班的工人早就蹿出来制止，唯独对铁匠刘无可奈何。铁匠刘隔三岔五往自家院子里运两桶，就像是自己家的煤，从容不迫，旁若无人，铁匠刘一家在小街上名声在外，恶吃恶打，浑不讲理，看护煤堆的人都认识他，了解他，从来都是睁只眼闭只眼，任由他去。不是两人有什么交情，而是惹不起他。上前制止，必定会挨一顿臭骂，和这种浑人讲不通道理。他们家用的电是从电线杆子上引的线，不走电表，不花一分钱。至于用水，在水表上做了手脚，光流水不走字，差出的水钱由全院的居民分摊。铁匠刘在小街上霸道成性，人们习以为常。

为了增加点收入，铁匠刘的老婆通过街道申请在自己家的窗口装了个公用电话，打电话五分钱，接电话三分钱。二十世纪七十年代，家家都没有电话，除非有急事，一般情况下人们不会打电话。小街上当年唯一的一部公用电话就装在刘家，他们家长年有人，孩子多，每天都有人守着电话，有人来接电话、打电话，几个孩子眼巴巴地在那等着，通话结束了，客人要交钱，孩子不等钱递过来，手急眼快上去就抢。有时为了几分钱，几个孩子打得头破血流。大孩子身强力壮，得手的机会多，电话费成了他们的零用钱；小的孩子总也得不到钱，又哭又闹，跺脚蹦高，撒泼打滚，刘家自从装了电话，一天也没安生过，天天打成一锅粥。到了交租金的日子，铁匠刘的老婆发现，家里不仅没有增加收入，反而要倒贴钱，客人交的电话费都让孩子拿走了。

家里实在太穷，凭本凭条供应的食品、肉蛋鱼之类的，铁匠刘的老婆或是转让或是送人，能换点钱的换钱，实在不行就还了人情，她长年找邻居们东挪西借，这正是个还人情的好机会。记得当年副食店供应麻酱，按人头一人一个月一张条，供应一两麻酱，七分钱，刘家几个孩子吵着要吃麻酱，对他妈剥夺他们福利的做法提出抗议。可家里又没有这笔开支，铁匠刘老婆有办法，将麻酱条分给每一个孩子，谁有钱谁去买，没钱买愿意转让换钱的，悉听尊便。

铁匠刘一家最喜欢过的就是夏天，夏天省衣服，天当被地当床，席地而卧，睡在街上。到了伏天，他们家的男人都光着膀子，女人穿件背心，一条裤衩一双拖鞋，一张破凉席往门口一铺，又当床又当桌，全家人吃住都移到了大街上。刘家人口多，到了晚上吃饭，整整一桌，当然，桌子是省了，席地而坐，或蹲或站，一人捧着一只大碗，狼吞虎咽，痛快淋漓。看老刘他们家吃饭，算得上小街上的一景。

铁匠刘是小街附近最穷的人家，不仅穷，而且还出奇地脏。几个孩子的衣服似乎一年也不洗一次，手和脸永远是黑黢黢的，脖子像车轴一样油腻腻的。我小的时候偶尔上他们家去，屋里连个坐人的地方都没有，被子像垃圾一样长年堆在床上，从来没有叠过，而且已经脏得看不出颜色，发出一股股呛人的酸臭味，墙上布满蚊子、臭虫的尸血，惨不忍睹，水泥地面似乎从来没有擦洗过，粘着又黑又黏的油泥，走在上面能粘住鞋底。

铁匠刘的活并不多，时忙时闲，除了打铁，他就在屋里或门口呆坐，也不说话，和自己的家人也很少说话，只有在酒后喝美了才说两句，像是自言自语，乌里乌涂，没人能听清他在讲什么。有时我们几个孩子趁他喝得高兴，问过他解放前干过什么？地下工作危险不危险？有什么惊心动魄的故事？铁匠刘糊里糊涂，像是得了健忘症，没说出一件完整的故事。

忘了说了，铁匠刘还是个酒鬼，他可以不吃饭，一天三顿的酒是不能少的。家里穷得吃了上顿没下顿，哪来的钱喝酒？铁匠刘不管这些，照喝不误。酒当然是劣质酒，最便宜的那种。下酒菜是不讲究的，十有八九算不上是菜，一小勺咸菜就能喝一顿，一只咸鸭蛋能喝一天，实在没有下酒的，他用铁钉子沾咸盐水也能对付着喝两口，沾一点盐水，嘴里一抿，灌上一口酒，自得其乐，忘乎所以，一副陶醉享受的样子。顿顿不离酒，铁匠刘喝得红头涨脸，神志不清，整天都处在晕晕乎乎的状态中。他最喜欢做的无非就两件事，坐在那打铁，或是喝酒，铁匠活不是天天有，但酒是顿顿不能少。似乎只有酒的支撑才能让他感到活着的意义，就像干涸的禾苗离不开水的滋润。

老刘家的几个孩子像野草一样疯长，不浇灌，不施肥，任凭风吹雨打，自然生长。铁匠刘夫妻对他们只能提供最低限度的生活保障，吃饱饭冻不着，其他的一概管不着，也没有能力管。有一回老八闹肚子，拉得人都变了形，整天像死狗一样躺在凉席上一动不动，铁匠刘夫妻就让孩子喝白开水，连医院都不送。两人没有工作，没有单位，看病没有“三联单”，自己又没有钱上医院，最后还是邻居拿了点药，把老八的病治好了。

这样的人家在小街上当然属于另类，穷得家徒四壁，脏得如同猪圈，人们背后瞧不起老刘家，表面上却谁也不敢招惹这家人。

孩子们一个个长大了，屋里住不开，铁匠刘招呼孩子们去捡砖头，在院子里盖了间小房，谁都知道这是违章建筑，影响院里的环境，但没有人敢出面制止。他们家甚至还在院子里养起了鸡鸭，挺幽静的小院被弄得乌烟瘴气，乱乱哄哄，街坊邻居们敢怒不敢言，连居委会派出所都不闻不问，谁也不想惹那个麻烦。对铁匠刘这样的人，人们大都敬而远之，惹不起躲得起，不理他就是了。

大人之间可以相安无事，老死不相往来，但孩子们难免时有纠纷。铁匠刘的几个孩子都处于散养状态，尤其是四个儿子，就像街上的流浪猫、流浪狗四处乱窜，时不时地惹点小麻烦，一般人家的孩子躲得他们远远的，但遇上那些横的、不要命的小伙子、小混混，对刘家的孩子毫不客气，痛下狠手。刘家的男孩儿在外面吃了亏，一般采取两个步骤。小的受了欺负，一定会说：“你等着，叫我哥去！”大的来了，打不过人家，便拿出最后的王牌，哭着去叫铁匠刘。一般情况下，铁匠刘都在两顿酒的麻醉状态中，见孩子来搬救兵，不由分说，一定会摇晃着身子，带着浑身酒气杀到人家门口，后面跟着男男女女如狼似虎几个孩子，他不问青红皂白，开口就骂，爷爷奶奶祖宗八辈一顿痛骂，多难听的话都说得出口。当然，他的行动视事态的严重程度和酒喝的多少而定，一般是破口大骂，如果对方再无反应，接下来就是连砸带打，直到对方告饶服软为止。

铁匠刘每天三饱一倒，只要有酒喝，家里的大事小情，是否揭得开锅他一概不管不问，只有一样，自己的孩子一旦在外面受了欺负，他就像一只老狼护着狼崽子跟你豁命。

后来，孩子大了，有的上班挣钱，有的自谋生路。那时国家号召知识青年上山下乡，刘家的孩子一个也没有走，都守在身边，学校也好，街道也好，对铁匠刘一家束手无策，毫无办法。男孩子没有工作，便子承父业，帮铁匠刘打铁，或是在街上摆摊修自行车，倒腾小买卖。铁匠刘渐渐老了，样子看不出有太大变化，铁匠活是打不动了，但酒照喝不误。有一天他喝完酒，躺在躺椅上睡着了，再也没有醒来，家人发现，地上还放着半瓶没喝完的酒。铁匠刘在幸福之中离开了人世。

剃头匠老肖

“嗡嗡嗡”“嗡嗡嗡”，街上传来那悠长发闷的响声，我们就知道是剃头的老肖来了。

七十年代上半叶，老肖当时六十岁左右，中等身材，慈眉善目，面色黧黑，他是哪的人？我们不清楚，看穿着打扮、听口音语气像是附近郊县农村的手艺人。老肖走街串巷，来的时间不固定，短则十几天，长则两三个月，他必定挑着那副剃头担子到我们住的小街附近转悠。

“嗡嗡嗡”“嗡嗡嗡”，老肖来了不吆喝，手里的响器就是那支尺把长铁镊子一样的家伙什儿。两条厚厚的钢片，一头渐窄渐近，敞着口；一头带有一个手柄。老肖一只手攥着镊子的手柄，一只手拿着磨得锃光瓦亮的小铁棍，从镊子中间快速划过，铁镊子两头碰撞，发出震荡共鸣的“嗡嗡”声，传得很远。这特殊的声响像是吹响了集结号，很快便能招来左邻右舍的人们来剃头。上到九十九、下到刚会走的大小爷们儿大多是老肖的生意主顾。

那年月，大街上游走的手艺人种类繁多，络绎不绝，磨剪子磨刀的、修理搓板的、锔盆锔碗的、打帘子收破烂的……应有尽有，接踵而至，每天街道上的各种吆喝声，此起彼伏，不绝于耳。这其中就有憨厚老实、受人欢迎的老肖。

老肖受人欢迎，主要是他的手艺好，什么样奇形怪状的脑袋壳儿，歪瓜裂枣、前梆子后勺子，到了老肖手里都能给你收拾出个人样来。

摆好凳子，让客人坐下，然后脖子上围好单子，穿戴整齐、干净利索的老肖准备好家伙，先征求客人的意见，留长点短点？剃平头分头？希望理个什么发型？面带微笑，和颜悦色，和客人一边聊天一边干活，不一会儿工夫，头发就剃得了。他递给你一面小镜子观看效果，呵，蓬头垢面的野小子经他那么一收拾，立时变成了精神抖擞的帅小伙。

老肖没来时，街上隔三岔五地也来过别的剃头匠，“嗡嗡嗡”“嗡嗡嗡”的声音响起来，不绝于耳，不停地招呼，可来剃头的人却不多，一是不熟悉，对他们的手艺不放心；二是这些剃头匠死眉塌眼，光知道干活不爱说话，没有老肖做生意的那种活泛劲、亲近劲。

老肖嘴头甜，手艺好，服务热情，态度温和，街上的老头儿老太太，孩子姑娘小媳妇，他都能随便聊上几句，就像相处了多年的老街坊老邻居，嘘寒问暖唠家常，让人们心里感觉热乎乎的。

“上几年级了？学习不错吧，一看你就是个聪明孩子。”这是对那些半大不小的学生。

“兄弟，今天怎么没上班，坐办公室的干部吧？瞧您这细皮嫩肉的，看着就不像吃苦受累的。”这是和那些中青年聊天。

老肖逢人面带三分笑，见什么人说什么话，专挑人们爱听的话说。嘴上说着，手下干着，和气生财是他游走江湖练就的本事。我们几个秃小子即使不剃头，只要是老肖来了，也会围在那瞧热闹，老肖手里的响器成了我们抢来抢去的玩具。“嗡嗡嗡”“嗡嗡嗡”，我们不停地划着，那声音传到好远好远，有绕梁三日之功。而老肖任由我们打闹嬉逗，从不着急上火。

后来才知道，这个镊子形的铁家伙儿叫唤头。这名字起得通俗易懂，唤头、唤头，也许就是能唤来头的意思吧。

俗话说："剃头挑子一头热"，为什么一头热？那说的是早年间的剃头挑子，一头是带有几个小抽屉的坐凳，抽屉里放着推子、拢子、剪子、剃刀、扑粉等工具；一头有个小炉子、脸盆，剃头的时候烧盆热水，用来洗头刮脸。我小的时候，剃头匠的家伙儿简化了，我没见老肖挑的担子里有炉子、脸盆。

我从小就不爱剃头，为什么？剃怕了。那年月，人们生活困难，即使这三两毛的剃头钱有的家长也不愿意花，大多是找会剃头的邻居同事、亲戚朋友帮着理。长到十几岁，我就没进过理发店。

理发店正规，环境卫生，设施齐全，师傅们的手艺也过硬。可是到理发店剃头要花钱，比找街上走街串巷的剃头匠要贵上一两倍，除非是经济条件好又讲究体面的成年人，一般孩子们剃头，家长都喜欢找老肖那样的剃头匠。

街上的剃头匠不常来，找别人帮忙又嫌麻烦，舅舅便索性买了一把理发推子，想拿我练练手艺。他给我剃头当然不要钱，反而给我钱。

"别跑，别跑。剃完了头，给你一毛钱买冰棍吃。"他一手拿着推子，一手晃着手里的钞票。一毛钱，实在太诱惑人了，当年能买三根冰棍十块水果糖。我们平时偶尔才有几分钱的零花。我虽然心里极不情愿，但是为了那一毛钱，只好硬着头皮乖乖地坐在那。

冰凉冰凉的推子在脖子上一蹭，激得我打一冷战。舅舅不仅理发的手艺潮，剃头的家伙什儿也不好使。他给我剃一次头，我受一回罪，如同经受着一场磨难。要不是为了那一毛钱，打死我也不让他剃。

舅舅剃头时按住我的脑袋，手里的推子时不时地夹住头发，疼得我嗷嗷乱叫，如坐针毡。拧螺丝，点机油，舅舅收拾好理发推子，反复几下一绺头发才剪下来。这哪是剃头，简直就是薅毛！好不容易忍受完他的折磨，照着镜子一看，头顶上坑坑洼洼剃得像是狗啃的一样。至于发型，十有八九是那种土里土气的“盖儿头”。

“你这头是扣着碗剃的吧，整个一个土老帽。”别人爱笑话就笑话吧，反正一毛钱是到手了。

与舅舅相比，人家老肖那才叫剃头，那才叫舒服，那才叫享受。小喷壶将头发洇湿，拢子前后梳理整齐，又是推子，又是剪子，一阵忙活。最后脖子上抹上爽身粉，用毛巾一擦，身上连一点头发渣都没有。难怪“嗡嗡”的唤头一响，能召唤来那么多大大小小的脑瓜壳。

老肖在小街上活动了五六年，不知道是年岁大了身体不便，还是其他别的原因，后来消失得无影无踪，那种特殊年代唤头发出的特殊声音只能在记忆深处寻觅了。

锔盆匠老林

“锔盆儿、锔碗儿、锔大缸……”小时候街上偶尔会响起这嘹亮的吆喝声。

听到吆喝，家庭主妇们纷纷拎出打破了的饭碗、裂了璺的面盆瓦罐或瓷器等等叫锔盆匠看过，讲好价钱，锔盆匠坐在马扎上，腿上搭一块布，开始修理器物。

如今五十岁以上的人可能还记得，以前走街串巷挑着担子或推着车子的干锔活的人，他们的担子上，一头挑着火炉子，一头挑着各种工具材料，一边走一边吆喝，声音很高，绵长且有韵律。有的婶子大娘就等着锔盆匠的到来，把那些摔坏的、裂口的家什拿出去锔锔。

七十年代，人们生活比较贫困，那些盆盆罐罐，陶的瓷的瓦的居多，为什么呢？便宜呗。用这些东西，平时磕磕碰碰是难免的事，盆碗瓶罐裂了坏了，能锔的就锔，实在不能锔了才扔掉，谁家里都有一些不止锔了一次的器具，只要将就能用的东西轻易不会扔掉。惜物聚福、节俭度日是中国人的一种传统。

记得当年小街上锔活的师傅姓林，七十岁左右的年纪，老实本分，手艺好，住得不远，孤身一人住在小街一所大院的门房里。老林吆喝的声音很大，他这一嗓子，恨不得让整条街道的人都能听得到。平时他走街串巷到别的地方招揽生意，偶尔也在小街附近停下来，选择有阴凉的空闲场地摆好摊子继续吆喝，等到有人拿来要锔的东西后就不喊了，挽挽袖子开始干活。

锔匠主要是锔盆、锔缸、锔瓮、锔锅、锔碗、锔茶壶、锔罐子等等，只要是家里能锔的物件，老林都能将它们锔好。

老林用的工具很简单，箱子里放着各种大大小小的钻；每种钻都由钻头和钻杆组成，将钻头固定在钻杆的一头，钻杆有大拇指粗细、二十厘米多长。还装着拉动钻杆转动的弓子、小锤子、钳子、螺丝刀、造锔子用的铁丝和铜丝。后面还装着一个一个盛有湿石灰膏的小铁桶。

锔锅碗瓢盆可是个细活儿，俗话说得好，“没有金刚钻儿，别揽瓷器活儿”。瓦盆虽然比不上瓷器硬，干这种活也离不开金刚钻。原来都是手钻，后来有了电钻。

譬如锔盆吧，在锔之前要先拿起来用小锤挨着敲打敲打，仔细看看裂缝在哪里，有几条，有多长，需要用多少锔子。看好后再钻眼，先从裂缝的左边钻一溜儿小眼，之后取一根铜质的如订书针大小的枣核形钯锔用小槌细心钉入小孔。再比照着锔子的长短在裂缝的右边钻上一溜儿眼。这些眼要离锔子的另一头稍远一点，然后再用锤子轻轻地、慢慢地将锔子的另一头砸到眼里去，最后再用石灰膏抹一下裂缝和锔子眼，这样盆就算锔好了。

锔锅碗瓢盆也是个技术活，钻的眼既不能过深又不能过浅，过深了容易钻透，瓷器漏了就不能用了；过浅了锔子砸不进去，高出一截，使用时不方便，而且锔子容易掉下来，也影响美观和使用。有的瓷器很薄，甚至只有一两毫米，这更要考验锔匠的手艺了，钻眼要更加仔细，在这么薄的瓷器上要先凿出小点，然后再钻孔，只能打到瓷片厚度的一半或三分之二，您想这难度有多大。老林除了招揽生意吆喝几声，坐下干活时一声不吭。

他的老花镜随意地架在鼻梁上，似掉非掉，镜腿上缠着发黑的橡皮膏。神情专注，一丝不苟。是他干活时不能分心，还是天生不爱说话，不得而知。他长年住在小街上，独来独往，从不与任何人来往。我们有时围在他身边，不是喜欢他这个人，而是对他干的活感兴趣。

放好了锔子砸严实，老林会抹上石灰膏，还要用细砂纸轻轻地打磨打磨，使其更加漂亮。我们街坊邻居当时经常找老林锔活，看着人家在那一丝不苟地又修又补，一件件残破不堪的瓷器修整如新，觉得实在是太神奇了。

老林有个习惯，如果是锔盆锔碗，干完活，他一定要找主家讨一碗水喝。主家把锔好的盆碗洗干净倒好水端出来，老林慢条斯理地一口一口地抿着，像是歇息，像是消磨时间，闷头不语，想着心事。当时不明白，有时他喝几口就把水倒了，锔完一件还要喝水，后来我才明白，人家那是让主家检验他的手艺，锔完的盆碗绝对不漏，绝对能接着再用。

老林的绝技不仅仅是锔这些盆盆罐罐，更绝的是能修补一些贵重的瓷器。我们那一带，早年间是租界地，有钱的人家多，经常有人拿一些漂亮的瓷器摆件让他修。有的缺个碴口对不上了，老林能用铜片把它镶上，天衣无缝，精美至极。他用铜片砸出花纹图案，这个像一条龙，那个像一只鸟。

突然有一天，听说老林他们家被人抄了。一个锔盆匠，无权无势，靠手艺吃饭，孤身一人，与世无争，他们家有什么可值得抄的？可是据街坊们说，这个看着普普通通、不声不响的小人物，过去竟然在宫里当过太监，家里竟然存着不少古董。抄家那天就有人看见特别好看的瓷瓶“咣咣”地摔了一地，那小薄瓷片透明的，说是什么“洪宪瓷”。谁能看得出，一个锔盆锔碗的手艺人家里能有那么多值钱的东西。

没过多久，深藏不露、神秘莫测的老林被连批带斗，三折腾两折腾，离开了人世。他是我见过的手艺最好的锔盆匠。

几十年后，我在想，以老林的年龄，即使当年做过太监，出宫的时候也应该是个青少年。他无以为业，靠锔活谋生，也算是自食其力，何至于不容于世！在我眼里，他不仅仅是个普通的锔盆匠，够得上民间艺术家的水平。

在器具上锔钉子，是一种锔补生活、修复生命的综合艺术，一个锔匠，责任是把破碎归于完整，把残缺整合为完美，将碎片组合成新的生命，使之成为另类艺术品。一件残破的东西在人家手里三弄两弄就能起死回生，正是他们精湛高超的手艺，缝合了平凡的生活。

后来我了解到，锔瓷手艺由来已久，在中国瓷文化中占有一席之地。至少在一千多年前的宋朝，民间就有锔瓷匠人的记载，宋代张择端的巨型手卷《清明上河图》中就有一处锔瓷艺人干活的场景，到了清代，锔瓷手艺发展到了极致，除了为民间百姓修补日常用具的锔瓷粗活，还有为达官贵族服务的锔瓷细活。八旗子弟们陶醉于“赏花弄鸟，玩瓷藏玉”，清花、斗彩、紫砂、南泥……在赏玩中免不了磕磕碰碰，不慎失手摔破裂，便找精细锔匠锔补，要求他们用金、银、铜钉锔补修复古旧瓷器来比富显阔，一时间，“锔活秀”烽烟四起，坏的、破的锔补，完好的也要故意弄破再锔好来比秀。这时的锔瓷具有了修复古董的功能，嵌补、嵌口、包边、包嘴、镶包、嵌饰、做件、补件等等镶嵌包锔法，可以把所有的破损瓷器修饰完好，使其变成另外一种形式的工艺品。

老林精湛细腻的手艺也许与他出于宫廷王府相关，耳濡目染，练就绝技，至于后来沦落街头，游走市井，“锔盆儿锔碗儿、锔大缸”，也算是生活所迫吧。

姜　婶

小院里的姜婶没有工作，是典型的家庭妇女。四十多年前，社会上没工作的家庭妇女为数众多，经济不发达，就业机会少，家里孩子多，不少妇女都在家里围着锅台转。可是姜婶和一般的家庭妇女不太一样，她没有孩子，不用整天忙着干家务，和姜伯两个人生活，家务活有限。没事可干，她便整天收拾得利利索索，拿个小板凳往家门口一坐，脸朝院门，盯着进进出出的邻居。现在我想，姜婶那时就像看家护院的狗一样，忠于职守，看护着小院。这没有贬低她的意思，而是为了说明她的一种生活状态。

姜婶和一般家庭妇女不太一样的地方还表现在，她从来没出去工作过，既不去街道小工厂，也不在居委会帮忙，每天就闲在家里。她当然不是阔太太，否则不会住着院里的一间小平房。姜伯伯在一家小企业蹬三轮车，负责送货进货，收入想必也是不多的。后来才知道，姜婶不是不想工作，是根本没有这个资格，虽然她能说会道，人很精明，可是出身不好，街道上对这种人总是保持距离的。

那姜婶的出身怎么不好，她是哪种人？为什么闲着没事，街道居委会要把她晾在一边呢？她是唱大鼓的，过去在戏园子当演员，这种人论成分也算是劳动人民，吃开口饭，社会地位不高，收入也有限，可是这种职业生活经历比较复杂，很可能有一些说不清道不明的故事。会是什么故事？没人感兴趣，人们懒得查，反正不用她就是了。小街上没有工作生活困难的家庭妇女，居委会基本上都安排一点工作，或是在小工厂干点活，或是当个治保主任、卫生主任什么的，多多少少有点收入贴补家用，姜婶精明强干，伶牙俐齿，看着比那些乌乌涂涂说话都不利索的老太太强多了，又没有什么家累，却始终在家庭闲待着，很可能和她唱大鼓的经历有关。

姜婶个子高高的，皮肤白嫩，眉清目秀，两只大眼睛忽闪忽闪地滴溜乱转，像是会说话一样。看得出来，她年轻时一定是个美人胚子，身段面相都相当不错，尤其是那双灵动的大眼睛不知迷倒过多少男人。

都说姜婶过去是唱大鼓的，可是在小院里住了多年，人们从没听她唱过一句，甚至她连哼哼也不哼哼。新中国成立以后她没有进入任何文艺团体，可见以前也算不上什么名角儿，大概属于生活在社会最低层很不入流的那种演员，是不是唱大鼓的同时还兼着干点什么，没人清楚，反正周围的邻居很有点看不起她的意思。

姜婶自己也许觉得低人一等，或是真有过什么见不得人的事，她和街坊们来往不多，似乎保持着一定的距离，一种戒备。话不多，仅限于打打招呼客气两句的程度，从不多聊，更不深聊。但是小院里的孩子都有些怕她，她数落起人来嘴不饶人，尖酸刻薄、不留情面。院子里那时安装着自来水池子，供全院人接水倒水，到了夏天，孩子们经常跑到水龙头边上玩水，冲头泡脚打水仗，水管子哗哗地流着，只要让姜婶看到，她一定会从家门口冲出来，大声喊着骂着：“去、去，祸祸水呀。家里没人管呢。别处玩去，再来，看我不打烂你的头。”她跑过来的时候，多半手里拿着一根一米左右长的竹竿，水龙头在院门口，她住在小院的紧里头，挑衣杆主要起威慑的作用，她那大嗓门儿一喊，孩子们早就跑得远远的。

这是让人讨嫌的老女人，很可能她自己没有孩子，脾气暴躁孤僻，又没有什么事可做，便坐在家门口盯着水龙头。小院就这么一处自来水，吃水的费用全院的住户按人头均摊。水用得多，自然她们家就要多摊一点点，自然无形中占了她们家的便宜，可见姜婶家的经济条件是不宽裕的。

姜婶的老公，我们称姜伯伯，个头比姜婶矮一些，背微驼，整天出来进去低着头，阴沉着脸，不说话，好像所有人都欠他钱似的，目光阴森森的，像两把刀子。从外形气质上看，这两口子有些不般配。姜婶个高，白净，大眼，漂亮；姜伯个矮，黢黑，小眼，丑陋，一个像养尊处优的太太，一个像风吹日晒的苦力。以一个唱大鼓出身的艺人会和一个蹬三轮车的苦力搅在一起，这里面肯定有不为人知的秘密。

姜伯伯就是个拉车的，可是人却干净利落，穿着打扮和别的拉车的绝不一样，整天风里来雨里去，在街面上跑车，混到这份田地，他却收拾得体体面面，劳动布的制服尽管洗得发白、褪色，但永远是平平展展，一尘不染。他的手上，即使到了三伏天，也戴着白色的手套。这两口子，性情有些古怪，既不与人交往，也不与人冲突，与邻居们相处，井水不犯河水，老死不相往来。

小院坐落在前排别墅的后边，一排十几间平房，最初是用来储物和供下人们居住的，与小楼居民的成分不同，住的大多是些出身贫寒的平民百姓。可是突然有一天，一队人马破天荒地光顾小院，把姜伯伯倒压着双手，按着头带走了。据说别人交代了他的底细，姜伯伯新中国成立前当过中统特务，新中国成立后隐姓埋名潜伏下来，从他们家居然还搜出了一把手枪。时间不久，姜伯伯就被镇压了。

姜婶从此一蹶不振，像霜打的茄子彻底蔫了，成天低着头，到街道办事处学习改造。据说，她对老公的事也不知情，只知道他过去有过钱，很威风，至于那把枪她自称从来没见过，更不知道藏在家里。姜伯伯在审讯期间也一口咬定枪是他自己藏在了夹墙里，姜婶只是个唱大鼓的，几根金条娶了她搭伙过日子，自己从来没有告诉过她自己的真实身份。姜伯伯到底还算个男人，至死都没有改口翻供。在他的保护下，姜婶总算躲过一劫，没受太大的牵累，但是从此也失去了生活来源。一个五六十岁的老女人，没有工作，没有丈夫，日子怎么过？时间不长，她就被老家的侄子接到农村，小房也卖给了别人，从此在小街上彻底消失了。

柳　　姑

柳姑肯定是姓柳，叫什么，没人清楚，小街上的街坊四邻都知道胡同后院住着一位穿黑衣的神秘女人，人称柳姑，至于其他的，人们概不知情。搬来了两三年，柳姑似乎在小街上根本不曾存在过，就像一条沉默的鱼，每天无声无息地出入小院，永远低着头，慢慢地走，从来不和任何人说一句话，连眼睛都不和人对视，好像在躲闪着什么，逃避着什么。她当然不是哑巴，院里邻居有事找到她，柳姑也简单地应付两句，声音很小很低，像耳边嗡嗡叫的蚊子，以对方勉强能听见为限。说话时面带一丝僵硬的强挤出的微笑，能大致让人明白她的意思，只是这种情景一两个月也难得遇到一次。

小院像一根筷子，窄窄的，直直的，进深三十多米，左边是一溜平房，右边是前面连体别墅的后门。柳姑住在小院靠里边的一间平房，面积大概有十个平方米，她即使走出院门也要几十米的距离。上下班时间，院子里出来进去的人多，柳姑就像是一团雾气飘过来，偶尔遇到邻居，侧过身，或等待，或溜过去，没有一点声音，不注意，能把人吓一跳。

吓人的原因，不仅是因为柳姑走路没有声音，还因为她喜欢穿一身黑，一年四季，春夏秋冬，从上到下，我的印象里她身上就没有别的颜色，一律的黑色，深黑浅黑，黑棉黑纱，反正都是黑色，就连鞋帽都是黑的，光这身打扮就足以让人心生好奇，显得神秘莫测，带着一股阴森之气。的确，柳姑让人感到神秘的地方实在太多了，比如，她是干什么的，为什么五十多岁了还是孤身一人，不结婚，而且从来不和人来往，别说邻居，就是亲戚朋友、同学同事，好像也一个都没有。她长年一个人孤零零地生活，不寂寞吗？不害怕吗？生病了怎么办？谁来照顾？生气了怎么办？和谁倾诉？我们很难想象，长年累月，一个人独守空房是种什么滋味。更让人奇怪的是，她回到家就一个人闷在屋里，从不见她生火做饭、买菜买粮。除了上下班，她一个在家里干什么？这好像都成了一个谜，想起来就让人费解。她的屋里也极少发出响动，就连光线都是暗淡的，微弱的灯光像是将要熄灭的炭火，暗红暗红的。当然，几乎没有人进过柳姑的家门，她不和任何人接触，更不说话，在人们的记忆中她就像是一个影子，悄无声息，不留任何痕迹。

这样一个古怪神秘、与世隔绝的女人，开始的时候小街上的人们不知道如何称呼她，一草一木、小猫小狗都应该有个名字，她也应该有个称呼才对。四五十年前，小院里的水表电表都是公用的，每个月收水费电费卫生费之类的，每家每户轮流值班。为了照顾孤单一人的柳姑，院里的邻居从来不排她的班，只是到她的门口去收。敲开门，柳姑悄悄地将门敞开一条缝，露出半个身子，问明情况，把钱递出来，态度平和，客气礼貌，但绝不邀请邻居到屋里坐坐。在人们眼里，她是一个怪人，与众不同，不能拿常人的标准要求她。后来人们知道她姓柳，又没有结婚，便称呼她柳姑，至于其他，人们一概不知。

小院的平房总共住着不到十户人家，柳姑的行踪自然也引起了人们的注意，她可以不和任何人来往，但大家不能无视她的存在。果然，有关柳姑的信息很快从居委会大娘那里传出来了。她在一家妇产科医院当护士，以前是个修女，就在离小街几条马路的那座大教堂里生活。修女是干什么的？我们不得而知，好像与普通人的信仰、生活完全不一样。那时候教堂已经被查封，当作仓库，存放被查没的物资。信教的人在人们眼里自然与众不同，特殊时期，柳姑当不了修女了，妇产科医院似乎是她最好的去处，据说那家医院最早就属于教堂的产业。

柳姑那时估计五十多岁，她的穿着打扮和她曾经的身份十分吻合。饮食男女、家长里短、油盐酱醋之类的俗事以及街面上大大小小、风风雨雨的琐事似乎都与她毫不相关。表面上她已经还俗，参加了工作，其实她还生活在自己的世界里，每天回到家和上帝为伴，守护着自己的精神家园。平时，早中晚三顿饭柳姑都在医院的食堂用餐，家里平时是不开火的，只有礼拜天，她的屋里才会散发出一股淡淡的煤油味。

二十世纪七十年代，人们烧水做饭几乎家家都用煤球炉子，讲究一点的家庭才烧蜂窝煤。无论是寒冬腊月，还是盛夏三伏，家家户户都点着煤炉子，一年到头，炉火生生不息，天天燃起，用煤油炉的人家相当罕见。它虽然体积小，操作方便，使用卫生，但是火力小而且成本大，一般家庭根本用不起。柳姑长年用着煤油炉，过着离群索居、不食烟火的隐秘生活。

最后一次见到柳姑是一九七六年唐山大地震的那天凌晨。那场地震天津的震感十分强烈，小街附近房倒屋塌，一片狼藉，所有住户几乎都躲到了宽敞的街上。我清楚地记得，那天震后天上下着小雨，人们乱哄哄地往外跑，到了不远处的南京路，我发现柳姑撑着一把黑布雨伞，一个人默默地坐在便道上，像一尊石头雕像，一动不动，她在想什么？她以后怎么办？没有人清楚，那天夜里她一个人孤坐道边的画面，深深刻在我的心里。

地震以后，余震不断，老房子很少有人再住。我们在临时搭建的地震棚住了一年，等到再搬回小院的时候，柳姑已经不知所终，她就像一道影子从人们的视线中消失了。

傻　　子

如果要评选小街上幸福指数最高的人，傻子应该是不二人选，这不是说智障人群快乐多，傻子也分三六九等，也有喜怒哀乐，但小街的这个傻子却与众不同，他永远是笑口常开，永远是干净体面地站在院门口冲人微笑。

傻子叫什么？没有人知道，姓倒是清楚，来自他的奶奶，一个中等个头、身板挺直、慈眉善目、精精神神的七十多岁的老太太。人们叫她于奶奶，傻子姓于大抵是不会错的，但没有人称呼他姓名，私底下都叫他傻子。

傻子给人们留下的印象很深，四街八巷、左邻右舍，谁都知道小街尽头那排小洋楼里住着一个傻子。一般人、普通人、没有什么特点的人，时间长了，没有人会记得住，但小街上的傻子却无人不知，无人不晓。他和一般的傻子不一样，不疯不闹，不脏也不丑，更不四处乱跑，每天站在院门口，像小街上一道固定的风景，深深留在人们的记忆里。

傻子每天出来望风的时间大致是固定的，只要天气情况允许，只要不刮风不下雨，上午十一点或下午五点左右，傻子都会出现在自家院门口，这个时间段应该是于奶奶在家做饭，傻子也许是没人看管、陪伴，便站在门口晒晒太阳、放放风、看看街景和行人。他从不乱跑，就那么老实巴交地站着，一动不动，连便道的台阶也不下，像一个忠于职守的卫兵或一条看家护院的狗，一步不离自家的门口。傻子站在那，只保持着一个神态，见谁都是乐乐呵呵的，开心至极，幸福至极，笑得灿烂而阳光。他在想什么？为什么总是开心地笑？没有人知道，也不需要知道，傻子自得其乐，他的内心一定是一个幸福快乐的世界。

这里需要交代的是，傻子是和奶奶两个人生活，住在一幢二层小洋楼里。小楼不大，独门独院，上下两层，祖孙俩住楼下的独层。能住这样的小洋楼，都是些家境不错的人家，至少用阿 Q 的话说，家里曾经富裕过。

于奶奶，皮肤细腻，穿着得体，气质优雅，与傻子两人相依为命。老太太不爱说话，和任何邻居都不搭讪，遇上熟人至多是点点头。她从来没有工作过，也不可能有收入，二十世纪七十年代，像她这样的家庭妇女比比皆是。让人感到奇怪的是，傻子一家没有经济来源，孤零零的两口人，门庭冷落，也看不见傻子的父母兄妹、亲戚朋友，成年累月没有人上门，他们靠什么生活？家里有“捞儿”（家底）？靠变卖家产得些钱财，看着又不像，于奶奶从不抱着东西跑委托行、文物店什么的，连废品都很少卖，可是日子过得居然十分殷实富裕，比一般人家要强出不少。如何看得出来，一是傻子和他奶奶穿戴整洁、体体面面，总是收拾得利利索索、干干净净；二是他们家倒的垃圾里，不时有一些高档包装的奶粉、饼干、罐头之类的盒子、瓶子。这在当年，人们生活普遍贫困的年代，都是极为少见的稀罕物，别说是没钱，就算是有钱，也没地方买这些高档食品。计划经济，所有供应不是拿钱就能买得到的，要凭本、凭条、凭各种票证。后来据街上的老人们讲，傻子一家虽然没有收入，但是他的父母都在香港，虽然没有回来探过亲，但不时地寄钱寄物供养他们祖孙俩。

傻子除了爱笑，给我留下深刻印象的还有他的白与胖。也许是很少出屋的缘故，他的肤色之白是极少见的，再加上生活条件好，不缺营养，吃得发胖，洗得干净，就像一个刚出锅的富强面馒头，暄腾腾、白净净的招人喜欢。尤其是到了天热，傻子爱穿一件中式的白丝绸小褂，无袖带盘扣的那种，一尘不染，憨态可掬，他是一个富态、白净、体面、乐观的傻子，让人联想起“笑口常开”的弥勒佛。

傻子的年龄，不好猜测，估摸应该是在三十岁左右吧。头发倒是不白，剃成短短的二碴，脸上有些泛青的胡子碴，从眉眼上看已经不年轻了。他和奶奶在小街上与世无争、无声无息地生活了几十年，极少引起任何人的注意，安静得就像两条影子，从不发出任何声响。

于奶奶似乎把全部的精力都放在了照顾孙子上，她把傻子收拾得干干净净，养得白白胖胖，管教得服服帖帖。在我的印象中，傻子好像从来不说话，只是笑，不闹不叫，也不乱跑。如果他偶尔出门，一定是于奶奶牵着他的手，唯恐一撒手他就跑了似的。于奶奶到哪都带着傻子，两人形影不离。老太太是小脚女人，走路不快，傻子任由奶奶牵着，目不斜视，旁若无人，怡然自得，慢吞吞地在街上走着。小街上的老邻居都很善良，和于奶奶打着招呼，点头示意或寒暄一两句，任何人都不戏弄傻子，更不会欺负他。傻子也从不招人讨厌，他只是笑，开心幸福地微笑。

“文革”开始后相当一段时间，傻子一家风平浪静，没有人打扰，即没有抄家也没有挨斗，一个孤老太太，一个弱智的半大小子，没有人注意他们的存在。

于奶奶是一个上了年纪、没有单位的老太太。如果要说隶属关系，她应该归街道居委会管理，至少她的户籍在当地的公安派出所。当年的街道，无论是办事处还是居委会，不像现在，有一些大学生参与工作，身份还是公务员，那时候都是些上了点年纪的家庭妇女、街道大娘，没工作，也没文化，这些人平时戴着红袖章，东家长西家短无所不知，保洁治安无所不管，其实也就是跑跑腿、传传话，谈不上什么政治觉悟、工作水平，平时对傻子一家视而不见，不管不问，也在情理之中。不知从什么时候起，街道大娘盯上了于奶奶，他们家有海外关系呀！她的儿子从国外汇钱养家，这样的人家自然成分复杂、十分危险，有“里通外国”的嫌疑，于奶奶成了被监管的对象，每天被叫到居委会报到接受审查学习。在那段时间，没人管的傻子被锁在屋里不让出屋，街上再也看不到他的影子。

突然有一天，听说傻子不见了，是趁于奶奶到街道强制学习的当口走失的，他也许是为了找奶奶，也许不习惯一个人锁在家里，反正从此不见踪影。

于奶奶像疯了一样到处去找，天一亮就捯着一双小脚出了门，“傻子，傻子……，回家，回家……”老太太的声音有气无力，渐行渐远，萦绕在小街的楼群胡同里。傻子像人间蒸发了一般，踪迹皆无。他是怎样从楼里走失的，是死是活？人们不得而知。几个月以后，于奶奶也在一天夜里自杀身亡，据说她穿戴整齐，吞了大把的安眠药。

保姆小侯

保姆是同学家的保姆，甘肃镇原人，姓侯，不知其名，我们都叫她小侯。小侯十七岁离开老家到天津当保姆，时间一晃就过去了五年。她是从老家一下火车就被同学接到家里的，一直干到今天，从没换过地方。五年前，同学的母亲突然中风瘫痪在床，需要人照顾，便通过小侯的亲戚将她接来。

小侯个子不高，圆圆的脸，大大的眼，鼓鼻梁厚嘴唇，长得有点像印度少女，人虽然不是十分漂亮，但是面貌端正和善，憨态可掬，很招人喜欢。从农村来到城市，小侯有点羞怯，平时不爱说话，总是不紧不慢地干着各种家务，洗衣做饭、照顾病人、收拾房间，从来不会偷奸耍滑或让人指派，是个老实本分又勤快懂事的姑娘。做了五年保姆，没有听到同学家里的人对她有什么不满意的。我感觉，这和她没有在别处干过，社会经验少，接触人不多有关，还没有学会其他小保姆身上的油滑毛病，当然最主要的还是小侯本质上不错，厚道老实，善解人意，还保留着农村姑娘身上那种单纯朴实的东西。

来了客人，小侯总是不言不语地沏茶倒水，忙完手里的活，便悄悄地躲到自己的屋里，时不时地出来看看，无论熟悉不熟悉，从不与客人搭讪，待人接物恰到好处。我私下里想，这孩子也许天生不爱说话，也许是明白事理，清楚自己的身份，所以只知道干活，从不多说多道。我见到的小侯总是穿着拖鞋，迈着八字步，动作不紧不慢，表情不喜不怒，性格不温不火。接触的次数多了，我和小侯渐渐熟了，但除了一般的客套，我们几乎没聊过几句。有时，我打过去电话，只要是小侯接的，她总要加上一句："你是××哥吧？回来我告诉他们。"她能记下客人的名字，不仅显得礼貌，也让人感到亲切。

小侯在同学家干了五年，上上下下里里外外的人都对她的印象不错。小侯似乎也很满足现状，从来都是踏踏实实地干活。一来同学家里的人都很仁义，善待小侯如同家人。二来同学家的经济条件不错，给小侯的待遇不菲，吃住以外，每月付给她不算低的报酬。平时或是逢年过节，还给小侯添置一些必要的衣物。这些，对一个身处异乡的农村孩子来说，不能不是一种安慰和尊重。但是二十岁出头的姑娘心里想的什么，似乎很少有人去关心。

偶尔到同学家坐坐，我总不忘和小侯聊聊，虽然机会很少，但相对而言，她和我稍稍熟悉一些，话也就说得多一些。有一次，我问了问她的身世，老家还有谁，生活怎么样，将来有什么打算等等。我问一句，小侯答一句。从她不多的话里我了解到：她兄妹四个，两个姐姐，一个哥哥，都出来打工了，家里的地很少，她的父母留在那里照看。四个孩子不时往家里寄些钱贴补家用，父母的生活不成问题，可是小侯的父母省吃俭用惯了，轻易不买一次肉吃，把孩子寄的钱都存起来，为他们将来结婚成家时做些准备。

"小侯，你小时候挨过饿吗？印象最深的是哪一次？"生活在大城市，对农村缺乏了解，我想象不出她们生活的艰难。

"小时候经常有吃不饱的时候。九岁那年，家乡闹灾，我跟着我妈去要饭，要到了兰州，白天上街乞讨，晚上就睡在大桥下面，待了有三个多月时间。”小侯轻描淡写道。

九岁？照我的推算，应该是一九八九年，那时的我们无论如何也想不到一个九岁的小姑娘会瞪着大眼睛跟着母亲在陌生的兰州街头乞讨。

“兰州的市民对我们这些难民挺不错，我记得不少人除了给我们吃的，还给我们钱和衣服，回来的时候我们带了好多衣服，自己家里的人穿不了，就送给亲戚朋友。”

说起过去，小侯的话多起来，从她的眼神中，我似乎感到她内心深处的伤痛，也许童年的苦难给她的印象太深刻了。

小侯到同学家帮工，几乎从不出门，连上街买菜一个人都不去。后来才知道，她不识字，怕出了门找不到回来的路。我想象不到，国家实行义务教育，她这种年龄怎么会不识字。

“你上过几年学？认得多少字？”

小侯羞怯地低下头：“没上过，一天也没上过。家里穷得很。”

我说：“上学不用花钱呀，国家免费的，全国都一样。”

“学费是不要，可是还有几块钱杂费呢？家里交不起，我爸说一个女孩家上什么学？死活不让去。”

我实在是无语！

从小受苦，现在能过上这种日子，小侯应该很满足，可是她毕竟二十多岁了，不可能一辈子在别人家当保姆，以后怎么样呢？回到老家，重复她父母的生活？还是嫁人，做点小生意维持生活……我想象不出小侯的将来会是怎样。至少，不像我们表面看到的那样无忧无虑。

“人生而平等”，二百多年前美国第三任总统杰斐逊就在那篇著名的《独立宣言》中重申过，但是经济的因素，现实中我们又很难做到时时处处平等待人，人的尊严与地位常常由占有财富的多少来决定。尽管人们对小侯都很友善，人格上从不把她当作小保姆看待。但是小侯终究明白自己的身份处境，从农村到城市，从贫困的父母身边来到一个富裕家庭，这种强烈的反差肯定让她切身感受到不平等，只是这种感受人们习以为常，不去理会罢了。

小侯终日劳作着，干这干那，话还是不多，与别人明显地保持着一定的距离。她通过劳动改善了自己的处境，但这种处境很难保持长久。她过去的经历和现在自己眼中看到的，会产生什么样的感受，我们无法了解，而她心里想的，更不会有人真正了解。在人们心目中，她只是个保姆，生活上物质上对她平等善待已经很不错了，至于其他，人们可能想都不会去想。

就保姆这个群体而言，小侯是幸运的，衣食无虞，报酬不低；但同时她又是不幸的，青春年华贡献给了别人，前途未卜，未来还是个疑问。这样的人生何止千千万万，无能为力，只有心存同情，祝福像小侯这样善良朴实的姑娘能有一个好的将来。

图书在版编目（CIP）数据

浮生似水 / 张映勤著. -- 北京 : 中国文史出版社, 2020.9

ISBN 978-7-5205-2209-0

Ⅰ. ①浮… Ⅱ. ①张… Ⅲ. ①散文集—中国—当代 Ⅳ. ①I267

中国版本图书馆 CIP 数据核字(2020)第 162631 号

责任编辑：全秋生

出版发行：中国文史出版社
地　　址：北京市海淀区西八里庄路 69 号　　邮编：100142
电　　话：010—81136602　81136603　81136606（发行部）
传　　真：010—81136655
印　　装：廊坊市海涛印刷有限公司
经　　销：全国新华书店
开　　本：787×1092　1/16
印　　张：16　　字数：248 千字
版　　次：2021 年 1 月北京第 1 版
印　　次：2021 年 1 月第 1 次印刷
定　　价：49.80 元
